Mia Newman

# Bis Du gehst

Roman

E-Mail: mia.newman@live.de
Lektorat: Lektor-Art.net, Thomas Lang
www.lektor-art.net
Satz: Grace Gibson – Grafik
Umschlaggestaltung: ad. Grafik
Coverfoto: Shutterstock © Ollyy

http://mianewman.wordpress.com/

http://www.facebook.com/pages/Mia-Newman-Autorin

Für George Forrester, der mich stets ermutigt hat, in die Tasten zu hauen.

# Vorspann

Ich habe nie geglaubt, dass das Leben so heimtückisch sein kann. Bisher verlief alles in recht normalen Bahnen. Vielleicht hat es eine kleine Weile gedauert, aber ich habe doch meinen Platz im Leben gefunden. Mein Leben hat Sinn gemacht, es hat sich gut und richtig angefühlt. Trotzdem scheint Gott, oder wer auch immer, manchmal mit uns und unseren Schicksalen Schach zu spielen. Er macht einen lächerlichen Zug und alles ist anders – die Königin steht unbewacht da, schutzlos, bereit, eingenommen zu werden. Schlimmer noch ist es, wenn der König fällt. So etwas nennt man vermutlich „von einer Breitseite Leben erwischt werden“. Eine Welle reißt einen mit, es gibt keine Zeit, um genug Luft zu holen, sie drückt einen so lange unter Wasser, bis man zu ertrinken glaubt. Mit viel Glück taucht man am Ende atemlos wieder an die Oberfläche und rettet sich mit aller Kraft zurück an Land. Oder man verliert die Orientierung und treibt im Wasser, in der Hoffnung, entweder endlich zu ertrinken oder eine rettende Hand zu finden.

Aber wo werfe ich jetzt den Beschwerdebrief ein? Soll ich ihn an das für mich zuständige Finanzamt schicken? Wie lange wohl die Bearbeitungszeit ist?

Jetzt ist es auch für eine Beschwerde zu spät. Ich kann mich nur treiben lassen und hoffen, an Land gespült zu werden. Oder ich kann ertrinken. Noch weiß ich nicht, was mir lieber ist. Will ich überhaupt gerettet werden? Will ich eine Hand in der meinigen spüren, die mich mit einem Ruck zurück ins Leben zerrt, und sie auch dann noch hält, wenn ich alt und grau bin? Oder will ich einfach nur die Augen schließen dürfen und dieses Chaos, das über Nacht mein Leben geworden ist, hinter mir lassen?

Es wäre alles leichter, wenn ich nicht diesen kleinen Jungen an meiner Seite hätte – Scott, der mich Mom nennt und glaubt, ich hätte auf alles eine Antwort. Ich kann ihm aber nicht erklären, was sich Gott dabei gedacht hat, als er uns plötzlich und ohne Vorwarnung seinen Dad, also meinen Ehemann, weggenommen hat. Ich erinnere mich an alles. An jede Sekunde seit dem Unfall. Kein Detail werde ich jemals vergessen. Und doch ist genau das meine größte Angst: eines Tages nicht mehr zu wissen, wie sein Lachen klang, welche Farbe seine Augen hatten, und wie seine Stimme mein Herz immer erreicht hat. Was wird dann mit mir passieren?

Xander hat Scott geliebt wie sonst vermutlich nichts auf dieser Welt. Natürlich weiß ich, dass er mich geliebt hat; aber wenn er Scott ansah, gingen in seinen Augen Lichter an. Es macht mich sehr wütend, dass er nicht da sein wird, um ihn aufwachsen zu sehen. Xander wusste, dass ich ihn immer lieben werde – aber was ist mit Scott? Wird er eines Tages vergessen, wie sein Vater ausgesehen hat? Was ihn so besonders gemacht hat? Ich weiß es nicht, und Xander kann es nicht mehr wissen. Glauben Sie mir, wenn ich könnte, dann würde ich die Person, die Scotts Vater so früh zu sich geholt hat, anschreien und zur Rechenschaft ziehen. Aber das kann ich nicht. Mir ist eine andere Rolle in dieser Geschichte zugedacht. Ich muss die Starke sein. Ich muss schwimmen, weil ich nicht alleine bin. Obwohl ich mich jede Nacht unglaublich einsam fühle und die leere Seite des Bettes neben mir betrachte.

Mia Newman

# Hoffnung

Mein Name ist Nicole Jackson. Ich sitze neben meinem Sohn, der einen Spiderman-Schlafanzug trägt, und schaue fern. Es ist alles wie immer, abgesehen von der späten Uhrzeit und meinem unruhigen Blick auf die Uhr. Wir genießen einen Freitagabend, nachdem wir – wie immer – Pizza bestellt haben. Mein Mann, Xander, ist noch auf Geschäftsreise, aber er verspätet sich ein bisschen. Ja, ich weiß, was Sie denken – aber ich muss Sie enttäuschen. Er hat keine Geliebte, keine Affäre und auch sonst keinen außerehelichen Spaß. Ich bin seine Geliebte und Ehefrau, zumindest hat er mir das immer gesagt. Es ist einfach, Xander Dinge zu glauben, weil er von Grund auf ein ehrlicher Mensch ist. Lügen entspricht nicht seinem Naturell. Xander ist ein Mann der klaren Worte, so wie damals in dem Café, als er mir zum ersten Mal aufgefallen ist. Ich habe dort etwas Geld verdient, um mein Studium finanzieren zu können. Es klingt wie ein Klischee: junge Studentin verdient sich neben dem Studium etwas dazu, verliebt sich in einen Gast und heiratet ihn. Vermutlich ist das auch ein Klischee, aber ich kann meine Geschichte nicht durch ausgefallene Details aufpeppen. Es war nun mal so. Ich habe ihn gesehen und mich verliebt, weil Xander anders war als all die Typen, die mich sonst nach meiner Telefonnummer gefragt haben. Seine Sprüche waren weder lächerlich noch billig. Sie waren witzig und geistreich, und um ehrlich zu sein: er hatte mich schon nach seiner ersten Bestellung, bei der er mich *Miss* genannt hat und viel zu viel Trinkgeld dagelassen hat. Das habe ich damals natürlich nicht zugegeben. Ich habe ihn ganz schön lange zappeln lassen, weil ich geahnt habe, dass er der Richtige ist.

Dann haben wir geheiratet, zwei Jahre nach dem ersten Treffen in dem Café. Zu diesem Zeitpunkt habe ich mein Studium schon aufgegeben. Er war ständig unterwegs, weil er als kleines Genie im Dienste einer Computerfirma Karriere machen wollte. Das ist ihm auch gelungen, und so konnten wir uns kurz nach der Hochzeit ein kleines Häuschen leisten, in Blue Cove, an der Küste von Neuengland. Zugegeben, das Geld, das er von seinen Eltern geerbt hat, war die perfekte Starthilfe für ein gemeinsames Leben. Zu gerne wäre ich mit Xander in eine kleine Wohnung gezogen, wenn er dafür seine Eltern nicht hätte beerdigen müssen. Sie starben viel zu früh und ich glaube, Xander hat das nie richtig überwunden. Zu diesem Zeitpunkt war ich schon mit Scott schwanger. Während meine Freundinnen ihre Semesterferien mit viel Alkohol und wenig Textilien an Stränden in Miami feierten, habe ich das Kinderzimmer gestrichen und gehofft, dass es ein Junge wird. Bereut habe ich die Entscheidung für eine frühe Mutterschaft nie. Es hat sich perfekt angefühlt und das tut es auch heute noch. Xander hat sich so sehr über seinen Sohn gefreut, dass er sich fast zerrissen hat, um an seinen wichtigen Terminen hier sein zu können. Schulanfang, Zahnarzttermine, Impfungen, Fußballspiele …

Wir sitzen auf der Couch und schauen fern, aber Scott ist nicht ganz bei der Sache. Immer wieder sieht er zu mir, als würde er spüren, dass etwas nicht in

Ordnung wäre. Ich versuche ihn durch mein Lächeln zu täuschen, aber es will mir nicht gelingen, weil sich auch in meinem Magen ein ungutes Gefühl breitmacht. Xander würde anrufen. Xander ruft immer an. Selbst wenn er sich nur zehn Minuten verspätet.

Als das Telefon klingelt, atme ich erleichtert auf und sehe ein Lächeln über Scotts Gesicht huschen.

„Das ist sicher Daddy."

Aber auch auf dem Weg zum Telefon im Flur stellt sich bei mir keine echte Erleichterung ein. Ganz im Gegenteil, meine Beine fühlen sich schwer an. Zu schwer. Meine Knie sind ganz weich. Die Stimme am anderen Ende der Leitung gehört auch nicht Xander – nein, ich habe sie noch nie gehört.

„Mrs Nicole Jackson?"

„Ja?"

„Hier spricht Officer Murray. Ich habe eine unangenehme Nachricht für Sie."

*Unangenehme Nachricht.* Mir schießen hundert andere Wörter durch den Kopf. Warum hat er nicht einfach *schlechte Nachricht* gesagt? Weil es unangenehm für ihn ist, mir die schlechte Nachricht zu überbringen? Mein Herz wird schwer, fast will es stehen bleiben, aber ich treibe es mühsam voran. Atmen! Schwimmen! Nicht untergehen!

„Worum geht es denn?"

„Ist Alexander Jackson Ihr Mann?"

„Das ist er."

Scotts Hand schiebt sich in meine und seine Augen füllen sich mit Tränen. Er ist mir gefolgt und sieht mich aus großen Augen an. Woher wissen Kinder eigentlich immer so genau, was los ist? Gott, wir können noch so viel von ihnen lernen! Aber im Moment weiß ich nicht, was ich sagen soll. Ich schüttele seine Hand ab und drehe mich von ihm weg, während ich meine Stimme etwas dämpfe. Vielleicht ist das alles auch nur ein schreckliches Missverständnis. Ganz bestimmt.

„Können Sie mir sagen, was mit meinem Mann ist?"

„Er hatte einen schweren Autounfall."

„Oh mein Gott."

Das sagen die Frauen doch immer in diesen schlechten *movies of the week*, die ich mir heimlich ansehe. Nie im Leben hätte ich damit gerechnet, dass ich eines Tages die Hauptrolle in einer solchen Geschichte einnehmen würde. Was ist nur plötzlich los mit dieser Welt?

„Geht es ihm gut? Ich meine ist er ... okay?"

Die folgende Pause scheint sich wie ein Messer in meinen Körper zu bohren. Ich will keine Antwort auf die Frage, wenn es so lange dauert, um sie zu beantworten. Er wird nicht sagen: *„Sicher, holen Sie ihn bitte ab."* Oder: *„Er ist gerade auf dem Weg zu Ihnen."* Er wird etwas Schlimmes sagen, etwas das mir wehtun wird.

„Vielleicht sollten Sie besser ins Krankenhaus kommen."

Ich will am liebsten schreien und weinen, aber ich reiße mich zusammen. Scott steht hinter mir, seinen Blick kann ich auf meinem Rücken spüren. Langsam drehe ich mich um und will ihm ein Lächeln schenken, so als wäre Daddy nur mit drei Stichen genäht worden. Er steht an der Tür, drückt sein Gesicht gegen den Türrahmen und weint stumm. Zu gerne hätte ich ihn in den Arm genommen und gesagt, dass alles gut ist und alles gut bleiben würde. Aber es fällt mir sehr schwer, ihn anzulügen.

„Mrs Jackson? Haben Sie mich verstanden?"

Klar, ich habe ihn verstanden, aber hat er auch verstanden? Obwohl er keine genauen Angaben zu Xanders Zustand oder über die Art des Unfalls gemacht hat, spüre ich diese eisige Kälte in meinem Inneren. Zwischen Xander und mir gibt es diese Verbindung, die man nicht trennen kann. Die immer da ist, egal wo er gerade ist, wieviel Kilometer uns auch trennen. So, als ob ich sein Herz schlagen hören könnte. Als würde es Morsezeichen an mein Herz senden. Doch ich spüre nur noch diese kalte Leere in mir. Xander ist nicht mehr bei mir.

Im Krankenhaus angekommen, sehe ich mich genau um. Scott trägt noch immer den Schlafanzug. Ich will sehen, ob ich auch so eine verzweifelte Frau bin, die weinend und zitternd nach ihrem Mann fragt. Das kennt man ja aus den Serien. Aber zu meiner Überraschung bin ich die einzige Frau, die weinend nach ihrem Mann fragt. Sonst sind nur Familien hier: ein alter Mann, der seine Hand in einen Eimer mit Eiswürfeln hält, und ein junger Kerl, der auf dem Stuhl eingeschlafen ist und wohl seinen Rausch ausschläft. Die verzweifelte Frau, die mit ihrem Sohn weinend eine Schwester oder einen Arzt sucht, die bin diesmal ich! Dabei gibt es keinen Ort, an dem ich weniger gerne wäre, als dieses Krankenhaus.

„Mein Name ist Nicole Jackson, ich suche meinen Mann, Xander Jackson. Er ist hier eingeliefert worden?"

Es ist eher eine Frage als eine Feststellung, weil ich nicht weiß, ob sie mich mit dem Fahrstuhl nach unten oder oben schicken würde. Und weil ich noch immer hoffe, dass alles nur eine Verwechslung ist. Ich erwarte, Xander in einem Behandlungszimmer sitzen zu sehen, wie er mit den Ärzten schimpft, weil sie mich um diese Uhrzeit noch aus dem Haus geholt haben.

„Ja, einen Moment, es kommt gleich ein Arzt."

Der Miene der Krankenschwester nach zu urteilen, ist meine Hoffnung allerdings sinnlos. Ein Happy End, das weiß ich jetzt, wird es heute Nacht hier nicht geben. Scott hängt an meiner Hand wie ein Fisch an der Angel. Auf der Herfahrt hatte er viele Fragen und ich habe sie ihm geduldig beantwortet: Daddy hätte einen Unfall und wir sollten ins Krankenhaus, um nach ihm zu sehen, Daddy würde bestimmt wieder ganz gesund werden, wenn es möglich wäre, Daddy würde auf jeden Fall mit ihm zum Baseballspiel gehen.

Nur auf eine Frage habe ich keine Antwort: „Mom, warum weinst du?"

Ich weiß es nicht. Vermutlich weil ich Angst habe, was auf mich zukommen wird. Aber das kann er nicht verstehen. Wieso ich weine? Weil ich Angst habe, Xander zu verlieren. Seine Stimme nur noch auf unserem Anrufbeantworter zu hören. Nie mehr seine Hand in meiner zu spüren. Weil ich Angst vor einem Leben ohne ihn habe.

Wie schön wäre es, ihn in einem Rollstuhl und mit Gipsbein zu sehen.

Er würde sagen: *„Ich bin nur etwas zu schnell gefahren. Dann habe ich in der Kurve die Kontrolle verloren,* *aber mir geht es gut. Wirklich, Nicole. Du musst nicht weinen!*"

Dann würde er lächeln und alles wäre vergessen. Die ganze Aufregung. Aber als ich den Arzt auf mich zukommen sehe, wird mir plötzlich ganz anders. Er sieht nicht aus wie irgendein Arzt.

„Mrs Jackson?"

Mrs Jackson. Mrs Xander Jackson – das ist mehr als nur mein Name. Es zeigt an, zu wem ich gehöre, mit wem ich mir ein Leben aufgebaut habe. Wen ich liebe.

„Ja?"

„Mein Name ist Dr. Anderson."

Er nickt mir zu und sieht dann zu Scott, der ihn aus fragenden Augen anstarrt. Ich habe bisher nicht wirklich darüber nachgedacht, was das alles für Scott bedeuten muss. Vielleicht hätte ich ihn besser bei einer Nachbarin gelassen. Aber ich habe in diesem Moment nur an mich gedacht. Wenn wirklich etwas Schlimmes passiert ist, und das war ohne Zweifel der Fall, dann brauchte ich jemanden, an dem ich mich festhalten konnte. Aber Scott ist nicht dafür gemacht, um sich an ihm festzuhalten. Er ist gerade acht Jahre alt geworden, aber er sieht seinem Vater schon so furchtbar ähnlich. Er wäre der perfekte Trost für eine schlimme Nachricht.

„Na, junger Mann – hast du Lust, dir vielleicht was zu trinken zu holen?"

Das ist auch keine Frage, sondern eine Aufforderung an mich, alleine mit ihm zu reden. Ich drehe mich also zu Scott und lächele so gut, wie es mir gelingen mag. Ich weiß nicht, wie oft ich ihn noch anlügen kann, aber diesmal muss es einfach sein.

„Scott, warte doch kurz hier. Die haben auch Comic-Hefte, die kannst du lesen. Ich bin gleich wieder da."

Die Schwester von vorhin kommt zu uns rüber und lächelt Scott freundlich an.

„Okay Scott, soll ich dir zeigen wo die Comics sind? Du musst ein Spiderman-Fan sein."

Scott nickt und lässt zögerlich meine Hand los. Ich nicke ihm aufmunternd zu und sehe, wie er über den Gang verschwindet. Die Krankenschwester redet beruhigend auf ihn ein. Sobald er um die Ecke gebogen ist, fühle ich mich unendlich alleine.

„Okay, Mrs Jackson, ich weiß, dass es ganz furchtbar sein muss."

„Hören Sie, ich habe keine Ahnung weswegen ich hier bin. Es geht um meinen Mann, aber was ist denn passiert?"

„Er hatte einen schweren Autounfall."

Das habe ich inzwischen verstanden, aber ich will ihn sehen. Ich will ihn jetzt sehen. Kein Gerede um den heißen Brei, ich muss darauf vorbereitet sein, wie tief ich gleich fallen werde.

„Geht es ihm gut? Kann ich ihn sehen?"

„Das ist nicht so einfach. Als er hier ankam, mussten wir ihn wiederbeleben. Sein Gehirn war eine ganze Weile ohne Sauerstoffversorgung."

„Ist er tot?"

„Nein."

Der Stein, der mir vom Herz fällt, hätte eine ganze Großstadt vernichten können, wenn er aus dem All auf die Erde geprallt wäre. Nicht einmal Bruce Willis hätte ihn aufhalten können! Aber mein Lächeln gefriert wieder, als ich in Dr. Andersons Gesicht sehe, das jetzt noch ernster als vorher wirkt.

„Er liegt im Koma. Ich will ehrlich mit Ihnen sein. Er ist nur noch deswegen am Leben, weil wir ihn an einigen Geräten angeschlossen halten."

Das ist verblüffend ehrlich. Ein bisschen mehr Polsterung hätte ich bei meinem freien Fall allerdings erwartet.

„Soll das heißen, er ist eigentlich tot?"

„Sein Gehirn funktioniert nicht mehr richtig, die Überlebenschancen stehen schlecht. Sehr schlecht."

„Aber er ist noch am Leben!"

„Sie verstehen nicht, ohne die Geräte ..."

„Ich verstehe sehr wohl!"

Meine Stimme klingt schrill und laut, das merke ich selber. Aber er versteht nicht, was der Satz *„Er ist noch am Leben!"* für mich bedeutet – nämlich alles, um genau zu sein.

„Er liegt im Koma."

„Was ist, wenn er aufwacht?"

Ich halte die Autoschlüssel so fest in der Hand, dass ich zu bluten anfange. Natürlich bin ich nicht dumm, auch ich habe unzählige Folgen von *Dr. House* gesehen. Mir ist durchaus klar, was er mir sagen wollte. Aber ich stehe hier nicht als unbeteiligte Person – ich bin so sehr Xanders Ehefrau, dass ich ihn nicht einfach sterben lassen will. Die Hoffnung stirbt bekanntlich zuletzt, nicht wahr?

„Ich verstehe Sie, Mrs Jackson, aber ich kann Ihnen sagen, dass die Chancen schlecht stehen. Sicher, sein Herz funktioniert noch, aber ..."

„Das ist doch gut!"

Er soll nicht weitersprechen. Kein „aber ..." mehr, kein „er wird sterben ...", kein „er liegt im Koma ... " Sein Herz schlägt noch. Er kann wieder aufwachen. Wieso sollten wir also nicht noch etwas warten? Ein paar Tage, Wochen, Monate ... Ich bin bereit, jahrelang auf ihn zu warten. Ein ganzes Leben.

„Ist Ihr Mann Organspender?"

„Was? Ich ... ähm ..."

„Wir haben einen Organspenderausweis bei ihm gefunden."

Natürlich! Xander hatte mir davon erzählt, aber es lag schon einige Zeit zurück. Damals war er noch nicht Vater. Vermutlich hätte er es in der Zwischenzeit geändert, wenn er es nicht vergessen hätte.

„Sie wollen ihn ausschlachten?"

So ausgesprochen klingt es natürlich furchtbar. Dass er jemand anderem ein neues Leben schenken konnte, durch seine Leber, oder so etwas in der Art, das wollte ich jetzt nicht hören. Xander ist noch nicht tot! Bin ich die Einzige, die sich verzweifelt an das klammert, was die Geräte mir versprechen?

„Unter anderem."

Dr. Anderson ist Arzt, er darf solche Schicksale nicht an sich ranlassen, aber ich will ihn dafür ohrfeigen. Fast tue ich das auch, aber ich reiße mich zusammen. Nicht weinen, nicht schreien! Ruhig bleiben!! Ich darf jetzt nicht durchdrehen!!!

„Mein Mann ist kein Gemischtwarenladen. Er ist am Leben, und es ist ihr verdammter Job, dafür zu sorgen, dass er wieder aufwacht!"

„Ich verstehe Sie ja, aber wir können nichts mehr für ihn tun."

„Ich will jetzt zu ihm!“

Dr. Anderson sieht an mir vorbei zu der Schwester, die mit Scott und einem ordentlichen Stapel Superhelden-Comics zurückkommt.

„Will er sich auch verabschieden?“

„Verabschieden?“

Diesmal kostet es mich viel mehr Kraft, um nicht einfach loszuschreien. Vielleicht ist das seine Art mit der Sache klarzukommen, aber er darf von mir jetzt keine Entscheidung erwarten. Ich scheine meinen Mann zu verlieren und fühle mich so, als würde sich der Boden unter meinen Füßen in Luft auflösen. Niemand wird sich hier verabschieden! Schon gar nicht mein kleiner Junge.

„Hören Sie, Dr. Anderson, ich bin hierhergefahren, weil ich meinen Mann abholen wollte. Und nicht, weil ich mich von ihm verabschieden will.“

„Ich verstehe. Folgen Sie mir bitte.“

Ich habe mir nie vorgestellt, wie es sich anfühlt, wenn man in einem Raum voller Geräte steht, die alle nur einen Sinn haben: den eigenen Mann am Leben zu erhalten. Glauben Sie mir, die Stille will einen erdrücken, und das ist noch der harmloseste Eindruck. Xander hat einige Schnittwunden im Gesicht und dicke Verbände um den Oberkörper gewickelt. Er sieht gar nicht mehr aus wie der Xander, den ich kenne. Aber genau jetzt weiß ich, dass ich ihn noch nie so unsterblich geliebt habe.

Langsam nehme ich Platz neben dem Bett und greife nach seiner unverletzten Hand. Dr. Anderson bleibt hinter mir an der Tür stehen.

„Ich kann Sie auch alleine lassen, wenn Sie wollen."

„Nein."

Alleine wäre ich nicht in der Lage gewesen, diese Situation durchzustehen. Ich brauche jemanden, der mich im Notfall auffangen kann. Bisher hat Xander diese Rolle übernommen, egal wie schlecht es mir in der Vergangenheit ging – er war immer da gewesen, um meine Hand oder mich zu halten. Er war mein doppelter Boden, mein Sicherheitsnetz.

„Xander? Schatz? Kannst du mich hören?"

Ich habe mal gelesen, dass man mit Koma-Patienten reden muss. Und ehrlich, ich hoffe so sehr, dass er plötzlich die Augen aufschlagen wird, weil er meine Stimme hört. Weil sie etwas in ihm wieder einschaltet, den richtigen Knopf drückt und ein Happy End mit Geigenmusik einsetzt. Aber er liegt einfach nur leblos vor mir. Ich höre nur noch das Piepen der Geräte. Sogar mein Herzschlag scheint zu verstummen. Ich kann ihn sehen, ich kann ihn anfassen, weil er noch immer hier bei mir im Raum ist. Aber in meinem Inneren spüre ich ihn nicht mehr.

„Wenn du mich hören kannst, dann wach wieder auf! Schatz, kannst du mich hören?"

Ich streichele sanft seine Hand und versuche angestrengt, nicht zu weinen. Wie, um alles in der Welt, soll ich mit so einer Situation klarkommen? Ich liebe diesen Mann so sehr, ich habe meine Welt um seine gebaut – und wenn er mir jetzt weggenommen wird, dann würde alles zusammenbrechen. Wir sind ein Team und funktionieren perfekt. Wie kann man uns das nur antun?

„Xander? Scott ist auch hier. Wenn du willst, kann ich ihn holen."

„Mrs Jackson ..."

Ich will nicht wissen, welche neue Weisheit Dr. Anderson für mich parat hat. Also hebe ich nur die Hand und bringe ihn somit zum Schweigen. Was hätte er denn schon sagen können? Etwas Einfühlsames, so in der Art: wir sollten uns besser verabschieden? Wenn das so schrecklich einfach ist, wieso ruft er dann nicht seine Frau an und sagt ihr, dass er nie wieder nach Hause kommt? Und selbst das wäre nicht dasselbe. Xander, so wie er jetzt hier liegt, hat keine Chance gehabt, sich von mir oder seinem Sohn zu verabschieden. Er hat uns nicht sagen können, wie sehr er uns liebt und wie stolz er auf uns ist. Wenn ich jetzt nachgebe und Dr. Anderson die Geräte abschaltet, dann nehme ich Xander die kleinste Chance, sich von seinem Sohn verabschieden zu können.

„Es tut mir wirklich leid."

Und dann fange ich an zu weinen. Diese Entscheidung werde ich nicht treffen können. Ganz bestimmt nicht hier und heute. Xanders Hand liegt in meiner und ich führe sie zu meiner Wange, weil ich seine Haut spüren will. Weil ich Gründe suche, um ihn nicht so einfach aufzugeben. Wieso will er nicht mehr aufwachen? Was ist nur passiert? Wann habe ich angefangen, mein Leben zu verlieren? Wieso nehmen sie ihn mir weg?

Natürlich, er liegt hier vor mir und vielleicht würde er eines Tages wieder aufwachen. Dann würde ich ihm helfen, alles wieder zu lernen. Die Schuhe zu binden und das Lesen, einfach alles. Das wäre keine leichte Zeit, und er wäre nie wieder der alte Xander, aber er wäre dann noch immer da, er wäre bei mir. Das Schlimme an der ganzen Sache ist: ich weiß genau, dass er nicht mehr aufwachen wird. So etwas merkt man ganz schnell. Die Schwestern haben diesen bestimmten Blick. Die Ärzte sagen immer: „*Es tut mir leid*". Außerdem weiß man es einfach. Es passiert in uns drinnen. Mein Herz hat für einen kurzen Moment aufgehört zu schlagen, ich war klinisch tot. Es ist diese Kälte, die ganz plötzlich nach meinem Herz gegriffen und mir das Atmen fast unmöglich gemacht hat. Und die Bilder, die auf einmal durch meinen Kopf geschossen sind, alle in schwarz-weiß. Ein Leben ohne Xander ...

Nach ungefähr zwei Stunden bin ich wieder in der Lage, in Scotts Augen zu sehen, und ihm so kindergerecht wie nur möglich zu erklären, was mit Daddy passiert ist – und was wir in der Zukunft tun müssen.

„Hi Daddy!"
Komisch, für Kinder scheint das Krankenhaus nichts Schlimmes an sich zu haben. Es ist nur ein weiteres Haus mit vielen Zimmern und Betten. Eine Art Hotel. Zumindest glaube ich das. Scott sitzt am Bett und hält die Hand seines Vaters. Er spricht völlig normal mit ihm, als würde Xander ihm zuhören. Ich liebe meinen Jungen über alles, weil er selbst jetzt ein Lächeln auf mein Gesicht zaubern kann, während ich mich mit aller Kraft gegen einen emotionalen Zusammenbruch stemme.

„Und wenn du wieder aufwachst, Daddy, dann muss ich dir ein Comic zeigen. Es ist der Hammer. Okay?"

Er scheint einen kurzen Moment auf eine Antwort zu warten, gibt sich dann aber schnell zufrieden. Sein Blick, dem schwer standzuhalten ist, geht wieder zu mir.

„Ich glaube, wir lassen ihn schlafen, Mom."

Schlafen. Nur ein bisschen schlafen. Er wird sich ausruhen und dann wieder aufwachen, um zu uns zurückzukehren. Genauso wird es passieren. Erst draußen wird mir bewusst, wie müde ich bin, und wie dankbar ich von der Schwester eine Tasse Kaffee entgegenneh-me. Auch sie hat diesen Blick, der Mitleid und Verständnis widerspiegelt.

„Wollen Sie die Nacht über wirklich hierbleiben?"

Das will ich, weil ich daheim mit dem Kopf gegen die Wand schlagen würde. Alles erinnert mich an Xander. Alles erinnert mich daran, dass er nicht mehr da ist, und wir ihn vermutlich nie wieder in unserem Haus haben werden. Sie bietet sich an, Scott in einen Raum mit einem Bett für die Nacht zu bringen. Mein Sohn hat so ein gutes Herz. Er nickt müde und lässt sich von einer Krankenschwester über den Flur begleiten. Die Krankenschwester könnte wieder Hoffnung wecken, obwohl sie vermutlich genauso gut wie ich weiß: Xanders Chancen stehen so schlecht, dass man eigentlich nicht mehr von einer Chance sprechen kann.

„Wollen Sie auch ins Bett?"

„Danke, ich bin nicht müde."

Eine Lüge. Mein ganzer Körper schreit nach einem Bett, aber an Schlaf ist nicht zu denken. Zu viele Gedanken sausen mir durch den Kopf, verschiedene Versionen meines Lebens, Probleme, Sorgen, Hoffnungen. Ich atme langsam aus und entscheide mich für einen Spaziergang ohne Ziel.

In einem Krankenhaus verliert man jegliches Zeitgefühl. Es wird nicht still, nur weil die Nacht anfängt. Menschen gehen nicht nach Hause, weil sie Feierabend haben. Der Lärmpegel bleibt konstant und immer wieder heulen Sirenen auf. Die vielen Wartenden machen mich auf Dauer wahnsinnig. Da sitzen Eltern mit ihren Kindern, Großeltern und Ehepartner. Manche fragen immer wieder nach ihren Angehörigen, aber die meisten bekommen keine Antwort. So wie ich auch. Niemand hier kann mir eine Antwort auf die Frage geben, die mich nicht mehr loslassen will.

Irgendwann finde ich mich in der Kantine wieder. Hier ist es zumindest ein bisschen ruhiger. Hier hört man auch kein Weinen mehr, weil kaum Leute anwesend sind. An einem Tisch nehme ich Platz, will aber weder essen noch trinken, nur die Ruhe genießen. Außer mir ist noch ein Mann da, der vermutlich etwas jünger ist als ich, vielleicht drei oder vier Jahre. Vor ihm auf dem Tisch liegen viele Blätter ausgebreitet, ein Bleistift steckt hinter seinem Ohr. Er schläft. Wie gerne würde ich mit ihm tauschen. Vermutlich arbeitet er hier und nutzt die freie Zeit, um ein bisschen zu schlafen.

Über mir flackert eine Neonröhre und ich lasse mich gerne ablenken. Das Licht hier ist zu grell, es simuliert eine Uhrzeit, die wir schon seit Stunden überschritten haben.

Plötzlich ein lautes *RUMMS!*

Erschrocken fahre ich zusammen, drehe mich zu dem Mann auf dem Stuhl hinter mir. Er sitzt nicht mehr auf dem Stuhl, sondern ist rückwärts heruntergefallen.

„Verdammt! Au!"

Er greift sich an den Hinterkopf, den er sich an einer Säule angeschlagen hat. Ich sehe einen roten Fleck auf der sonst weißen Säule, er blutet.

„Haben Sie sich wehgetan?"

Eine dumme Frage, immerhin kann ich das an seinem Gesicht ablesen. Dennoch stehe ich auf und komme um den Tisch auf ihn zu. Er fährt sich über das Gesicht und setzt sich langsam auf. Noch immer weiß ich nicht, ob er mich wahrgenommen hat.

„Sie bluten."

Auch das hat er inzwischen schon selbst gemerkt, aber ich weiß einfach nicht, was ich sonst sagen soll. Vorsichtig betastet er die Wunde am Hinterkopf und blinzelt etwas benommen. Er muss genau die Kante erwischt haben. Aber was hätte ihm denn Besseres passieren können, als in einem Krankenhaus einen Unfall zu haben ...

„Soll ich einen Arzt rufen?"

„Das wäre ja noch schöner. Das gibt nur eine Beule."

„Kommen Sie, lassen Sie das untersuchen. Jetzt sind Sie schon mal in einem Krankenhaus."

„Ich bin immer hier."

Er steht etwas wackelig auf und hält sich am Tisch fest. Ich komme einen weiteren Schritt auf ihn zu und betrachte ihn genauer. So wie die Wunde blutet, schätze ich es ernster ein, als er es anscheinend tut.

„Ich werde Sie jetzt zu einem Arzt bringen, ob Sie wollen oder nicht."

Männer kennen keine Schmerzen und hassen Ärzte, soviel habe ich in meinem Leben auch schon lernen dürfen – aber die Wucht des Aufpralls hatte auch bei diesem männlichen Exemplar seine Spuren hinterlassen. Ich hake mich bei ihm ein, weil ich nicht einschätzen kann, wie sicher seine Schritte sind, während wir über den Krankenhausflur gehen. Die erste Schwester, die uns über den Weg läuft, halte ich auf.

„Verzeihen Sie, dieser Mann hier hat sich am Kopf verletzt und blutet stark."

Die Schwester wirft einen Blick auf meinen Begleiter und lächelt. Ist das die typische Reaktion auf einen Patienten?

„Mr Shaw, können Sie nicht auf sich aufpassen?"

„Ich bin vom Stuhl gefallen."

„Ich biete Ihnen bestimmt nicht noch einmal an, Ihnen ein Taxi zu rufen."

„Danke, Carol, aber ich habe ein Auto."

„Kommen Sie mit."

Sie greift nach seinem Unterarm und zieht ihn ein bisschen von mir weg. Mein Job ist also getan. Ich beobachte die beiden, die in Richtung Notaufnahme verschwinden. Bevor er hinter einer großen Schwingtür verschwindet, dreht er sich einmal zu mir.

„Verdammt, meine Unterlagen ..."

„Ich hol sie Ihnen. Keine Sorge."

Warum ich das anbiete, weiß ich nicht so genau. Ich habe wirklich andere Probleme, als einem Mr Shaw, den ich nicht mal kenne, die Unterlagen aus der Kantine zu holen. Mein Platz ist am Bett meines Mannes, aber ich fühle mich noch nicht stark genug, um das ohne weitere Tränen zu überstehen. Wenn ich ehrlich sein darf, bin ich über diese überraschende Ablenkung sehr erfreut, weil meine Gedanken zum ersten Mal an diesem Abend zum Stillstand gekommen sind. Der Unfall von Mr Shaw ist eine Situation, die ich kontrollieren kann. Es kam unerwartet, aber ich habe das im Griff. Anders als den Rest meines Lebens, der mir gerade aus den Händen rutscht. Irgendwo in einem dieser Räume schläft mein Sohn, in einem anderen mein Mann. Einer von beiden wird morgen wieder aufwachen. Für diese Nacht kann Scott vergessen, dass sein Vater im Sterben liegt. Morgen würde er sich allerdings wieder damit auseinandersetzen müssen – und zwar bis an sein Lebensende. Mir geht es da natürlich nicht anders. Ich beschäftige mich sehr gerne mit allem, was mir dazwischenkommt. Jetzt ist es Mr Shaw, der mir die Gelegenheit gibt, mich mit einer Belanglosigkeit zu beschäftigen.

In der Kantine finde ich seine Unterlagen. Es scheint sich dabei um Skizzen von Möbeln und Spielzeug zu handeln. Zwei schwarze Bücher. Auf den Büchern steht in Druckbuchstaben: *„Shaw Bros. – Aus Alt machen wir Neu!"* Aha, er hat also eine Firma mit seinem Bruder. Und ganz offensichtlich arbeitet er nicht hier im Krankenhaus. Kein Pfleger, kein Arzt, aber jetzt im Moment ohne Zweifel ein Patient. Wenn ich die dreidimensionalen Skizzen richtig deute, sind es Zeichnungen von Holzmöbeln, die sehr schick aussehen. Entwirft er Möbel? Ist er Designer? So sieht er gar nicht aus. Ich klappe schnell alles zusammen, weil es mich nichts angeht, und bringe es an den Empfang nach oben. Dort wird schon jemand wissen, wie es sicher zu ihm kommt.

Die Krankenschwester, die er mit dem Namen Carol angesprochen hat, nimmt die Unterlagen dankend an und verdreht dabei leicht genervt die Augen.

„Vielen Dank! Ich weiß gar nicht, was wir noch alles mit ihm machen sollen."

„Sie kennen ihn wohl besser?"

„Den kennt hier doch jeder. Er ist immer hier."

Dabei lächelt sie etwas und ich lasse mich anstecken.

„Hat er denn kein Zuhause?"

„Nicht so richtig."

„Familie?"

„Nicht so richtig."

Ich verstehe kein Wort, nicke aber nachdenklich, als ob ich verstanden hätte. Alle weiteren Infos fallen unter ärztliche Schweigepflicht und ich frage nicht nach. Es geht mich nichts an.

„Aber er wird wieder, oder?"

„Sicher, der Arzt kümmert sich um ihn. Ein paar Stiche und er ist wieder der Alte."

Carol betrachtet mich einen Moment und gießt mir dann etwas Kaffee in eine Tasse, bevor sie mich sanft anlächelt.

„Das muss alles sehr schwer für Sie sein."

Offenbar weiß man, wer ich bin, weshalb ich wie eine Schlafwandlerin durch die Gänge schleiche, und warum ich mich weigere, nach Hause zu fahren. Kaffee klingt richtig gut. Also nehme ich auch diese Tasse wieder dankend an.

„Ich weiß gar nicht, was ich denken soll."

Ohne Zweifel hat sie Geschichten wie meine schon unzählige Male gehört, aber ich bin neu in der Rolle der Ehefrau, die ihren Mann verliert. Auch wenn ich gewollt hätte, ich kann nicht über meine Gefühle sprechen. Nicht ohne zu weinen. Meine Augen sind jetzt schon gerötet und geschwollen. Mehr Tränen verkrafte ich einfach nicht.

„Sein Bruder liegt hier. Seit vier Jahren."

Sie lehnt sich neben mich und nickt in Richtung Notaufnahme. Sein Bruder? Darf sie mir sowas überhaupt erzählen? Wem soll ich es denn schon großartig erzählen? Xander, der im Koma liegt? Er wird wohl kaum ein Onlineblog über die Patienten hier verfassen! Sie will nett sein und mich ablenken.

„Die Shaw-Brüder. Colin, der Ältere, liegt hier. Charlie ist jeden Tag bei ihm. Solange ich denken kann."

Niemals hätte ich gedacht, selber einmal so ein Schicksal zu haben: Tag für Tag im Krankenhaus zu sein. Bei ihm ist es der Bruder, sein Partner im Beruf – es muss schwer sein.

„Der arme Kerl. Nebenbei scheint er noch eine Firma zu führen."

„Mehr oder weniger. Sein Vater kümmert sich ein bisschen darum. Charlie ist hier, weil er immer noch auf ein Wunder hofft. Und wir können ihn nicht davon überzeugen, dass er lieber mal einen Tag zu Hause bleiben soll."

„Sie meinen, er ist wirklich jeden Tag hier?"

„Jeden Tag."

„Das werde ich wohl auch bald tun müssen."

Mehr muss ich nicht sagen. Carol nickt auch so.

„Wollen Sie nicht ein bisschen schlafen. Es bringt doch nichts, wenn Sie morgen müde sind. Legen Sie sich schlafen."

„Ich kann nicht."

„Es würde Ihnen helfen."

„Ich habe zu große Angst, morgen wieder aufzuwachen."

Damit drehe ich mich um und marschiere weiter durch das Krankenhaus, bis ich wieder im Besucherzimmer lande. Wieviel Zeit vergangen ist, kann ich nicht sagen. Alle Gänge sehen gleich aus, jedes Stockwerk, eines wie das andere. Ich habe Hunger, aber ich kann nicht zurück in die Kantine. Das Essen dort sieht alles andere als schmackhaft aus. Vielleicht würde mir ein Schokoriegel ja schon reichen. Es gibt drei verschiedene Automaten, die den Wartenden allen möglichen Süßkram anbieten. Sie scheinen äußerst beliebt, denn ich erkenne einen Mann vor dem Automaten, der sich offenbar nicht entscheiden kann.

„Mr Shaw, das ging aber schnell."

Tat es das wirklich? Oder bin ich ganze Stunden durch das Gebäude geirrt?

Er trägt einen kleinen Verband am Hinterkopf und wirft just in dem Moment eine Münze in den Automaten, als ich ihn anspreche.

„Oh, hallo. Ja, nur vier Stiche, das ging schnell. Eine Fingerübung für die Herren hier. Ich sagte doch, nichts Schlimmes."

„Jetzt muss wohl eine Stärkung her?"

„Richtig. Alkohol haben sie mir aber untersagt."

Er grinst mich schief an und deutet dann auf die Auswahl hinter der Glasscheibe.

„Darf ich Sie einladen? Immerhin haben Sie mir geholfen."

„Gerne, ich nehme einen Schokoriegel."

Er nickt und reicht mir einige Sekunden später den gewünschten Schokoriegel. Als Dank schenke ich ihm ein müdes Lächeln. Wie verrückt ist dieser Abend eigentlich? Ich sitze hier in einem Krankenhaus und esse Schokolade, während mein Mann nur noch von Geräten am Leben gehalten wird. Charlie scheint mein Schicksal zu teilen, auch wenn ich nicht weiß, was sein Bruder durchmacht. So wie die Schwester von seinem Zustand gesprochen hat, muss es eine schlimme Sache sein. Aber ich traue mich nicht, ihn zu fragen.

„Warum schlafen Sie denn nicht? Die Schwester sagt, Sie sollten sich hinlegen."

„Carol sagt immer, ich solle mich hinlegen. Aber ich habe gemerkt, dass auch schlafen nichts besser macht."

Er beißt in seinen Schokoriegel und sein Blick wandert in eine andere Richtung. Das gibt mir die Gelegenheit, ihn ein bisschen genauer zu betrachten. Aus der Nähe wirkt er nicht mehr so jung wie in der Kantine. Graue Ringe unter den Augen deuten an, wie lange er schon nicht mehr ausgeschlafen oder die Sonne gesehen hat. Den Dreitagebart hat er stehen lassen, weil er keine Zeit zum Rasieren hat – oder weil es ihm einfach egal ist, nehme ich an. Seine dunkelblonden Haare locken sich leicht im Nacken. Nein, ein erholter Mann sieht ohne Zweifel anders aus. Wie ich wohl in einigen

Wochen aussehen mag? Bisher habe ich immer auf mein Äußeres geachtet. Trug Make-up zum Shoppen und ein nettes Kleid, wenn ich in die Stadt gefahren bin. Wenn ich jetzt darüber nachdenke, war es nichts weiter als verschwendete Zeit, die ich lieber mit Xander verbracht hätte.

„Mein Name ist übrigens Charlie Shaw."

Er reicht mir die Hand. Auch wenn ich seinen Namen und einen Teil seiner Geschichte bereits kenne, nehme ich sie an und schmiere dabei etwas von der Schokolade an seine Hand.

„Nicole Jackson. Und ich möchte mich bedanken."

„Für den Riegel?"

Er leckt sich die Schokolade vom Finger und lächelt mich müde an.

„Nein. Dafür, dass Sie mich ablenken."

„Oh. Wovon, wenn ich fragen darf?"

„Von der Tatsache, dass mein Mann vermutlich nie wieder aufwachen wird."

Wieder steigen mir die Tränen in die Augen. Verdammt, ich hatte es doch die letzten paar Stunden geschafft, nicht daran zu denken. Ich muss wohl noch eine ganze Menge lernen. Das Gefühl der Hilflosigkeit auszusperren funktioniert also nur bedingt, es holt einen immer wieder ein. Immer wieder würde es Besitz von mir ergreifen – das Gefühl des Alleinseins. Charlie legt seine Hand auf meine Schulter.

„Tut mir leid."

„Als ob Sie etwas dafür können. Ein dummer Autounfall ..."

Dabei ist Xander ein guter und sehr sicherer Fahrer. Ich kann mir einfach nicht erklären, wieso es ausgerechnet ihm passieren musste. Wieso ihm? Wieso jetzt?

„Gott, ich vermisse ihn so sehr."

Meine Beine scheinen mir nicht mehr zu gehorchen und so nehme ich auf dem erstbesten Stuhl Platz. Auch wenn ich nicht weinen möchte, schon gar nicht vor einem Fremden – ich habe keine Kraft mehr, um es noch länger zurückzuhalten. Charlie geht neben mir in die Hocke, wieder legt er seine Hand auf meine Schulter. Für ihn muss das wie ein blöder Anfängerfehler aussehen, er ist Vollprofi.

„Hören Sie, die Ärzte wissen auch nicht alles. Sie dürfen nie die Hoffnung aufgeben. Ich mache das auch nicht. Jeder sagt mir, dass es keinen Sinn hat, auf ein Wunder zu warten. Aber ich glaube daran. Von ganzem Herzen. Sie müssen das auch tun. Glauben Sie daran, dass Ihr Mann wieder aufwacht!"

„Hoffnung."

„Ja. Wissen Sie, wann mein Vater zum letzten Mal hier war, um meinen Bruder zu besuchen? Vor sechs Monaten. Damals haben die Ärzte gesagt, Colin hätte noch drei, vielleicht vier Wochen. Und er lebt noch immer! Weil ich daran glaube."

Er macht mir Mut. Er macht mir tatsächlich Mut. Zumindest soviel Mut, dass ich ihn wieder ansehen kann. Ein leichtes, trauriges Lächeln liegt auf meinem Gesicht.

„Und wie lange hat Ihr Bruder jetzt noch?"

„Die Ärzte sagen ein halbes Jahr. Aber ich weiß, dass sie sich irren."

Ich will nicht fragen, an welcher Krankheit sein Bruder leidet. Es reicht mir im Moment zu wissen, dass er noch am Leben ist und sich gegen alle medizinischen Befunde wehrt. Er lebt. Länger als die Ärzte gesagt haben. Charlie lächelt mich an, und obwohl es nur ein schwacher Trost sein könnte, bin ich ihm gerade unendlich dankbar.

„Ich wünsche Ihnen viel Glück, Mrs Jackson."

Mia Newman

# Loslassen

Irgendwann war ich zu Scott ins Zimmer geschlichen und hatte mich schlafen gelegt. Als ich am nächsten Morgen zu mir kam, hatte ich nur noch ein Ziel: ich musste es irgendwie schaffen, dass Xander wieder aufwachte. Ich nahm mir vor, andere Meinungen einzuholen, wollte im Internet recherchieren, was man tun konnte. All solche Dinge. Wenn ich jeden Arzt in diesem Land fragen musste, würde ich es tun. Xander musste einfach wieder aufwachen!

Das glaubte ich fest. Fast drei Monate lang hatte ich nichts anderes mehr zu tun, als mich um Xander zu kümmern. Ich las ihm vor, brachte Kassetten mit seiner Lieblingsmusik mit, schickte Scott nach der Schule zu ihm, wenn ich nicht konnte. Nichts anderes mehr war meine Aufgabe. Es gab schließlich nichts Wichtigeres, als das Leben meines Mannes. Die meisten Ärzte schüttelten den Kopf, wenn ich mit einer neuen Tüte unter dem Arm ins Krankenhaus kam. Ich verwandelte sein Krankenzimmer in eine Art Zuhause für ihn. Vielleicht, weil ich doch ganz genau wusste, dass er nie wieder etwas anderes sehen würde.

Diese drei Monate kamen mir wie drei Jahre vor. Ich hatte wirklich jede Menge Hoffnung, die ich mir mühevoll immer wieder einredete. Wenn man nämlich genug Energie darauf verschwendet, klappt es meistens. Man überzeugt sich selbst. Aber irgendwann ging nichts mehr. Es reichte nicht mehr, dass ich mich in den Schlaf weinte und auf die leere Seite neben mir im Bett sah. Es reichte so vieles nicht mehr. Selbst Scott schien mir nicht mehr zu reichen. Also entschloss ich mich eines Tages, alleine mit Xander zu sprechen. Und das tat ich.

Er lag da. Wie immer. Unverändert. Manchmal war eine Schwester hier, die ihn wusch und ihm den Bart wegrasierte, weil er mir ohne besser gefiel. Manchmal tat ich das auch, während ich leise die Lieder von Van Morrison und Bruce Springsteen summte. Das waren seine Lieblinge. Er hatte eine ganze Sammlung von Liedern, die er immer wieder gehört hat. *„Careless Whisper“* legte er manchmal von Zeit zu Zeit auf, und forderte mich dann immer auf, mit ihm zu tanzen. Egal wo wir gerade waren. Manchmal tanzten wir in der Küche, manchmal auf der Veranda. Einmal musste ich mit ihm in einer Tankstelle tanzen, weil es dort im Radio lief. Die Leute hielten uns für verrückt. Aber es waren diese Momente, die mir so furchtbar fehlten. Seine Schrulligkeiten. Wie er seinen Kaffee trank, und wie er nachts ganz selbstverständlich den Arm um mich legte, nur um zu wissen, dass ich da war. All das fehlte mir ganz furchtbar.

„Xander? Ich weiß, dass du mich hören kannst. Ich weiß es.“

Langsam fuhr ich mit der Hand über seine Wange. Er musste mich einfach hören können. Das waren nämlich Probleme, die wir sonst immer zusammen besprachen. Ich entschied so etwas nie alleine.

„Xander, ich weiß einfach nicht, was ich machen soll. Ich muss die Rechnungen bezahlen. Aber mir geht das Geld aus. Ich werde mir einen Job suchen. Okay? Ich weiß, du hast immer gesagt, ich solle nicht arbeiten, sondern das Leben genießen. Aber das ist gar nicht so einfach."

Ich nahm seine Hand sanft in meine.

„Du fehlst mir nämlich schrecklich. Aber das weißt du."

Immerhin sagte ich es jedes Mal, wenn ich da war – und dann mindestens zwei- bis dreimal. Vielleicht konnte er das hören und kämpfte deswegen weiter gegen das Koma.

„Die Ärzte haben mir wieder gesagt, dass du vermutlich nicht aufwachen wirst. Ich habe ihnen gesagt, sie sollen den Mund halten ... Aber ich warte schon so lange auf dich ... und du ... du wachst einfach nicht auf! Ich will dich aber nicht so in Erinnerung behalten ... Wenn ich dich aber noch oft hier besuchen muss, werden die anderen Bilder von dir in meinem Kopf verblassen ... Gott ... Xander, wach doch endlich auf!"

Ich hatte mir ganz fest vorgenommen, nicht zu weinen. Aber jetzt war es plötzlich gar nicht mehr so einfach.

„Ich kann das nicht mehr. Ich halte dich in deinem Körper gefangen ... stimmts? Ich weiß, wie du dich fühlst. Als würdest du an einem Ast hängen ... Du hast Angst vor dem Fall und dem Aufprall, deswegen kannst du nicht loslassen. Aber die Schmerzen in deinen Armen werden so schlimm, dass du endlich loslassen willst ... Habe ich recht? Ich will dich loslassen, aber ich kann nicht! Ich habe Angst ... Wenn ich ihnen sage, dass sie dich gehen lassen sollen ... dann bist du weg ... und ich kann dich nicht mehr sehen. Das ist so egoistisch von mir, ich weiß ... Ich will dich sehen können!"

Ich musste weinen und kletterte auf die Seite des Betts, wo kaum Geräte standen. Ich kuschelte mich fest an ihn und bemerkte wieder, wie dünn er in den letzten drei Monaten geworden war. Es war nicht fair, was ich hier tat.

„Was ist, wenn du in einer Woche aufwachst? Oder in einem Monat? Ich könnte vielleicht mein ganzes Leben so weitermachen ... aber es geht nicht. Ich habe einfach keine Kraft mehr. Weil du nicht da bist, um mir neue zu geben. Xander ..."

Ich hatte unheimliche Angst, diesen Satz auszusprechen. Am liebsten hätte ich ihn runtergeschluckt, aber als ich die ganze vorherige Nacht durch unsere Fotoalben geblättert hatte, war ich zu diesem Entschluss gekommen. Zu dem Entschluss, der nicht nur mein Leben betraf. Eines Tages, wenn Scott das ganze Ausmaß meiner Entscheidung verstehen würde, musste ich mich dem stellen. Ich musste ab jetzt jeden Tag mit dieser Entscheidung leben. Hundert Varianten war ich durchgegangen. In den letzten Monaten hatte ich mehr Ärzte als Freunde getroffen. Scott hatte hier mehr Zeit verbracht als in der Schule. So konnte das nicht weitergehen. Da Xanders Eltern beide nicht mehr lebten, erwarteten die Ärzte eine Entscheidung von mir. Ausgerechnet von mir! Von mir, die ich immer erst Xanders Meinung eingeholt hatte, bevor ich an der Fleischtheke wusste, welches Fleisch ich zum BBQ kaufen sollte. Vielleicht konnte ich ihm helfen, wenn er bei der Farbwahl für die Krawatte unsicher vor dem Spiegel stand. Sofort schlich sich ein Lächeln auf meine Lippen. Xander vor dem Spiegel in unserem Schlafzimmer. In unserem Heim. Erinnerungen ... Konnten

Menschen nur mit Erinnerungen leben? Mein Mund war unglaublich trocken. Da musste ich zum ersten Mal in meinem Leben den Mut finden, eine Entscheidung zu treffen – und dann war es diese hier ... Noch nie ist mir etwas in meinem Leben so schwergefallen, wie diese Worte. Sie waren so endgültig und ich befürchtete, dass mir die Konsequenzen davon noch lange nicht bewusst geworden waren. Ich würde mich hassen, jeden Tag ein bisschen mehr. Aber Sie hätten Xander kennen müssen, um mich zu verstehen. Er war ein so aufgeweckter Mensch, mit so vielen Plänen und so voller Liebe. Ihn jetzt Tag für Tag sehen zu müssen, wie er nur noch dalag, das brachte mich um den Verstand. Ich küsste sanft seine Wange und sah ihn an, seinen leblosen Körper. Ich hoffte so sehr, dass er mich noch verstehen und mir die Gewissheit geben konnte, in seinem Sinne zu handeln. Die Pieptöne der Geräte, die wie Sirenen in meinem Kopf hallten, empfand ich mehr und mehr als Hilferufe; für mich waren es seine stummen Hilfeschreie, ihn endlich zu erlösen.

„Xander ... ich werde dich loslassen."

Ich gab Scott die Chance, sich von seinem Daddy zu verabschieden, was er auch tat. Ich konnte nicht dabei zusehen, also lehnte ich draußen neben der Tür. Das war feige und unfair. Ich hätte Scotts Hand halten müssen. Ihm zur Seite stehen. Aber ich konnte nicht. Was auch immer die letzten Worte unseres Sohnes an seinen Vater waren – ich war der Meinung, nur Xander sollte sie hören. Und ich hoffte so sehr, dass er sie hören konnte! Ich hatte lange gewartet. Jetzt sollte Scott alle Zeit der Welt haben, um Lebewohl zu sagen. Vermutlich versuchte er, seinem Vater all das zu sagen, wofür er eigentlich ein ganzes Leben Zeit haben sollte. Wenn ich jemals an Gott gezweifelt hatte, dann in diesem Moment. Dennoch ertappte ich mich dabei, gerade jetzt zu ihm zu beten. Ich hoffte, ich tat das Richtige.

„Mrs Jackson."

Ich zuckte richtig zusammen. Ich hatte Angst, dass es schon soweit war. Innerlich hoffte ich, dass Scott noch mehr Zeit brauchte. Aber es war kein Arzt, sondern Charlie Shaw. Er sah furchtbar aus. Ungefähr so wie ich. Er hatte vermutlich auch schon eine ganze Weile nicht mehr geschlafen.

„Mr Shaw."

Er trat neben mich, seine Augen waren gerötet, und ich traute mich gar nicht zu fragen. Aber was hatte ich denn zu verlieren?

„Wie geht es Ihrem Bruder?"

„Schlecht. Er wird bald sterben."

„Das tut mir sehr leid."

Das tat es wirklich. Ich wusste genau, wie er sich fühlte. Mein nächster Gedanke war so furchtbar, dass ich mich dafür schämte, aber ich hatte ihn. Ich war froh ihn zu sehen, weil ich genau wusste, dass er denselben Schmerz mit sich trug.

Es gibt hundert Menschen, die jetzt zu mir kommen würden, und alle würden sie sagen: *„Wir wissen, wie du dich fühlst."* Aber sie haben keine Ahnung, weil ihr Mann noch neben ihnen liegt, wenn sie einschlafen. Und er ist auch noch da, wenn sie aufwachen. Diese Leute sollen mir also nicht erzählen, wie es in meiner Situation ist.

„Und Ihr Mann?“

„Er wird bald sterben.“

Er konnte es vermutlich in meinem Gesicht sehen, wie schnell dieses *„bald“* kommen würde.

„Und was ist mit Ihrer Hoffnung, Mr Shaw?“

Er zuckte die Achseln und wieder sammelten sich Tränen in seinen Augen. Das hatte ich nicht gewollt. Ich war mir sicher, er weinte auch ohne mich genug. Da musste ich nicht auch noch mehr Salz in seine Wunden streuen. Aber ich war nicht in der Lage, wirklich darüber nachzudenken, was ich sagte.

„Auf dem Weg hierher scheine ich sie verloren zu haben.“

„Das ist schade.“

Er sah mich an und versuchte nicht mal, seine Tränen zu verstecken. Er sah direkt in meine Augen, und schien durch mich hindurchsehen zu können, direkt auf meine Gefühle, direkt in meine Seele, wo wir uns für den Bruchteil einer Sekunde unendlich nah waren.

„Und wo ist Ihre?“

„Liegt direkt neben Ihrer.“

Er nickte wieder nur, fuhr sich kurz über das Gesicht und wollte dann gehen. Ich griff spontan nach seinem Arm und hielt ihn so davon ab, schon zu gehen. Ich wollte weinen, aber nicht alleine. Er sollte hierbleiben.

„Charlie ... Ich lasse heute die Geräte abschalten.“

Warum ich das sagte, wusste ich nicht. Er sah mich an und schien zu erahnen, welcher Schmerz sich in mir ausbreitete. Dann legte er seine Arme um mich. Ich kannte diesen Mann nicht, wusste nichts über ihn –

und trotzdem wollte ich einfach nur in den Arm genommen werden. Er hielt mich einfach nur fest.

„Ich weiß, das Leben ist unfair. Es ist nicht mehr wert als Dreck. Zumindest in Momenten wie diesen." Das Schöne war, dass er mir nicht einen schlauen Spruch aufdrückte wie: *„Gott wird einen Grund haben, um ihn zu sich zu holen."* Er traf einfach nur den Nagel auf den Kopf.

„Nur nicht aufgeben, Nicole. Nicht aufgeben. Versprechen Sie mir das!"

Langsam lösten wir uns wieder voneinander und die Tränen liefen mir inzwischen über das Gesicht. Ich hasste es, vor anderen zu weinen – aber Charlie konnte mich in diesem Moment besser verstehen, als jeder andere Mensch auf der Welt. Er nahm mein Gesicht in seine Hände. So zwang er mich, ihn anzusehen.

„Weitermachen!"

Ich nickte und er ließ mich los. Hinter mir ging die Tür auf und Scott trat neben mich. Charlie machte einen kleinen Schritt zurück. Scott sah mit verweinten Augen zu mir.

„Ich habe mich von Daddy verabschiedet."

„Okay. Dann ... okay ... also ..."

Charlie winkte nur noch kurz und verschwand dann langsam durch den Flur. Ich sah ihm nach, bis ich ihn nicht mehr sehen konnte. Er würde um die nächste Ecke verschwinden und dann weinen. Ich wusste es genau, weil ich es in den letzten Tagen genauso gemacht hatte. Weil man nur für eine bestimmte Zeit diese Maske aus Hoffnung und Zuversicht tragen kann, bevor die Realität einen gnadenlos in die Knie zwingt. Aber jetzt musste ich den schwersten Gang meines ganzen Lebens meistern. Scott griff nach meiner Hand und drückte sie kurz. Ab jetzt würde sich alles verändern. Für immer.

Es war alles ganz merkwürdig. Ich hatte gedacht, überall würden Kerzen brennen, wir würden alle schwarze Kleidung tragen und uns mit Blumen verabschieden. Es brannten natürlich keine Kerzen, Scott trug noch sein Baseballshirt und Blumen hatte ich keine mehr gekauft. Ich bestand nur darauf, dass „*Time After Time*" laufen müsste, während Xander uns verließ. Es war alles ganz anders als in meiner Vorstellung. Die Geräte hörten auf zu piepsen, dann hörte man nur noch Stille. Ich drückte Xander einen Kuss auf die Stirn ... und dann ... endete das Leben meines Mannes ... Scott hielt die ganze Zeit über meine Hand. Ich wollte nur noch raus aus dem Krankenzimmer, so schnell es ging, weil ich da drin viel zu viel Zeit verbracht hatte. Aber ich hatte Angst, auch nur einen Schritt zu tun. War es doch ein Fehler? Xanders Körper war die letzte Verbindung zu dem Mann, dessen Nachnamen ich trug, dessen Sohn meine Hand hielt, und dessen Liebe mich jeden Tag verzaubert hatte. Sie ließen uns so viel Zeit, wie wir wollten ... Aber irgendwann hat man keine Tränen mehr. Keine Worte. Sogar die Gefühle wurden taub. Wie lange wir noch bei ihm blieben, kann ich nicht mehr sagen.

Mir wurde auf dem Flur ein bisschen schwindelig, also nahmen wir vor dem Krankenhaus auf einer Bank Platz. Ich konnte Charlie von hier aus sehen. Er saß alleine unter einem Baum und weinte. Zuerst wollte ich zu ihm rübergehen, aber ich wusste nicht, was ich sagen sollte ... Xander war tot. Ich weinte nicht mehr. Auf eine ganz seltsame Art und Weise war ich erleichtert. Weil mir noch nicht klar war, was jetzt folgen würde. Der Albtraum würde erst anfangen. Aber das wusste ich natürlich nicht. Wie sollte ich auch langfristig denken können? Ab sofort hieß es bei mir, einen Tag nach dem anderen schaffen. Nicht an eine Woche oder einen Monat denken. Das würde nur zu Chaos führen. Mein Gedanke im Moment war, ob ich Scott morgen wirklich in die Schule schicken sollte.

Neben mir wurde die Tür aufgerissen und Carol tauchte auf. Sie sah sich panisch um. Zuerst dachte ich, sie würde uns suchen, aber dann erkannte sie Charlie.

„Mr Shaw? Kommen Sie schnell! Es geht um Ihren Bruder!“

Charlie sprang sofort auf und rannte auf den Eingang zu. Carol war schon wieder im Inneren verschwunden, als er neben uns auftauchte. Nur ganz kurz blieb er stehen, sah mich an. In seinem Blick lag die gleiche Leere wie in meinem. Dieser Blick verband uns für immer.

Dann rannte er ins Innere. Zwei Menschen starben an einem Tag und ließen ihre Familien zurück. Wer weiß, vielleicht hat es Charlies Dad ja doch richtig gemacht, als er aufgehört hat, seinen Sohn zu besuchen. Er hat sich einige Tränen und Schmerzen erspart, sie geschickt auf Charlie übertragen, der jetzt da rein musste, um sich für immer von seinem Bruder zu verabschieden.

„Mom… du hast gesagt, wir gehen bei Pizza Hut essen.“

Dafür war ich Scott so unendlich dankbar! Er wollte nicht, dass wir weinten und trauerten. Er hat gesagt, dass es Daddy nicht gefallen würde. Wir sollten etwas tun, was wir immer zu dritt getan hatten. Pizza Hut war immer donnerstags unsere Abendbeschäftigung, und heute war Donnerstag. Wir durften nur die Normalität nicht aus den Augen verlieren, sonst war alles verloren. Obwohl mir nicht nach Normalität zumute war, sammelte ich meine letzte Kraft und stand auf. Für Scott. Und auch für Xander.

# Neuanfang

Das Haus wirkte auf mich ziemlich leer. Nicht, dass Xander oft zu Hause war, aber vielleicht war es nur sein Geruch, der langsam verschwand. Zuerst hatte ich seine Klamotten immer noch in der Wohnung verteilt, aber irgendwann musste ich aufräumen. Es ließ sich einfach nicht vermeiden. Und das war jedes Mal ein neuer Kampf mit mir und meinen Gefühlen. Zuerst funktionierte es ganz gut. Ich wischte um seine Hemden herum, ließ seine Schuhe im Flur stehen. Aber jedes Mal, wenn ich an ihnen vorbeigehen musste, kamen die Gefühle wieder hoch. An manchen Tagen hatte ich sogar Träume, wenn man es so nennen will.

*„Schatz, hast du mein Hemd gesehen?“*

Seine Stimme klang so real, dass es gar keinen Zweifel gab. Er war wieder da! Ich drehte mich um und da stand er: in seinen Anzughosen, ohne Hemd. Nur die Krawatte hing schon um seinen Hals. Er hatte Rasierschaum im Gesicht und die Haare hingen ihm nass in der Stirn.

*„Ich bin spät dran ...“*

Doch jedes Mal, wenn ich ihn so umarmen und fest an mich drücken wollte, verschwand er wieder, bevor ich ihn berühren konnte. Es half also alles nichts. Ich musste aufräumen. Aber ich konnte nicht. Ich sperrte seine Sachen in den Schrank, was nicht reichte, denn ich verschob diese Träume nur. Sie holten mich ein, wenn ich mir meine Kleider raussuchte und dabei seine Hemden, Hosen und T-Shirts sah.

Ich wäre so gerne so stark wie Scott gewesen, der ohne große Probleme in die Welt zurückfand. Es schien also tatsächlich nur an mir zu liegen. Er traf weiterhin seine Freunde, machte Hausaufgaben und half im Haushalt. Es tat mir nur leid, dass ich ihm nicht die Mutter sein konnte, die ich unbedingt sein wollte. Er sollte sich auf mich stützen können – und nicht andersrum. Er hatte schon seinen Vater verloren, da sollte er nicht auch noch auf seine Mutter verzichten müssen, weil ich mich immer wieder von Träumen überraschen ließ.

„Nicole? Bist du zu Hause?"

Wo sollte ich denn sonst sein? Immerhin verbrachte ich die meiste Zeit zu Hause, las ein bisschen in der Zeitung und wartete scheinbar nur darauf, dass eine Anzeige auf dem Arbeitsmarkt mich ansprach. Vielleicht schob ich es auch nur so weit wie nur möglich vor mir her. Mir wuchsen die Rechnungen über den Kopf, und langsam aber sicher musste ich einen Job finden. Jedes Mal, wenn ich eine Bewerbung fertig hatte, wollte ich sie abschicken. Aber dann fragte ich mich, ob eine Stelle im Postamt wirklich die Zukunft war, die ich wollte? Auf der einen Seite würde ich Geld bekommen; aber das würde bedeuten, dieses Haus verlassen zu müssen. Dazu war ich noch nicht bereit.

Meine beste Freundin Sally tauchte hinter mir auf. Sie kam oft vorbei in letzter Zeit und früher hatte ich mich sehr gefreut, sie zu sehen. Wann immer wir konnten, planten wir zusammen Mädchenabende, aber in letzter Zeit war mir einfach nicht danach.

„Hi. Wie geht es dir heute?"

Die Frage hörte ich inzwischen seit sechs Monaten fast jeden Tag. So erinnerten sie mich immer an den

Zeitpunkt, an dem Xanders Dasein aufgehört hatte ... War es schon so lange her, dass er den Unfall gehabt hatte? Der Anruf? Das Krankenhaus? Ich wollte am liebsten schreien, aber dann würde ich mir meine letzten Freunde verscheuchen. Was hatte ich dann noch? Meinen Sohn, den ich bestimmt auch bald verscheuchen würde.

„Es geht besser. Und dir?"

Die Frage war Unsinn, weil es ihr eigentlich immer gut ging. Sicher, sie hatte mit mir gelitten, als Xander im Krankenhaus lag, aber sie hatte einen tollen Mann und ein gutes Leben. Wir hatten das bisher beide gehabt. Jetzt änderte sich alles. Wie sollte ich mit ihnen zum Picknick gehen? Sehen, wie sie als glückliches Ehepaar Hand in Hand spazierten?

„Mir geht es gut. Sag mal, was hältst du davon, wenn wir was zusammen unternehmen? Wir könnten essen gehen? Oder ins Kino?"

„Kino?"

Ich hasste Kino. Das ist nicht wahr, ich liebte Kino. Wir waren früher so oft dort. Manchmal holte mich Xander am Wochenende direkt von der Arbeit ab und wir fuhren in die Mitternachtsvorstellung. Auch mit Sally hatte ich dort unendlich viele Filme gesehen.

„Es laufen ein paar echte Blockbuster. Was meinst du? Wir können Scott bei Jason lassen."

Jason war ihr Ehemann und ich mochte ihn sehr. Er konnte gut mit Kindern umgehen und ich fragte mich, wie lange sich die beiden noch Zeit lassen würden. Immerhin wäre er ein wunderbarer Vater.

„Ich denke nicht. Ich muss hier noch aufräumen und ... und solche Dinge ..."

„Hier ist doch schon alles aufgeräumt. Nicole, du musst mal wieder raus."

„Sally ... ich weiß. Ich muss nicht nur das... Ich muss vor allem einen Job finden. Und das ist gar nicht so leicht. Ich hab nämlich keinen vernünftigen Abschluss."

„Nicole, du findest einen Job. Ich bin mir sicher."

„Als Sekretärin."

„Wieso nicht? Du musst erst mal Geld verdienen. Danach kannst du dir immer noch einen Traumjob suchen."

„Sicher. Das geht bestimmt ganz einfach."

„Du siehst das sehr negativ. Wie viele Bewerbungen hast du weggeschickt?"

Gott, ich hasste dieses Gespräch jetzt schon! Sally war zu schlau für mich und wusste genau, wie ich mein Leben wieder in den Griff bekommen könnte. Das wussten außer mir nämlich alle, ganz offensichtlich. Sally würde mir eines Tages in den Hintern treten, damit ich ihn hochbekam und aus meinem seelischen Tiefpunkt wieder herausfand. Sie hatte damit auch recht, aber mir war im Moment einfach nicht danach, wieder aufzustehen.

„Sally... versteh das bitte nicht falsch. Im Moment wisst ihr alle besser als ich, wie das Leben funktioniert ... aber ich brauche eure Hilfe nicht."

„Doch, das tust du. Und ich werde nicht zusehen, wie du alles wegwirfst. Du musst wieder zu leben anfangen. Verstanden?"

„Sally..."

„Nein. Ich gehe jetzt und du machst deine Bewerbung klar, ja?"

Ich nickte. Sie hatte gewonnen – und ich war ihr unendlich dankbar, auch wenn sich zu diesem Gefühl ein bisschen Wut mischte. Hatte ich mir nicht fest vorgenommen, mich von diesem Schicksalsschlag nicht dauerhaft niederschmettern zu lassen? Um nichts in der Welt wollte ich aufgeben! Das war ich Scott schuldig. Das war ich Xander auch irgendwie schuldig.

Das hatte ich ihm zumindest auf der Beerdigung versprochen. Es war keine besonders große Zeremonie. Es sollte einfach, schlicht und schön sein. Ich hasste Friedhöfe, aber jetzt würde ich da mehr Zeit verbringen, als mir lieb war. Manchmal goss ich nur die Blumen oder ich brachte ein Buch mit, nahm neben seinem Grabstein Platz und las ein bisschen. Manchmal laut, meistens nur für mich. Aber ich stellte mir vor, wie ich nicht mehr an dem Stein lehnte, sondern an seiner Schulter. Es war jetzt schon ein halbes Jahr her, dass ich ihn gesehen hatte. Wie lange war es her, dass ich seine Stimme gehört hatte?

Manchmal, wenn Scott nicht zu Hause ist, spiele ich noch heute eine alte Nachricht ab, die er mir auf dem Anrufbeantworter hinterlassen hat. Ich kann sie auswendig, weiß genau, wie er bestimmte Worte ausgesprochen hat. Aber ich werde nicht müde, sie zu hören.

*„Hi Schatz. Ich bin auf dem Heimweg, werde nur kurz ne Kleinigkeit essen und dann bin ich auch schon zu Hause. Hoffe du bist noch wach, wenn ich da bin. Ich liebe dich."*

Nichts Besonderes. Er hat nicht um meine Hand angehalten, nicht die ewige Liebe geschworen. Früher hatte ich ständig solche Nachrichten auf dem AB, das war für mich belanglos. Wie oft habe ich gehört: Man lernt Dinge erst dann schätzen, wenn sie weg sind. Ich bin immer davon ausgegangen, dass solche Sätze im Zusammenhang mit einer *Mexikanischen Woche* bei Burger King stehen. Ich vermisse heute noch den *Chili Whopper.* Aber wer hätte geahnt, dass ich meinen Mann eines Tages so sehr vermissen würde?

„Mom? Ich bin wieder da."

Scott überraschte mich in der Küche, wie ich meine Hände schon länger als eine Viertelstunde unter das fließende Wasser hielt. Seitdem Sally gegangen war, hatte ich mich mit Erinnerungen beschäftigt. Mal wieder.

„Was machst du da?"

Sofort drehte ich das Wasser ab und versuchte, zurück in die Realität zu finden. Das war gar nicht so einfach. Aber Scotts Gesicht half mir dabei. Er würde seinem Vater einmal sehr ähnlich sehen, aber das wollte ich ihm nicht schon wieder sagen.

„Nichts. Ich habe den Abwasch gemacht. Wie war die Schule?"

„Gut. Ich habe eine eins für meinen Aufsatz bekommen."

„Für welchen Aufsatz?"

„Welchen wohl! Den über den letzten Sommer."

Er reichte ihn mir und ich überflog nur kurz die ersten Zeilen. Jeder musste einen Aufsatz über den Sommerurlaub schreiben, der schon eine Ewigkeit zurücklag. Scott war es noch nie schwergefallen, Dinge in Worte zu fassen. Man hatte dann immer das Gefühl, selbst dabei gewesen zu sein.

„Das ist toll. Ich bin stolz auf dich."

„Hängst du ihn an den Kühlschrank?"

„Klar. Natürlich."

Es war für ihn immer das Größte, wenn ich seine Sachen an die Kühlschranktür hing. Vollkommen egal, was es war – ob Bilder aus dem Kindergarten, Urkunden vom Fußball oder eine gute Note. Noch immer hing dort ein Foto: Xander und Scott bei ihrem letzten Angelausflug. Ich konnte es einfach nicht entfernen. Die beiden sahen so entspannt aus. Ihr Lächeln ließ jeden Morgen die Sonne in meinem Herzen aufgehen.

„Mom ... Hast du einen Job gefunden?"

„Heute hatte ich keine Zeit, mir die Zeitung zu kaufen."

Meine Ausreden wurden immer billiger. Ein deutliches Zeichen dafür, dass es mir egal war, ob mein Sohn meine Notlügen bemerkte. Ich fühlte mich dabei nicht mal schlecht.

„Das habe ich mir gedacht. Deswegen habe ich sie dir mitgebracht."

Er zog tatsächlich die Zeitung aus seinem Rucksack und reichte sie mir. Ich war ganz schön überrascht. Aber ich hörte auch die Alarmglocken. Sally tauchte jeden Tag hier auf, um mich daran zu erinnern, dass ich einen Job brauchte – und jetzt kam mein kleiner Junge damit zu mir! Es war also klar, ich hatte mich gehen lassen. Das Leben war mir aus der Hand geglitten, und das wollte ich nicht. Dankend nahm ich ihm die Zeitung ab und legte sie neben mich auf den Küchentisch. Jetzt! Jetzt oder nie!

„Scott, es tut mir leid, dass ich in letzter Zeit..."

„Schon okay, Mom."

„Es tut mir leid."

„Ich weiß."

Immerhin hatte ich nicht angefangen zu trinken, obwohl mich die meisten davor gewarnt hatten. „Du darfst deine Sorgen nicht in Alkohol ertränken!" Diese Sorge war vollkommen unberechtigt. Ein Glas Wein – und ich war vollkommen betrunken. Das wurde mir dann immer so peinlich, dass ich lieber bei einem Glas Cola meinen Spaß hatte. Als Alkoholikerin würde ich eine ganz erbärmliche Figur abgeben.

Während Scott also seine Hausaufgaben machte, schlug ich die Seite mit den Stellenanzeigen auf und ging sie eine nach der anderen durch. Es wurde Zeit, die Dinge wieder in die Hand zu nehmen.

„Nicole? Ich hoffe, ich habe dich nicht geweckt."

Ich hasste das Telefon. Jedes Mal, wenn es klingelte, hatte ich wieder diese Gänsehaut. Ich erwartete eine schreckliche Nachricht. Wie damals. Aber es war nur Sally, und es war auch schon kurz nach sieben Uhr.

„Es tut mir leid, wenn ich dich geweckt habe. Aber ich habe ein Bewerbungsgespräch für dich organisiert."

„Du hast was?"

Wie konnte sie es wagen, mir diese Nachricht um diese Uhrzeit zu überbringen? Ich war noch lange nicht in der Lage, solche Überraschungen ordnungsgemäß zu verarbeiten. Herrgott, ich war gerade erst aufgewacht!

„Ja, du hast richtig gehört. Jason war so nett und hat sich ein bisschen umgehört. Und wie sich rausgestellt hat, suchen die tatsächlich jemanden."

„Wahnsinn. Das ist toll. Danke."

„Ja, super – nicht? Wie auch immer, du musst los."

„Ich muss los?"

„Ja. Dein Gespräch ist in einer Stunde. Aber mach dich nicht verrückt, wird bestimmt alles gut laufen. Du hast doch einen Lebenslauf, oder?"

„Du meinst, ob ich einen geschrieben habe? Das habe ich, aber ich habe keinen Lebenslauf. Oder meinst du, es interessiert sie, wie viel Folgen von *Will & Grace* ich gesehen habe?"

„Keine Sorge, die sollen super locker drauf sein, also mach dir keine Sorgen. Sei einfach du selbst!"

Jetzt verstand ich langsam, was hier passierte. Ich musste in einer Stunde zu einem Vorstellungsgespräch. Wann hatte ich zum letzten Mal ein solches Gespräch? Nach der Highschool, vermutlich. Trotzdem sollte ich dankbar sein.

„Okay. Wo bewerbe ich mich denn?"

„Es klingt jetzt nicht so cool, wie du dir das erhofft hast, aber es ist cool. Das sagt zumindest Jason."

„Sally ..."

„Sekretärin, oder so was, das wissen die selber noch nicht. Da ist eine Stelle frei geworden, private was-weiß-ich ..."

„Wo?"

„Shaw Brothers. Schreinereibetrieb, glaube ich."

„Shaw Brothers? Das klingt etwas ..."

„Vermutlich hast du die Anzeige gelesen. Also, schicke Klamotten, aber nicht verkleiden. Nicht zu viel Make-up. Das ist eine Schreinerei, okay?"

„Danke."

„Und jetzt bring Scott endlich in die Schule!"

Ich glaube, Scott war aufgeregter als ich selbst. Die ganze Zeit im Auto hat er nur gesagt, wie viel Glück er mir wünschte, und wie sehr er an mich denken wollte, lauter solche Dinge. Ich war vorher nicht so nervös. Aber jetzt, da Scott aus dem Auto gestiegen war, schien die Nervosität über mich hereinzubrechen. Das war aber eigentlich gar nicht gut für mich, deswegen versuchte ich, mich mit einem Frozen Cappuccino wieder auf den Boden zu holen. Das gelang mir auch ganz gut. Zumindest so lange, bis ich an einer Kreuzung fast die Vorfahrt übersehen hätte. Und zwar nicht meine, sondern die des roten Ford Mustangs. Es passierte nichts, keine Sorge, nur der Cappuccino ergoss sich über meine neue beige Hose. Das war alles gar nicht schlimm, aber – warten Sie! – ja, genau, ich hatte doch ein Bewerbungsgespräch! Leider war es ein bisschen zu spät, um noch mal nach Hause zu fahren und die Hose zu wechseln. Ich würde also wieder in die unendliche Welt der Peinlichkeiten eintauchen müssen. Vielleicht hätte ich auf der Kreuzung wenden sollen, aber das war doch lächerlich. Welcher Arbeitgeber würde sich schon von einem unübersehbaren braunen Fleck auf meiner Hose blenden lassen!? Spätestens jetzt hatte meine Nervosität eine 4,3 auf der Richterskala erreicht ...

„Hallo? Ist hier jemand?"

Ich war vielleicht fünf Minuten zu früh, aber war das ein Grund, die Tür noch verschlossen zu halten? Oder hatte sich Sally vertan, und ich hatte gar nicht hier und jetzt meinen Termin? Das rote Schild in der Einfahrt ließ zumindest darauf schließen, dass ich hier bei den Shaw Brothers war. Und das große Haus machte auf mich einen sehr angenehmen Eindruck. Es sah ganz so aus, als ob hier eine große Familie am Sonntagstisch Platz finden könnte.

„Hallo?"

Der See, der auf der anderen Seite des Hauses lag, schimmerte wunderbar blau. Hier wollte ich nicht arbeiten, sondern leben. Es war wie in einem Buch von Nicholas Sparks. Wunderschön! Wenn Kinder hier eine Geburtstagsparty feiern würden, hätten sie bestimmt mehr Spaß als im Bällebad von Ikea.

„Hallo?"

„Ja?"

Endlich eine Stimme! Ich war also nicht in eine Art von *Bates Motel*-Geschichte gestolpert. Also gestolpert war ich schon, aber das lag mehr an meinen hochhackigen Schuhen. Und mit dem Fleck auf der Hose konnte es gar nicht mehr schlimmer werden.

„Mein Name ist Jackson. Nicole Jackson. Ich glaube, ich habe einen Termin hier."

Ich konnte nur erahnen, wo die Stimme herkam. Noch konnte ich nämlich niemanden sehen. Aber die Stimme kam mir bekannt vor. Nicht vertraut, aber bekannt. So, als ob ich sie schon mal gehört hatte, allerdings ohne sofort ein Gesicht dazu assoziieren zu können. Die Veranda war unendlich groß. Sie ging um das ganze Haus, und man konnte bestimmt hervorragend über den See schauen. Zu gerne hätte ich jetzt die Aussicht genossen.

„Nicole?"

Jetzt erkannte ich auch das Gesicht zu der Stimme. Und natürlich kannte ich es. Aber es überraschte mich, dass ich das alles so schnell vergessen hatte. Shaw Brothers – wieso hatte es bei diesem Firmennamen nicht schon viel früher geklingelt? Mein Gehirn hatte in den letzten Monaten offenbar mehr gelitten, als ich zuerst angenommen hatte.

„Charlie?“

Er trug ein graues T-Shirt und Jogginghosen. Die Haare klebten ihm verschwitzt über der Stirn und er war ein wenig außer Atem.

„Bin ich zu früh?“

„Nein … ich bin ein bisschen zu spät. Ich dachte, es reicht für meine morgendliche Runde, aber das ist knapp geworden. Bin wohl etwas außer Form.“

Er lehnte sich auf das Geländer und sah zu mir runter. Ich hatte mir sein Gesicht nicht so genau angesehen, weil damals unendlich viel andere Dinge passiert sind. Aber er sah jetzt etwas entspannter aus. Er schüttelte kurz den Kopf.

„Verzeihung … ich bin unhöflich … kommen Sie doch bitte rauf.“

Er zeigte auf die Treppen der Veranda und reichte mir seine Hand, die ich natürlich annahm. So musste ich nicht krampfhaft versuchen, mein Gleichgewicht zu halten. In diesen Schuhen würde es mir nämlich auch nicht gelingen. Beim nächsten Vorstellungsgespräch sollte ich auf meine Turnschuhe zurückgreifen.

„Wenn ich das sagen darf, Sie sehen viel entspannter aus, Nicole.“

Vermutlich hätte ich jedem anderen in die Weichteile getreten, wenn er sich erdreisten würde, das zu sagen. Aber bei Charlie wusste ich, wie es gemeint war. Ich lächelte und versuchte, ihn genauso wie mich zu täuschen. Ich war weit, weit weg von Entspannung! Oder von Normalität …

„Sie aber auch."

Er nickte lächelnd und endlich stand ich neben ihm. Es war so eigenartig, ihn hier zu sehen. Ich konnte mich nicht hinter irgendwas verstecken, konnte keine neue Identität aufbauen, weil er genau wusste, wie es mir ging und was ich hinter mir hatte.

„Ich würde trotzdem gerne duschen."

„Und ich würde gerne diese Hosen wechseln."

Er folgte meinem Blick auf meinen rechten Oberschenkel und somit auf den Fleck. Es ist komisch – wenn man mit einem Fleck auf der Hose herumlaufen muss, fühlen wir uns doch alle wieder wie damals in der Highschool, oder nicht?

„Vielleicht kann ich ja uns beiden helfen. Kommen Sie doch bitte rein ... Wollen Sie vielleicht auch einen Kaffee? Diesmal für Sie, nicht für die Hose."

„Sehr gerne."

Die Küche sah aus, als ob hier tatsächlich sonntags noch immer Menschen am Tisch saßen, und sich alle Zeit der Welt nahmen, um ihren Brunch zu zelebrieren. Was ich am meisten mochte, das waren die Brotkrumen auf dem groben Holz des Tisches. Das kannte ich nur aus Serien wie *Lassie* oder so. Bei mir zu Hause gab es keinen solchen Tisch, auch keine Brotkrumen.

„Schwarz?"

„Mit Milch und Zucker."

„Kommt sofort."

Er machte den Kaffee soweit fertig und drehte sich dann wieder zu mir um. Keine Frage, es war uns beiden unangenehm. Ich habe bisher sehr selten Menschen getroffen, die ich erst so wenig gekannt habe, und denen ich mich schon so sehr offenbart hatte. Er war dabei, als ich den schlimmsten Moment meines Lebens vor mir hatte. Außer meinem Sohn war mir in diesem Moment niemand so nah gewesen.

„Also, ich werde schnell duschen gehen, wenn Sie nichts dagegen haben. Und ich kann Ihnen eine andere Hose anbieten. Die wird bestimmt nicht so schick sein wie Ihre, aber sie hat keinen Fleck."

Das war dämlich. Ich konnte doch keine fremde Hose tragen. Auf der anderen Seite fühlte ich mich in meiner so unwohl, dass ich eine Gänsehaut bekam, wenn ich nur daran dachte.

„Ist nicht nötig."

„Ich kann mal nachsehen ... nur einen Moment."

Bevor ich widersprechen konnte, schoss er an mir vorbei nach oben. Ich stand verloren in der wunderschönen Küche und sah mich um. Man fühlte sich sofort wie zu Hause. In dieser Küche wollte ich kochen, nur ein einziges Mal. Ich kochte nämlich sehr gerne, aber in meiner Küche war nicht der Platz, den ich gerne hätte.

„Guten Morgen!"

Ich fühlte mich ertappt, was ich vermutlich auch war, weil ich gerade in eine Keksdose sah, in der sich tatsächlich Kekse befanden.

Seien Sie ehrlich, haben Sie zu Hause noch Keksdosen? So was kenne ich nur aus den *Waltons*, aber hier waren tatsächlich Schokoladensplitterkekse drin. Xander hatte die geliebt, aber immer nur auf seinen Reisen gegessen.

„Kann ich Ihnen vielleicht helfen?"

Mir stand ein älterer Mann gegenüber, der in einem karierten Bademantel und mit zerknittertem Gesicht ziemlich verwirrt aussah.

„Machen Sie Kaffee?"

Ich nickte, weil ich nicht so genau wusste, was ich sagen sollte. Wer war denn dieser Mann? Und war er wirklich so schlimm, wie er aussah? Ich hatte wirklich einen kurzen Moment Angst um mein Leben! Er erinnerte mich an den berühmten Anthony Hopkins in seinem vermutlich bekanntesten Film. *Hannibal the Cannibal* in der Küche mit der Keksdose! Der Mann hatte graues Haar, das er streng kurz geschoren trug. Trotz seines seltsamen Aufzugs nahm ich eine bessere Haltung an und unterdrückte nur mit Mühe den Impuls, salutieren zu müssen. Irgendetwas an ihm erinnerte mich an einen Feldherrn, der in früheren Zeiten mit rauer Stimme seine Truppen durch den Bürgerkrieg geführt hatte. Das musste der Bruder von General Sherman sein – oder von *Hannibal the Cannibal.*

„Sind Sie eine Freundin von Charles?"

Ich nickte wieder, weil ich das ja irgendwie war. Wollte ich wirklich hier arbeiten? Und wie lange musste ich noch mit diesem Mann alleine in dieser Küche bleiben?

„Ich bin sein Vater. General John."

Die Betonung legte er auf „General", also musste er hier der eigentliche Chef sein. Er reichte mir seine Hand, allerdings ohne vorher militärisch zu grüßen, und ich nahm sie sofort an. Vielleicht würde er mich erschießen oder abschlachten, wenn ich nicht freundlich genug war. Hier draußen am See konnte ich noch so laut schreien, das würde nichts bringen. Niemand würde mich hören!

„Nicole, ich habe eine Hose gefunden!"

Charlie kam um die Ecke geschossen und prallte fast mit dem älteren Mann zusammen. Diese Szene war, so glaubte ich, an Absurdität nicht mehr zu überbieten. Charlie hielt mir eine rote Jogginghose hin, in der ich vollkommen idiotisch aussehen würde. Aber ich konnte es auch nicht ablehnen.

„Charles! Wieso stellst du mir deine hübsche Freundin denn nicht vor?"

Charles passte gar nicht so gut zu ihm. Charlie schon viel eher, immerhin war er das Nesthäkchen. Und jetzt war er auch noch der einzige Sohn. Sally hatte heute so etwas erwähnt. Familiäre Probleme, eine Stelle war frei geworden. Natürlich! Sein Bruder war doch verstorben, jemand musste seinen Platz einnehmen. Ich war mir nur nicht mehr so sicher, ob ich das sein wollte.

„Das ist nicht meine Freundin, General. Ich habe doch gesagt, dass sich jemand für die freie Stelle bewirbt."

*General* John Shaw sah mich an, runzelte die Stirn, musterte seinen Sohn und nickte schließlich nur. Der General schien dieses Haus mit eiserner Hand zu regieren. Ich kannte jedenfalls niemanden, der seinen Vater mit einem militärischen Rang ansprach.

„Die jungen Leute soll jemand verstehen. Ich werde mit meinem Kaffee auf die Veranda gehen. Wenn Sie sich umziehen wollen – Charles zeigt Ihnen bestimmt sein Zimmer."

Charlie schob seinen Vater, genannt General, unsanft zur Tür und griff nach meiner Hand. Ich hatte keine Ahnung, wo ich hier gelandet war, aber irgendwie hatte es einen gewissen Charme. Zum ersten Mal seit langem musste ich mal wieder lachen. Charlie sah mich überrascht an, während ich ihm durch den Flur folgte. Wie ein Vorstellungsgespräch fühlte es sich noch nicht an – oder ich hatte in den letzten Jahren mehr verpasst, als ich angenommen hatte.

„Sie lachen?"

„Ja, und das ist schön. Ehrlich. Ich möchte Ihnen dafür danken."

Er blieb stehen, ich blieb stehen.

„Das muss alles ziemlich idiotisch wirken, tut mir leid. Aber seit mein Bruder im Krankenhaus war ... ist hier einiges nicht mehr gelaufen. Der General hat versucht, die Firma zu führen, was ihm nicht gelungen ist. Jetzt bin ich wieder wach und will hier den Laden zum Laufen bringen. Ich fände es schön, wenn Sie mich dabei unterstützen könnten."

„Wie meinen Sie das?"

„Ich habe keine Ahnung, ob sie tippen können oder nicht, ob Sie Kaffee kochen können oder nicht ... Ich habe es satt, hier alleine zu arbeiten. Möchten Sie für uns arbeiten?"

Das kam dann doch recht überraschend. Ich hatte einen Fleck auf der Hose, er trug einen verschwitzten Jogginganzug, ich hatte nichts von einem Büro gesehen – aber wieso sollte ich diese Chance nicht sofort nutzen? Hatte ich denn etwas Besseres in Aussicht? Natürlich nicht, weil ich zu viel Angst hatte, meinen Lebenslauf wegzuschicken.

„Mr Shaw, Sie haben eine neue Mitarbeiterin."

Es schien ihn zu überraschen. Vermutlich hatte er, genauso wenig wie ich, wirklich an meine Zusage geglaubt. Meistens fiel man damit ja auch auf die Nase. Obwohl ich mir nicht vorstellen konnte, dass diese Masche schon mal jemand versucht hatte.

„Das freut mich wirklich sehr, Mrs Jackson."

„Könnte ich trotzdem auf das Angebot mit der Hose zurückkommen?"

Scott wartete vor der Schule auf mich. Ich hatte ihm versprochen, ihn abzuholen. Schon von weitem konnte ich ihn sehen. Er war noch nervöser, als ich es war, trat von einem Bein auf das andere. Und ich kannte meinen Sohn – er war nicht der Typ, der eine Blase wie ein Eichhörnchen hatte. Somit war sein Verhalten ein klares Zeichen für seine Aufregung. Ich ließ ihn einsteigen, ließ ihn mich ansehen, ließ ihn die Erwartung im Blick haben. Schließlich erlöste ich ihn.

„Wie wäre es mit einem Essen bei Pizza Hut?"

„Heute ist nicht Donnerstag."

„Aber wir haben was zu feiern."

Er schrie so laut, dass ich Angst hatte, die Leute könnten annehmen, ich würde meinen Sohn mit einem Messer kitzeln. Aber das war mir ziemlich egal, ehrlich gesagt. Ich drückte ihn fest an mich. Ein Job bedeutete ein bisschen Normalität, und Scott hatte sich das ebenso verdient wie ich.

„Ich habe es gewusst! Sie wären dumm, wenn sie dich nicht genommen hätten!"

„Danke. Das habe ich nur geschafft, weil du so fest an mich gedacht hast. Habe ich recht?“

„Um ehrlich zu sein, ich konnte gar nicht so fest an dich denken. Wir haben einen Test in Mathe geschrieben.“

Das war es immer wieder, was mich so am Leben überraschte. Man dachte, das eigene Leben wäre so einmalig und wichtig, dass der Rest der Welt stehen bliebe, nur weil man ein wichtiges Gespräch hatte. Aber so war es nicht. Scott hatte mich vermutlich in dem Moment vergessen, als er den Stift in die Hand nehmen musste und die Fragen las. Für ihn war das der wichtigste Moment an diesem Tag. Ich würde die rote Jogginghose als Highlight angeben.

„Mom, jetzt wird alles besser. Glaub mir.“

Das hoffte ich. Es tat etwas weh, dass mein kleiner Sohn so erwachsen sprechen musste, und nicht wie die anderen Kinder auf dem Schulhof unbeschwert spielen konnte. In seinem Alter sollte er sich keine Sorgen um die Mutter machen müssen. Ich hoffte, dass auch ich mich wieder mit anderen Dingen beschäftigen konnte. Ich wollte arbeiten und wenigstens für einige Minuten am Tag vergessen, dass ich Witwe war. Ich wollte wieder ein normales Leben führen. Vielleicht würde ich dann auch nicht ständig an Xander denken. Nein, ich wollte ihn nicht vergessen. Ich würde weiterhin sein Grab besuchen, seine Hemden im Schrank aufbewahren und ihn lieben. Aber er war seit über einem halben Jahr nicht mehr bei mir. Ich musste wieder zu leben anfangen. Und dieser Job sollte mir helfen, wieder zurückzukommen. Dass Charlie da war, schien die ganze Sache für mich noch etwas einfacher zu machen. Wie oft hatte man schon einen neuen Arbeitsplatz und fühlte sich dort wohl, weil alles so herrlich unkompliziert war?

# Ein neuer Job

Mein Büro war ziemlich klein, aber ich hatte ein Fenster zum See hin. Mir gefiel es sofort, weil es gar nicht wie ein echtes Büro aussah. Charlie war so nett gewesen und hatte einen Blumenstrauß auf den Tisch gestellt. Es freute mich, weil ich das Gefühl hatte, in eine nette Atmosphäre aufgenommen zu werden. Bevor er mir die drei Kartons neben dem Tisch zeigte, durch die ich mich quälen durfte, wollte er mir das Haus zeigen. Es war mir nicht nur so groß vorgekommen, es war tatsächlich groß. Das lag allerdings daran, dass die Firma auch im Haus untergebracht war. Es gab zwei Büros, je eines für die beiden Brüder. Aber nur Charlies war besetzt, was mir natürlich klar war. Dann gab es die eigentliche Schreinerei, die etwas außerhalb lag. Im Keller wurden die Möbel und Spielzeuge, die hier hauptsächlich hergestellt wurden, verpackt und jeden Mittwoch von einem LKW abgeholt. Charlies Büro war voll von Plänen und Fotos. Überall lagen leere Pappbecher herum, zerknüllte Blätter zierten den Boden. Er war zweifellos der kreative von den beiden Brüdern gewesen, jedenfalls musste man das annehmen. Aber ihm schien das eher unangenehm. Verzweifelt versuchte er, einige der Pläne zusammenzurollen, während ich mich umsah. Er schien eine Menge Zeit hier zu verbringen.

„Sie sind kein ordentlicher Typ, was?"

„Das war ich mal. Sie müssten mein Zimmer sehen. Ich habe die T-Shirts nach Farben sortiert."

Er lächelte verloren in diesem Chaos. Schließlich gab er auf, für Ordnung sorgen zu wollen. Es war nett zu sehen, dass auch er nur ein Mensch war, obwohl ich das ja eigentlich schon wusste. Dennoch gefiel mir dieses Chaos.

„Ist das Ihr Bruder?"

Ich deutete auf ein Foto, das mit einer Pinnnadel an der Wand hing. Es waren eine Menge gerahmter Fotos, aber keine persönlichen Momente. Firmenfotos, die einen guten Eindruck machen sollten. Aber sie interessierten mich nicht im geringsten. Ich sah mir nur das Foto der zwei Brüder an. Es war schon etwas älter, sie sahen jung aus. In jeder Familie gab es dieses Foto: Jungs, wie sie die Arme um die Schulter des anderen legten und breit in die Kamera lächelten. Bei mir zu Hause hing es am Kühlschrank und zeigte Xander und Scott. Hier waren es Brüder.

„Ja. Das ist Colin."

Colin sah seinem Bruder Charlie gar nicht besonders ähnlich. Er hatte dunkle Haare und stahlblaue Augen. Nur das Lächeln – daran hätte man erahnen können, dass es sich um Brüder handelte. Aber Charlie sah irgendwie unglücklich aus. Seine grünen Augen strahlten nicht so sehr und sein Lächeln wirkte fehl am Platz.

„Das Foto ist schon älter ... Ich habe Colin an dem Tag ins Krankenhaus gebracht."

„Er sieht gar nicht krank aus."

„Damals ging es ihm ja auch noch gut ..."

Ich drehte mich wieder um und sah Charlie, wie er die Hände in die Hosentaschen schob und an mir vorbei auf das Gesicht seines Bruders starrte. Ich kannte dieses Gefühl. Auf meiner Seite des Bettes stand noch immer das Foto von Xander. Überall gab es Fotos von ihm und ich war noch nicht soweit, sie abzuhängen. Vielleicht würde ich das nie tun. Zu genau wußte ich also, wie Charlie sich fühlte, wenn er dieses Foto ansah – als sein Bruder noch ein Teil seines Lebens war.

„Wir haben es gemacht, damit ich mich immer daran erinnern konnte, wie es wäre, wenn er nach Hause zurückkommt ... Vier Jahre lang habe ich es jeden Tag angestarrt ..."

Er lächelte sanft und ich wusste, dass er das noch nicht sehr viel Menschen erzählt hatte.

Man weiß so was dann immer sofort. Wenn ich eine Geschichte höre, kann ich sofort erraten, ob sie schon mal erzählt worden ist. Der Klang der Stimme ist dann ganz anders. Man sucht noch die richtigen Worte und versucht, alle Gefühle reinzupacken die man hat, wenn man an diese bestimmte Situation denkt.

„Er hatte das gleiche Foto im Krankenhaus ..."

Er wollte noch etwas sagen, als das Klingeln des Telefons ihn unterbrach. Es schien ihn gleichzeitig daran zu erinnern, wo er war und was wir taten. Ein kurzes Kopfschütteln, bevor er nach dem Hörer griff.

„Shaw Brothers, Charles Shaw?"

Heimlich stellte ich mir die Frage, wie es sich für ihn anfühlen musste, jedes Mal am Telefon „Shaw Brothers" zu sagen. Und dabei zu wissen, dass sein Bruder nicht mehr lebte. Es war genauso, wie wenn Leute mich fragten, wie ich heiße. Früher habe ich mit Stolz *Nicole Jackson* gesagt. Nun sagte ich es mit einer gewissen Trauer und betete, nicht schon wieder weinen zu müssen. Ich hieß zwar noch Jackson, aber ich fühlte mich nicht mehr wie Mrs Jackson. Ohne Xander an meiner Seite schien mein Name nur ein sinnloses Accessoire zu sein.

„Hi ... wo steckst du denn gerade? Solltest du nicht schon auf dem Heimweg sein?"

Er sah zu mir und lächelte. Vielleicht sprach er gerade mit seiner Freundin. Komisch. Bei dem Gedanken daran, dass er vielleicht eine Freundin hatte, beschlich mich kurz ein unangenehmes Gefühl. Wieso eigentlich? Sicher, ich mochte Charlie, aber mochte ich ihn so sehr, dass es mich stören würde, wenn er vergeben war? Wieso machte ich mir darüber überhaupt Gedanken? Immerhin trug ich noch immer meinen Ehering am Finger. Xanders Ring baumelte an einer Kette um meinen Hals, wo ihn zwar niemand sehen konnte, ich aber wusste, dass er da war. Es war unser kleines Geheimnis, welches mir noch geblieben war.

„Okay. Also noch ein paar Tage? Ich hoffe schwer, das lohnt sich ..."

Langsam schlich ich mich aus dem Büro und sah den Flur entlang. Links lag mein Büro, rechts das von Colin. Zu gerne wollte ich wissen, wie es wohl aussah. Wieso sollte ich nicht einen Blick ins Innere werfen? Immerhin arbeitete ich jetzt hier. Und es war auch ganz simpel. Ich schob einfach die Tür auf und trat ein. In eine Welt, die es so nicht mehr gab. Es war nur noch eine Momentaufnahme von einem Leben, das man nicht loslassen konnte. Eine Art Denkmal für Colin. Eine Erinnerungsbrücke an die gute Zeit. Was mich beruhigte, war die Tatsache, dass es Charlie wirklich nicht anders ging als mir. Hier war auch noch alles so eingerichtet, als würde Colin jederzeit durch die Tür kommen. Dieses Büro war viel aufgeräumter, aber ich konnte trotzdem sehen, dass hier gearbeitet worden war. Auch hier lagen Skizzen, aber sie waren nicht auf dieses Zeichenpapier gezeichnet, sondern auf alle möglichen Dinge: Pizzakartons, Servietten und Briefumschläge. Einige Poster hingen an der Wand, Kinoplakate und Postkarten aus allen Teilen der Welt. Das hatte Xander auch gesammelt: Postkarten, die Plätze zeigten, an denen er nie war, aber die er gerne gesehen hätte. Bevor mich Charlie im Büro seines Bruders erwischen konnte, schlüpfte ich schon wieder auf den Flur und verschwand in meinem Büro. Das war ein tolles Gefühl! Ich hatte ein eigenes Büro und sogar Blumen. Vielleicht würde ich Scott fragen, ob er mir ein Bild malen wollte. Wieso sollte ich alles an unseren Kühlschrank hängen? Ich hatte jetzt ein eigenes Büro!

„Ach, hier sind Sie. Verzeihung ... das Gespräch war wichtig."

„Natürlich."

„Wenn Sie Hunger haben, im Kühlschrank ist jede Menge."

„Kühlschrank?"

Den hatte er mir noch nicht gezeigt. Ich war davon ausgegangen, dass ich mein Essen hier in meinem Büro deponieren musste, aber vielleicht gab es ja noch eine Art Kantine. Überraschen würde es mich nicht.

„In der Küche, da waren wir doch schon."

„In Ihrer Küche?"

„Klar. Der Kühlschrank ist viel zu groß, aber der General achtet immer darauf, dass er auch ja voll ist. Nehmen Sie sich, was Sie wollen. Wir haben keine kleinen Aufkleber mit Namen drauf."

„Das ist wirklich sehr nett."

Das war es wirklich. Zugegeben, ich hatte noch nicht besonders viele Arbeitsstellen gehabt, aber keiner meiner Freunde erzählte mir diese Version von einem Job. Das Essen war meistens erbärmlich, der mitgebrachte Pudding noch vor der Mittagspause aus dem Gemeinschaftskühlschrank geklaut.

„Machen Sie das für alle Mitarbeiter? Ich fühle mich, als wollten Sie mich adoptieren."

„Sie sehen so aus, als ob Sie eine Familie brauchen könnten."

Damit traf er vollkommen ins Schwarze. Meine Eltern in Nebraska wohnten zu weit weg, als dass ich mich ständig bei ihnen ausweinen konnte. Wir sahen uns vielleicht dreimal im Jahr. Xanders Eltern waren verstorben, ich hatte keinen Bruder, keine Schwester. Nur Scott. Eine Mutter und ein Kind ergaben nicht unbedingt das, was ich man sich unter einer richtigen Familie vorstellte.

„Und in Ihrer Familie ist ein Platz frei?"

Er nickte und sah mich einen Moment lang an. Ja, es gab diesen Platz. Aber niemand würde ihn jemals einnehmen können. Das wussten wir beide. Charlie setzte zu einem Lächeln an und verabschiedete sich dann: er müsste noch etwas arbeiten, ich sollte mir keinen Kopf wegen der Akten machen. Wenn ich nicht so schnell durchkäme, dann könnte ich ihn jederzeit um Hilfe bitten oder ihn mit Fragen nerven. Es war schade, dass erst mein Mann einen tödlichen Unfall haben musste, bevor ich einen Menschen wie Charlie kennenlernen durfte. Vermutlich hatte ich im letzten halben Jahr nicht besonders viel Menschen kennengelernt, aber in den Jahren davor. Freunde von Xander, Arbeitskollegen, Mütter von Scotts Freunden, aber nie war ein Mensch dabei, der mich wirklich beeindruckt hatte. Beeindruckt auf eine Art und Weise, die mich bewegte. Charlie hatte nicht einfach nur eine gute Erziehung genossen – das zweifellos – er hatte eine Wärme den Menschen gegenüber, die sehr selten anzutreffen war. Er schaffte es, dass ich mich besser fühlte, nur weil er da war. Zu gerne hätte ich die Frau kennengelernt, der er seine Liebe schenkte. Hoffentlich war sie gut zu ihm. Menschen wie Charlie strahlten Liebe aus, und wer auch immer die Glückliche war, die sein Herz erobert hatte, sie sollte glücklich sein. Ich wäre es an ihrer Stelle gewesen.

Mein Mittagessen, ein Sandwich, welches ich mir aus den verschiedenen Zutaten aus dem Kühlschrank zusammengestellt hatte, nahm ich auf der Veranda zu mir. Es war herrlich ruhig und der Ausblick beeindruckte mich immer noch. Wie schön musste es für Kinder sein, hier aufzuwachsen.

„Glauben Sie mir, der See beeindruckt Sie auch nach vielen Jahren noch."

Er war unbemerkt hinter mich getreten und lehnte sich gegen die Wand. Sein Blick schweifte verträumt über den See. Wie viel Erinnerungen er wohl damit verband?

„Ist wirklich sehr schön hier. Ich vergesse fast, dass ich arbeiten sollte."

Ich stand auf und klopfte mir die Krümel von den Jeans. Meine Pause war schon seit fünf Minuten vorbei.

„Ich bin ziemlich weit mit den Akten. Ihr Vater hat das alles ziemlich ordentlich geführt."

„Was uns nicht davon abhält, Schulden zu haben."

„Allerdings."

Er nickte und nahm einen Schluck aus seiner Tasse. Ein Lächeln konnte ich nicht vermeiden, als ich den Schriftzug *Charlie* auf der Tasse las. Sie sah selbst gemacht aus.

„Schicke Tasse."

„Oh, die hab ich in der Highschool gemacht. Der Kaffee schmeckt aus ihr am besten."

„Verstehe. Ich muss wieder rein."

„Klar."

Aber ich schaffte nur einige Schritte von ihm weg, als ich schon wieder stehen blieb und ihn erneut ansah.

„Ich weiß, ich arbeite noch nicht besonders lange hier ..."

„Es ist Ihr erster Arbeitstag."

„Ja... aber die Schulden ... und ich sehe keine Arbeiter in der Schreinerei ... wie ..."

„Wie wir das Geld auftreiben wollen? Tja, gute Frage. Ich werde heute Nachmittag mit dem ersten Schrank anfangen. Bevor wir Geld haben, um den Holzlieferanten zu bezahlen, werde ich einige Dinge restaurieren müssen. Damit versuchen wir, uns jetzt über Wasser zu halten. Es gibt eine Menge Sachen, die Leute bei uns vorbeibringen, weil sie alt und hässlich sind."

„Sie restaurieren selber?"

Er stellte die Tasse auf das Fensterbrett neben sich und hob die Hände.

„Mit den eigenen Händen."

Das fiel mir schwer zu glauben. Er hatte viel zu feine Hände, als dass sie mit einem Hobel über das Holz sausen sollten. Er sollte an einem Zeichenbrett sitzen und sein Bestes geben. Aber manchmal kann man sich die Dinge nicht aussuchen. Er lächelte, als er mein ungläubiges Gesicht sah.

„Wenn man in einer Schreinerei aufwächst, lernt man schnell, dass Papier und Bleistift nicht alles sind. Vor allem, wenn der große Bruder schon das Zeichengenie ist."

Ich nickte überzeugt, nahm mir aber fest vor, ihn nachher in der Schreinerei zu besuchen. Mal sehen, was diese Hände noch so alles konnten. Das ist nicht so anzüglich gemeint, wie es klingt. Verzeihung!

Während ich mich durch die Akten wühlte, noch mehr Schulden fand und am Ende bemerkte, dass die Firma eigentlich schon dem Ruin nahe war, klopfte es an meiner Tür. Ich hatte es noch immer nicht ganz verarbeitet: ich hatte ein Büro!

„Herein."

Das sagte ich nicht ohne Stolz. Es war General John, der seinen Kopf durch die Tür streckte und mich lächelnd ansah. Jetzt sah er gar nicht mehr aus wie ein menschenfressender Irrer. Obwohl er eine einfache NY Yankees-Kappe trug, hatte ich dennoch erneut das Bedürfnis zu salutieren. Nur das schmale Lächeln auf seinem sonst eher strengen Gesicht hielt mich davon ab. Einige Fotos von ihm in Uniform hingen im Flur. Er schien seinen Dienst bei der Army sehr ernst genommen zu haben. Zum Rang eines Generals hatte er es zwar nie gebracht – aber hier im Haus war er ohne Zweifel lange Jahre der Mann gewesen, der den Ton angegeben hatte. Und wie Charlie von ihm sprach, war dieser Ton eher rau gewesen.

„Hi. Ich wollte nur mal sehen, wie es unserer neuen Mitarbeiterin so geht."

„Sehr gut. Vielen Dank. Ich habe mich sehr schnell eingelebt, aber Sie beide machen mir das auch nicht schwer."

„Ich habe versucht, Charlie von der Idee abzubringen, eine Sekretärin einzustellen, müssen Sie wissen."

Oh! Er wollte mich also eigentlich gar nicht hier haben? Super Aussichten! War das nicht eigentlich seine Firma? Er könnte mich feuern und ich saß wieder auf der Straße. Nicht bildlich gesehen. Ich würde wieder Kreuzworträtsel in meinem Wohnzimmer ausfüllen, aber hier fühlte ich mich wohler. Ohne besondere Qualifikationen hätte ich so meine Schwierigkeiten, wieder einen solchen Job zu finden.

„Aber vielleicht hat Charlie doch recht und Sie können uns helfen. Ich würde diese Firma nur sehr ungern den Bach runtergehen sehen."

Das konnte ich nachvollziehen. Ob ich ihnen allerdings dabei helfen konnte, mochte ich bezweifeln. Das war mein erster Job, und ein abgebrochenes Jurastudium hin oder her: ich hatte keine Ahnung davon, wie man eine Firma führte.

„Seitdem meine Frau gestorben ist, sind Sie die erste Frau in diesem Haus."

Er sah mich traurig an. Wie war es wohl, wenn man seine Frau und seinen Sohn überlebte? Eins war klar: auch wir beide hatten mehr gemeinsam, als uns lieb war.

„Wusste gar nicht mehr, dass es so schön ist, wenn eine Frau hier ist. Ich meine, verstehen Sie mich nicht falsch. Aber es ist schön, ein nettes Lächeln zu sehen ... das ... wollte ich nur mal gesagt haben."

Seit einer sehr langen Zeit hatte niemand mehr etwas so Nettes zu mir gesagt. Ich konnte weder die Firma retten, noch seine Frau ersetzen – aber wenn ich ihm nur durch ein nettes Lächeln eine kleine Freude machen konnte, dann würde ich das tun. Schwer zu erklären, wie sehr sich das Leben veränderte, wenn man wusste, dass man es nicht planen konnte. Kleine Freuden spielten plötzlich eine so große Rolle.

„Mr Shaw?"

Er blieb an der Tür kurz stehen und drehte sich zu mir, allerdings erst, nachdem er sich mit dem Hemdärmel über die Augen gefahren war.

„Ja?"

„Vielen Dank."

Er lächelte und nickte dann zur Tür. Das Lächeln auf seinem Gesicht war eine Art Vater-Lächeln. Jeder Vater auf der ganzen Welt hat dieses Lächeln. Ich kannte es von Xander.

„Mein Sohn meint, wieder Schränke retten zu müssen."

„Ich glaube, jemand sollte ihn retten."

„Nun, diese Stelle ist noch frei. Wenn Sie sich beeilen, erwischen Sie ihn noch."

Die ganze Zeit hatte ich mir überlegt, welche Ausrede ich benutzen konnte, um mich in die Schreinerei schleichen zu können. Jetzt hatte ich praktisch den Auftrag vom obersten Befehlshaber bekommen. Ich schob meinen Bürostuhl zurück und stand auf.

„Das lasse ich mir nicht zweimal sagen."

Kennen Sie den Film *„Der einzige Zeuge"* mit Harrison Ford? Wenn nicht, holen Sie es nach. Es gibt diese Szene, als Ford ein Auto auf der Amish-Farm repariert und im Radio läuft *„Wonderful World"*.

So ungefähr sah es aus. Charlie hatte die Ärmel seines Hemdes hochgekrempelt, den Hobel in der Hand und das Radio an. Nur lief in meiner Version von *„Der einzige Schreiner"* nicht *„Wonderful World"* sondern *„Purple Rain"* von Prince. Charlie pfiff das Lied mit, während er lässig über das Holz hobelte.

„Sie machen das sehr gut."

Überrascht drehte er sich zu mir um und lächelte, nachdem er einen Moment innegehalten hatte.

„Ich bin es nicht mehr gewöhnt, dass außer mir noch andere Menschen hier sind."

Ich ließ aber auch kein Fettnäpfchen aus. Wieso erinnerte ich ihn immer wieder an den Verlust seines Bruders?

„Ich wollte Sie nicht erschrecken."

„Unsinn. Kommen Sie her, schauen Sie sich das an."

Gerne kam ich näher, während er das Radio leiser machte; was ich schade fand, denn es handelte sich um meinen Lieblingssong von Prince. Bei Gelegenheit wollte ich es ihm sagen.

„Ist der Schrank nicht wunderschön? Wie kann man so was wegwerfen?"

In seinen Augen war ein leichtes Funkeln zu sehen, während er mit den Fingern über das Holz fuhr. Ich nickte, weil der Schrank wirklich schön war. Und was er daraus machte, das war noch viel schöner. Ich hatte ihn unterschätzt.

„Fühlen Sie mal."

Er griff nach meiner Hand, und obwohl ich versuchte, mich auf das Holz unter meinen Fingern zu konzentrieren, kam ich nicht umher, auch seine Haut zu bemerken. Sie war auf eine angenehme Weise rau und gleichzeitig weich. Und sie war warm. Mein Herz machte einen kleinen, fast unmerklichen Sprung, was mir eine Heidenangst einjagte. Ich weigerte mich zu akzeptieren, dass ich Charlie auf diese Art und Weise mochte. Ja, ich mochte ihn, das konnte ich inzwischen sogar in den Spiegel sagen – aber nein, ich mochte ihn noch nicht *so* sehr. Wieso fielen mir dann so viele Kleinigkeiten bei ihm auf? Die sehnigen Unterarme, wenn er einen Karton vom Boden aufhob. Die Form seiner Lippen, wenn er an seinem Kaffee nippte. Er war mein Chef, da sollten mir solche Dinge nicht auffallen, weil ich nicht auf sie zu achten hatte. Aber ich tat es. Und jetzt seine Hand auf meiner zu spüren ... das ging fast ein bisschen zu weit.

„Ähm ... ich wollte nur fragen, ob Sie vielleicht ein Glas Wasser wollen, oder so."

Irgendwie musste ich meine Gedanken wieder dahin führen, wo sie hingehörten. Leicht war das nicht, kann ich Ihnen sagen. Er schüttelte auch nur den Kopf und klopfte auf den Schrank.

„In einer Stunde bin ich hier fertig. Dann fahre ich ihn in die Stadt."

„Okay."

„Wollen Sie mitfahren? Ich kann Sie dann gleich unseren Kunden vorstellen. Den wenigen, die uns noch geblieben sind."

Obwohl ich viel zu tun hatte, obwohl mir hundert Gründe einfielen, wieso ich es nicht tun sollte, nickte ich. Er lächelte zufrieden und griff wieder nach den Handschuhen.

„Dann beeile ich mich und Sie …"

„Ich gehe wieder in mein Büro und sortiere die Akten. In einer Stunde bin ich auch durch."

„Sie sind schnell."

„Und gut."

Ein bisschen Selbstbewusstsein hat noch nie geschadet. Aber woher ich es plötzlich hernahm, wusste ich nicht. Früher neigte ich immer dazu, Komplimente nicht annehmen zu können. Selbst wenn sie von Xander kamen. Er lobte ein bestimmtes Kleid oder einen Lippenstift, und ich warf darauf hin gleich panisch einen Blick in den Spiegel. Wieso fiel ihm ausgerechnet dieses oder jenes auf? Sah das vielleicht dämlich aus? Aber ich wollte nicht mehr so sein wie früher. Ich wollte selbstbewusst wirken! Wenn Frauen selbstbewusst sind, bekommen sie kein Mitleid. Nicht mal, wenn die betreffende Person eine alleinerziehende Witwe ist. Ewig konnte ich mich hinter dieser Tatsache nicht mehr verstecken. Und mit jeder Minute, die ich im Haus der Familie Shaw verbrachte, wollte ich es auch nicht mehr.

Während ich mich auf den Weg zurück ins Büro machte, spürte ich seine Blicke auf meinem Rücken –

und fragte mich, ob mir die Jeans vielleicht einen dicken Hintern machten? So viel zum Selbstbewusstsein.

# Der Chef als Freund

In seinem roten Pick-up fuhren wir mit dem Schrank auf der Ladefläche in die Stadt, nachdem General John uns noch daran erinnerte, etwas zu essen. Ich hatte wirklich keine Ahnung, was ich von ihm halten sollte. Er sprach gut über Charlie, aber wenn sie zusammen waren, dann ging es zwischen den beiden selten harmonisch zu. Manchmal hörte ich sie in der Küche oder in Charlies Büro streiten. Es ging immer um die Firma, aber ich befürchtete, es ging noch um noch so einiges mehr, wovon ich aber keine Ahnung hatte, und woran auch nichts ändern wollte.

„Mein Vater hat recht. Ich sollte Sie zum Essen einladen."

„Sollten Sie?"

„Ein Geschäftsessen. Das kann ich von der Steuer absetzen."

Er grinste, während er sich auf die Straße konzentrierte und mich nicht ansah. Das fand ich mal ganz angenehm. Er musste schließlich auf den Straßenverkehr achten, also hatte ich die Chance, ihn länger zu beobachten. Er trug seine Haare inzwischen etwas länger, als damals im Krankenhaus. Sie waren ein bisschen lockig und er musste sie immer wieder hinter sein Ohr streichen. Das tat er meistens dann, wenn er nicht mehr wusste, was er sagen sollte.

„Wie geht es Ihrem Jungen?"

„Scott? Oh, der ist gerade bei unserer Nachbarin. Sie passt ein bisschen auf ihn auf, während ich arbeite. Manchmal bleibt er aber auch alleine und spielt dann meistens Playstation. Er hat es erstaunlich gut überstanden ... Ich bin sehr stolz auf ihn."

„Ist bestimmt nicht einfach."

„Nein. Aber er hat mir durch die schwere Zeit geholfen. Ich wollte mich am liebsten vergraben ..."

Ich unterbrach mich selbst, weil ich merkte, dass er mich ansah, während wir an einer roten Ampel warteten. Ich spielte mit dem Ehering an meinem Finger, er bemerkte es ebenfalls.

„Und wie geht es Ihnen?"

„Mir?"

In der letzten Zeit hatten so viele Menschen gefragt, wie es mir ging, aber ich habe nie die Wahrheit gesagt. Nie die absolute Wahrheit – weil ich dieser Frage keine Aufrichtigkeit entnehmen konnte. Es waren Floskeln, die sie abspulten, weil es sich nun mal gehörte. Ihrer Frage folgte dann meistens ein mitleidiger Blick. Vermutlich gibt es irgendwo einen Ratgeber für den Umgang mit denen, die einen geliebten Menschen verloren haben. Darin steht dann sowas wie: mitleidig schauen, nicken, Arm tätscheln. Und Sachen sagen wie: „Alles wird gut." Oder: „Die Zeit heilt alle Wunden." Aber Charlie wollte die Wahrheit wissen, das konnte ich an seinem Blick erkennen.

„Gut."

Wieso ich wieder log, wusste ich nicht. Charlie wusste vermutlich genau, dass es eine Lüge war. Er nickte nur und sah mich an. Vielleicht sollte ich endlich die Chance nutzen und alles rauslassen. Aber wieso musste ich meinen Ballast immer bei ihm abwerfen? Wieso erzählte er nicht, wie es ihm ging?

„Gut? Damit beeindrucken Sie vielleicht Ihre Nachbarin."

„Was meinen Sie?"

„Wie geht es Ihnen wirklich?"

„Das wollen Sie doch gar nicht wissen."

„Meinen Sie?"

Die Ampel wurde grün und ich wurde von der Last seines Blickes erlöst. Es waren seine Augen, die direkt durch mich hindurchsehen konnten. Ich fühlte mich so nackt und ungeschützt, wenn er mich ansah. Als könnte ich nicht mehr lügen, weil es keinen Sinn machte. Er fragte nicht weiter und ich antwortete nicht. Die Ruhe war so unerträglich, dass ich schließlich das Radio einschaltete und lieber dem Wetterbericht lauschte als der Stille. Stille hatte ich in meinem Haus zur Genüge. Ich brauchte es nicht auch noch hier. Charlie schien zu merken, dass ich nicht bereit war, über dieses Thema zu reden – nicht mit ihm und auch mit sonst niemandem.

An der nächsten roten Ampel drehte er sich dennoch zu mir.

„Wenn Sie trotzdem mal loswerden wollen, wie es Ihnen wirklich geht ... Ich bin da. Und wenn Sie es zulassen, werde ich noch eine ganze Weile da sein."

Solche Angebote bekam ich nicht jeden Tag, vielleicht freute es mich deswegen so sehr. Alle wollten im letzten Jahr meine Freunde werden, meinten mich zu verstehen und, was noch viel schlimmer war, mir helfen zu können. Nichts von all dem war die Wahrheit. Sally konnte mir helfen, sicher, sie passte manchmal auf Scott auf, erledigte für mich den Einkauf, aber all das half nicht, Xanders Tod zu verarbeiten. Es fiel mir noch immer schwer morgens aufzuwachen, einen neuen Tag in Angriff zu nehmen, und Scott davon zu überzeugen, dass alles in bester Ordnung war. Aber durch den Job bei Charlie hatte ich zumindest das Gefühl, ein neues Leben zu bekommen. Es fühlte sich so an, als ob ich einen eigenen Film bekommen hätte. Nur die männliche Hauptrolle war noch nicht wieder besetzt.

„Finden Sie es nicht komisch, dass wir schon so lange beide in dieser Stadt wohnen, uns aber noch nie über den Weg gelaufen sind?"

Es war nett von ihm, dass er das Thema wechselte, um mich von meinen Gedanken wegzureißen. Alleine dafür wollte ich ihn umarmen.

„Ja. Ich habe nach meiner Hochzeit mit Xander viel Zeit mit seinen Freunden verbracht."

„Und ich lebe zurückgezogen am Waldrand. Das ist fast schon traurig. Ich war so gut wie nie aus."

„Wirklich? Wir haben ein paar nette Kneipen hier."

Er lachte und fuhr den Wagen an den Straßenrand. Offensichtlich waren wir an unserem Ziel angekommen. Jetzt musste man nur den Schrank wieder von der Ladefläche bekommen. Ich war ihm dabei bestimmt keine besonders große Hilfe.

„Ich war nie ein Kneipengänger, die schlechte Luft war schlecht für meinen Bruder. Und für mich war es schlecht, ihn alleine zu lassen."

„Hat Ihr Vater sich nicht um ihn kümmern können?"

„Der General? Der hat Colin doch schon viel früher abgeschrieben."

Oha, da hatte ich wohl in ein Wespennest gestochen. Seine Stimme und sein Gesichtsausdruck hatten sich verändert. Ich wollte nicht weiterfragen, weil ich vor der Büchse der Pandora Angst hatte. Aber er sprach weiter, während er beim Rückwärtsfahren das Lenkrad mit der flachen Hand drehte.

„Der General denkt immer gleich an das Schlimmste. Als sein Bruder damals gestorben ist, war er vier Monate vor seinem Tod das letzte Mal bei ihm im Krankenhaus. Mit meiner Mutter war es nicht anders. Sie haben schon seit einem halben Jahr nicht mehr wirklich miteinander gesprochen... Der General schlief im Gästezimmer."

„Das muss schrecklich gewesen sein."

Charlie nickte und starrte konzentriert in den Rückspiegel, während vor seinem inneren Auge vermutlich ganz andere Erinnerungen wie ein Film abliefen.

„Der General hatte schreckliche Angst, Mum zu verlieren. Er hat keinen Menschen so sehr geliebt wie sie. Außer vielleicht Colin. Die Vorstellung, hilflos zusehen zu müssen, wie sie von Tag zu Tag schwächer wurde ... das hätte ihm den Rest gegeben."

Ich spürte eine Gänsehaut auf meinem Körper. Xanders Gesicht blitzte vor meinem Auge auf. Auch ich habe gesehen, wie er jeden Tag, fast jede Stunde, schwächer und dünner wurde – aber nicht einen Tag mit ihm im Krankenhaus habe ich bereut. Ich war bei ihm. Bis zum Ende.

Charlie sah kurz zu mir, sein Blick war etwas glasig.

„Er ist kein schlechter Mensch. Er hat sich nur von zu vielen geliebten Menschen verabschieden müssen."

Obwohl ich dafür Verständnis hatte, erschrak mich die Einsicht, wie groß die Mauer sein musste, die der General um seine Gefühle aufgebaut hatte.

„Als Mum gestorben war, hatten Colin und ich sehr lange eine Wut auf den General."

Das klang für mich ganz fürchterlich und schob John wieder in ein ganz anderes Licht. Er hatte die Chance gehabt, sich zu verabschieden – und hat sie nicht genutzt. Ich hätte alles dafür gegeben, Xander noch mal zu sagen, wie sehr ich ihn geliebt habe.

„Deswegen haben er und ich heute noch manchmal Streit."

Ich nickte nur und versuchte, ihn nicht merken zu lassen, dass ich das schon wusste. Er sah wieder zu mir und lächelte verloren. Wie ein Junge, der an der Supermarktkasse von seinen Eltern abgeholt werden sollte.

„Aber ich langweile Sie."

„Nein. Sie lenken mich von meinen Sorgen ab. Das ist egoistisch, tut aber gut."

Vielleicht hatte ich damit den Nagel auf den Kopf getroffen. Deswegen verstanden wir uns so gut. Deswegen mochte ich ihn so sehr. Weil mir die schrecklichen Geschichten aus seinem Leben für einen kurzen Moment mein Leben schöner erscheinen ließen. Und er konnte seine Sorgen endlich mal loswerden. Klar, das war eine absurde Basis für eine Freundschaft. Aber es war das Beste, was wir kriegen konnten.

Die Frau freute sich ungemein über den Schrank, den Charlie alleine von der Ladefläche hob. Dabei wollte er unglaublich cool sein, riss sich aber die Jeans an den Knien auf und quetschte seine Hand ein. Er war wie ein kleiner Junge, der nicht zugeben wollte, dass es sehr wohl wehtat, wenn man vom Klettergerüst fiel. Aber die Frau gab ihm ein Pflaster und bedankte sich öfters als nötig. Zu mir sagte sie mit einem verschwörerischen Lächeln: „Charlie ist ein guter Fang, halten Sie ihn sich warm“. Ich brachte es nicht übers Herz, ihr zu sagen, dass wir kein Paar waren.

Kaum vor dem Haus, hielt sich Charlie kurz das Knie.

„Tut es weh?“

„Sinke ich in Ihrer Sicht, wenn ich ja sage?“

„Nein. Sie erhaschen so mein Mitleid und ich lade Sie auf einen Kaffee in Sam's Kneipe ein.“

„Das klingt nett. Ich habe schreckliche Schmerzen.“

„Vielleicht gibt es einen Nachtisch dazu.“

„Unglaublich schreckliche Schmerzen!“

„Sie sollten Ihr Glück nicht überstrapazieren.“

Ich klopfte ihm aufmunternd auf die Schulter und zog ihn mit mir. Er humpelte ein wenig und grinste dabei frech. Seine Augen leuchteten schon wieder und es freute mich, ihn so zu sehen. Das war übrigens wieder purer Eigennutz. Er gefiel mir so einfach besser. Die grünen Augen, das Lächeln. Er fing an, mir wirklich zu gefallen – so zu gefallen, wie mir eigentlich kein Mann mehr gefallen sollte ...

Sam's Kneipe war früher Xanders Lieblingsplatz, um gemütlich zusammenzusitzen, während Sally als Babysitterin Scott beaufsichtigte. Wir saßen stundenlang an dem Tisch in der Ecke, hinter dem Dartspielautomaten, und während wir Händchen hielten, aßen wir einen Burger und fühlten uns frei. Das war komisch, ich weiß, aber wir genossen diese Momente, weil sie uns an damals erinnerten, als wir frisch verliebt waren. Außerdem hätte mir mit Xander vermutlich sogar eine Rentnerkaffeefahrt Spaß gemacht.

Jetzt saß ich mit Charlie am Tisch neben dem Eingang, direkt am Fenster und sah Sam auf mich zukommen. Er war auf Xanders Beerdigung gewesen. Da hatte ich ihn auch das letzte Mal gesehen.

„Hi Nicole. Schön dich zu sehen. Ist eine kleine Weile her."

„Ja. Mir war nicht nach ausgehen."

Er lächelte verständnisvoll und sah zu Charlie, der in der Speisekarte las. Dann wanderte sein Blick wieder zu mir.

„Wie geht es Scott?"

„Gut. Er hält sich sehr gut. Ganz der Vater eben."

Charlie schien etwas Passendes gefunden zu haben und sah wieder zu uns. Ich konnte es noch immer nicht glauben. Alle Menschen, die ich kannte, waren schon mal bei Sam gewesen. Charlie aber schien ein neues Gesicht für Sam zu sein.

„Sam, das ist Charlie Shaw. Charlie, Sam. Hier bekommst du den besten Apfelkuchen weit und breit."

Charlie reichte Sam die Hand, die dieser sofort annahm, aber etwas in seinem Gesicht gefiel mir nicht. Natürlich, es musste wie ein Date aussehen, aber das war es nicht. Es war eine Art Geschäftsessen. Nicht mehr. Nicht wahr? Doch, so war es!

„Hi. Ich nehme einen Milchkaffee und den berühmten Apfelkuchen, über den sie schon die ganze Zeit spricht."

Sam notierte, nahm meine Bestellung auf, ließ sich Zeit beim Einklemmen des Bleistifts hinter seinem linken Ohr, und musterte Charlie dabei skeptisch. Sicher wirkte es auf ihn merkwürdig. Ich war schon lange nicht mehr hier gewesen und jetzt brachte ich gleich einen anderen Mann mit.

„Netter Laden."

„Ja. Ich war früher oft hier. Xander spielte gerne Dart. Und das auch noch sehr gut."

„Ich treffe nicht mal die Scheibe. Bei mir sieht das immer aus wie Speerwerfen."

Ich musste lachen, aber er zuckte nur die Schultern. Endlich mal ein Mann, der nicht immer mit seinen sportlichen Fähigkeiten angab. Er war so herrlich normal.

„Wie geht es Ihrem Knie?"

„Besser. Aber nicht gut genug, um ein Dartspiel zu überleben."

„Ich will Sie ja nicht blamieren."

Er grinste schief und lehnte sich in seinen Stuhl zurück. Sein Blick ging durch die Scheibe hinaus, über die Straße. Wo seine Gedanken waren, wusste ich nicht.

„Der General glaubt, ich wäre schuld daran, dass die Firma den Bach runtergeht."

Was sollte ich denn darauf sagen? Ich nickte nur nachdenklich und spielte mit dem Salzstreuer in meiner

Hand. Er sah mich nicht an, aber ich hoffte, dass er zumindest mit mir sprach.

„Ich kann ihm das nicht mal übel nehmen. Solange Colin im Krankenhaus war, habe ich mich nur um ihn gekümmert. Die Firma war mir egal ... Jetzt bin ich wieder da, aber es ist wohl zu spät."

„Aber es war doch wichtig, dass Sie für Ihren Bruder da waren."

Jetzt sah er mich an. Man musste kein Genie sein, um zu wissen, dass er noch nie über das Thema gesprochen hatte.

„Meinen Sie wirklich?"

„Absolut. Wenn Menschen ... wenn ... sie sollten dann nicht alleine sein."

Wieso habe ich denn all die Monate jeden Tag am Bett meines Mannes verbracht? Weil ich hoffte, dass er wüsste, ich hätte ihn nicht aufgegeben. Weil ich ihn liebte und er es spüren sollte. Charlie hatte nichts anderes getan.

„Colin hätte sich bestimmt gefreut, wenn der General mal da gewesen wäre."

Natürlich hätte er das! Was für ein Gefühl musste es sein, wenn man wusste, der Tod steht einem bevor, und der eigene Vater wollte einen nicht mehr besuchen? Charlie musste diese Rolle ausfüllen. Er musste Colin das Gefühl geben, doppelt geliebt zu werden. Ich hatte wenigstens Scott gehabt. Aber wenn John schon seinen eigenen Bruder und seine Frau verloren hatte ... Wie sollte man da noch die Kraft haben, seinen Sohn sterben zu sehen? Kein General der Welt ist stark genug für solche Schicksalsschläge.

„Nicole ... Vielen Dank."

Es war das erste Mal, dass er sich bei mir bedankte. Ich hatte ihm schon einige Male gedankt. Aber jetzt war er es. Das Gefühl, für jemanden da zu sein, war wie eine warme Decke, die um mein Herz gelegt wurde. Langsam griff ich über den Tisch nach seiner Hand und lächelte aufmunternd.

„Sie müssen sich für gar nichts bedanken. Ich glaube, es ist Schicksal, dass wir uns im Krankenhaus getroffen haben und jetzt wieder."

Ich hatte Sam nicht bemerkt, der an unseren Tisch getreten war und die Teller vor uns hinschob. Sein Blick war keineswegs so freundlich wie bei unserer Ankunft.

„Das Essen."

Damit warf er mir einen bösen Blick zu, drehte sich um und kam erst wieder, als Charlie nach der Rechnung fragte. So viel also zu meinem Versuch, ihn einzuladen.

Er fuhr mich direkt nach Hause, weil es sich seiner Meinung nach nicht lohnte, noch mal zur Firma zu fahren und mich danach heimzubringen. Das Problem der morgendlichen Fahrt zur Arbeit erledigte sich, als er mir das Angebot machte, mich abzuholen. Das wäre gar kein großes Problem, er böte es ja schließlich von sich aus an. Es müsse mir auch nicht unangenehm sein, er machte es wirklich gerne. Spätestens jetzt hätten alle meine Alarmsirenen heulen müssen, vermutlich taten sie das auch, aber ich ignorierte sie. Sogar dann noch, als er mich vor meiner Haustür umarmte – und ich es zuließ. Es hatte nichts Anzügliches. Meiner Meinung nach waren wir Freunde geworden in den wenigen Tagen, die wir uns kannten. Ich traf gerne solche Menschen, die ich Stück für Stück kennenlernte, und bei denen ich sofort merkte, dass man auf einer Wellenlänge lag. Charlie war genau so ein Mensch. Leider kannte ich nicht viele von dieser Sorte. Und zugegeben: als er mich umarmte, kam ich nicht umhin zu fühlen, dass er einen muskulösen Rücken hatte. Auch wenn ich mir verzweifelt einredete, dass wir eher wie Bruder und Schwester waren, wollte sich das Gefühl in meinem Magen nicht unterdrücken lassen.

Er wendete schließlich seinen Pick-up, hupte zweimal und verschwand über die Straße. Ich sah ihm einen Moment nach, dann ging ich ins Haus. Scott saß vor dem Fernseher und spielte Computer, was ich ihm maximal zwei Stunden am Tag erlaubte, allerdings erst nach Beendigung der Hausaufgaben.

„Hi Scott."

„Hi Mom ... bin schon im elften Level ... bald bin ich durch."

„Das ist toll."

Ich sah kurz auf den Bildschirm – aber das springende und rennende Männchen, begleitet von der schrillen Musik, rief Erinnerungen an eine sehr turbulente Achterbahnfahrt in mir hervor. Ich musste wegsehen.

„War das eben dein Chef?"

Ich hatte nicht damit gerechnet, dass er uns gesehen hatte und fühlte mich ertappt. Vielleicht dachte er jetzt etwas vollkommen Falsches? Wieso hatte ich plötzlich ein so schlechtes Gewissen?

„Ja. Charlie. Erinnerst du dich noch an ihn? Er war auch im Krankenhaus."

„Ja. Er sieht nett aus."

„Er ist nett."

Damit wollte ich auch schon weiter in die Küche, das Gespräch möglichst schnell auf ein anderes Thema lenken ... das Abendessen zum Beispiel.

„Sally hat angerufen. Du sollst sie zurückrufen. Egal wann."

Das klang dringend. Es war unsere Art, Alarm zu schlagen. „Egal wann", das bedeutete so viel wie: *Ich warte die ganze Nacht, wenn es sein muss, um dir was zu erzählen. Also nimm den verdammten Hörer in die Hand und wähle meine Nummer, die du auch im Schlaf auswendig kannst!*

Das tat ich.

„Hallo?"

„Sally? Ich bin's, Nicole. Du hast gesagt, ich soll dich anrufen?"

„Richtig."

Aber dann blieb sie stumm, kein gutes Zeichen.

„Kannst du gerade nicht sprechen?"

„Doch. Aber ich bin der Meinung, du bist dran mit sprechen."

Was war das für ein Unterton in ihrer Stimme? Ich sah ins Wohnzimmer, wo Scott noch immer dem manisch-depressiven Männchen auf dem Bildschirm folgte.

„Was ist los, Sally? Was meinst du?"

„Du hast dich mit einem Mann in der Stadt getroffen, ihr habt Händchen gehalten. Bei Sam."

„Hat er das gesagt?"

„Muss er gar nicht. Ich habe euch gesehen. Warum hast du mir nicht erzählt, dass du dich wieder mit Männern triffst."

„Ich treffe mich nicht mit Männern."

Ich hasste das an mir! Sobald ich in die Ecke gedrängt wurde, fing ich mit meiner Verteidigung an, auch wenn es dafür eigentlich gar keinen Grund gab.

„Lüg mich doch nicht an. Ich bin auf deiner Seite, das weißt du."

„Das war Charlie Shaw, mein Chef. Und wir haben nicht Händchen gehalten."

„Sah aber ganz so aus. Und wenn er dein Chef ist, was machst du dann mit ihm bei Sam?"

Das war eine gute Frage, aber ich hatte auch eine gute Antwort. Ich befürchtete nur, dass sie mir die Geschichte mit dem Schrank und dem aufgeschürften Knie nicht glauben würde. Außerdem klang sie vielleicht ein bisschen zu romantisch, und ich wollte ihren Verdacht nicht noch schüren. Heimlich hatte ich mir diese Frage nämlich auch schon gestellt: Warum verbrachte ich eigentlich meine Zeit mit Charlie?

„Wir waren eine Kleinigkeit essen, weil wir einen Schrank zu einer Kundin gefahren haben. Zufrieden?"

„Nicht wirklich. Aber gut. Wie war dein Tag sonst so? Du klingst besser."

Meistens sagte man so was, wenn eine Erkältung am Abklingen war, nicht wenn man langsam über den Tod des Ehemannes hinwegkam.

„Der Tag war okay. Die Arbeit lief gut."

Ich hatte ihre Taktik natürlich sofort durchschaut. Eine harmlose Frage, in der Hoffnung zu erfahren, was wirklich mit Charlie gelaufen war.

„Nicole ... du machst mir doch nichts vor. Oder?"

Wenn ich mich wirklich mit Männern treffen würde, dann wäre Sally die erste, die ich anrief. Zumindest war das mal so gewesen. Da kannte ich Xander aber noch nicht und war nicht verheiratet. Jetzt würde mir das Geständnis deutlich schwerer fallen, dass ich tatsächlich wieder Kontakt mit dem anderen Geschlecht hatte.

„Sally, ich muss auflegen. Scott hat Hunger."

Eine dämliche Ausrede, weil sie nicht den Zweck erfüllte, den Ausreden eigentlich erfüllen sollten. Es war nämlich eine zu offensichtliche Ausrede und lenkte überhaupt nicht vom Thema ab.

„Okay, ruf mich einfach an, wenn du reden willst."

Das Angebot würde ich bestimmt annehmen, aber jetzt wollte ich Spaghetti für meinen Sohn und mich kochen. Ein gemeinsames Abendessen hatte ich seit Xanders Tod zu einem Ritual werden lassen. Jeder erzählte ein bisschen was, wir lachten und versuchten über den leeren Stuhl am Tisch hinwegzusehen. Ich wusste nicht, was schlimmer für mich war: dass wir es versuchten – oder dass es Scott immer besser gelang ...

Scott erzählte mir von der Schule und seinem Freund, dem Computerspiel und seinen Erfolgen. So sehr ich mich für ihn freuen wollte, das Gespräch machte mich traurig. Es gelang mir nämlich ganz und gar nicht, über den leeren Platz zwischen uns hinwegzusehen. Während Scott stolz aus seinem jungen, aber seiner Meinung nach unendlich aufregenden Leben erzählte, wollte ein Gedanke meinen Kopf einfach nicht verlassen: Xander erlebte das alles nicht mit. Er würde seinen Sohn, seinen Jungen, den er sich so sehr gewünscht hatte, nicht aufwachsen sehen. Keine guten Noten, keine Erfolgserlebnisse, ob in Natura oder als Erinnerung an den Kühlschrank geheftet, würde er mit einem Leuchten in den Augen erleben. Das machte mich wütend! Dazu kam die Tatsache, dass ich nur gute Erinnerungen an Xander hatte. Ja, das mochte verwirrend klingen – aber jedes Mal, wenn ich an ihn dachte, wurde mir schlagartig bewusst, was für ein guter und liebevoller Mensch er gewesen war. Manchmal wünschte ich mir, er hätte eine Geliebte gehabt und wäre auf dem Nachhauseweg verunglückt. Dann hätte ich diesen Bastard hassen können, weil er so widerlich zu mir gewesen war. Vielleicht käme ich dann einfacher über seinen Verlust hinweg. So aber schlichen sich immer Gedanken in meinen Kopf, die ihn wie einen Held mit wehendem Umhang und strahlendem Lächeln erscheinen ließen. Wenn es mir nicht gut ging, kochte er, und zwar ziemlich gut. Ich half Scott gerne in Mathematik, Zahlen fielen mir leicht. Aber wenn es um Geschichte oder freies Schreiben ging, schien eine Mauer, so dick und lang wie die chinesische, zwischen mir und den Hausaufgaben zu entstehen. Dann war immer Xander an der Reihe. Er verkroch sich mit Scott in dessen Zimmer, und ging dann jede Zeittafel und jeden Textabschnitt in aller Ruhe durch. Manchmal fragte ich ihn, ob ihn das nicht nervte – und er lächelte nur kopfschüttelnd. Er war der Meinung, dass das alles zu den Aufgaben eines Vaters dazugehörte. Zum Beispiel war ich keine gute Tänzerin, was ihn natürlich nicht davon abhielt, mit mir zu dem Lied *„Time After Time“* zu tanzen. Aber als Scott zu einem Geburtstag mit Tanz eingeladen war, übten die beiden im Wohnzimmer und sahen dabei so entzückend aus.

Und genau diese Erinnerungen überfielen mich von Zeit zu Zeit. Dann wurde mir wieder bewusst, was ich mit Xander doch alles verloren hatte, und meine Wut auf ihn stieg. Er hatte kein Recht, einfach so aus meinem Leben zu verschwinden, ohne mir die Möglichkeit zu geben, Lebewohl zu sagen. Ständig zweifelte ich daran, ob ich ihm oft genug gesagt hatte, wie sehr ich ihn geliebt habe. Als wir das letzte Mal zusammen telefoniert hatten, habe ich es ihm da gesagt? Wusste er es, als sein Leben wie ein Schwarz-Weiß-Film an ihm vorbeigezogen ist? Und wieso machte es mich so wütend, dass ich Charlie so sehr mochte? Die Behauptung, dass ich nichts für ihn empfinden würde, war vollkommen sinn- und zwecklos. Er war so anders als Xander. Aber das machte den Reiz ja gerade aus. Ich musste lernen, dass ich keinen Ersatz für Xander finden würde. Aber konnte ich meinem Sohn, meinen Freunden und allen anderen unter die Augen treten, und dabei Charlies Hand halten?

Die Woche überlebte ich ohne weitere Probleme. Zwar sahen einige meiner Nachbarn eher skeptisch zu, als Charlie mich am nächsten Tag mit dem Pick-up abholte, aber es wurde nicht darüber getuschelt. Zumindest hoffte ich das. Scott war nur einige Minuten vor uns von einem Freund abgeholt worden. Ihn schien es nicht zu interessieren, wie oder mit wem ich ins Büro kam. Dort nahm ich ein Vollbad in meiner Arbeit, konzentrierte mich auf die Unterlagen, telefonierte mit potenziellen Kunden. Schon länger wartenden Kunden versprach ich, dass die Firma jetzt endlich wieder am Laufen war. Ich wusste nicht genau, ob ich log oder nicht. Charlie verbrachte kaum Zeit im Büro, war lieber hinten und „arbeitete mit den Händen", wie General John es so passend ausdrückte. Ich sah ihn eigentlich nur in meiner Mittagspause, wenn er eine Tasse Kaffee trank und ich ihn rügte, weil er zu wenig aß. Wir sprachen immer noch sehr gerne miteinander, aber mich hatte der Tag bei Sam verwirrt. Ich wollte es natürlich nicht zur Sprache bringen; trotzdem hoffte ich, dass er meine Veränderung bemerkte. Falls er sie tatsächlich bemerkt hatte, ließ er sich das nicht anmerken.

So überstand ich die Woche ziemlich unbeschadet. Auf Sallys Sprüche, die sie auf meinem AB hinterließ, reagierte ich nur mit kurzen Antworten oder gar nicht. Das Wochenende wollte ich zum Nachdenken nutzen. Wenn ich Charlie nicht die ganze Zeit sah, wäre das ein großer Vorteil. Oder vielleicht auch nicht? Wie auch immer …

# Annäherungen

Samstag war mein sogenannter Scott-Tag. Ich beschäftigte mich mit ihm und wir unterhielten uns viel, während wir durch die Stadt spazierten und uns einen Film im Kino ansahen. Schon vor einer Weile hatte ich den Versuch aufgegeben, die Filme zu verstehen, die er sich aussuchte. Scott sollte Spaß haben und ich würde ihm zuliebe über alles lachen.

Aber der Sonntag brachte einfach nur alles durcheinander, was ich mit viel Mühe am Samstag sortiert hatte. In einem langen Gespräch hatte ich Scott zu erklären versucht, dass ich Charlie zwar wirklich sehr mochte, nicht aber so sehr, dass ich nicht mehr an Daddy dachte. Während ich diese großen Kinderaugen überzeugen wollte, bemerkte ich, dass ich sie gar nicht überzeugen musste. Scott nickte nur von Zeit zu Zeit, und schien mehr Interesse an der Speisekarte zu haben, als an unserem Gespräch.

„Ich meine es ernst, Scott. Ich vergesse Daddy nicht, nur weil ich jetzt manchmal mit einem anderen Mann rede oder Zeit mit ihm verbringe.“

Ich hoffte, dass er verstand, was ich sagen wollte.

„Mommy, das weiß ich. Ich werde ihn auch nicht vergessen.“

Da waren die Fronten geklärt. Aber ich fühlte mich noch nicht hundertprozentig sicher, und so plante ich am Sonntag einen gemeinsamen Besuch an Xanders Grab. Vielleicht würde ich mich damit überzeugen können. Scott war natürlich sofort Feuer und Flamme, es gab doch so viel, was er seinem Vater erzählen wollte.

Ich goss am Sonntag also die Blumen an seinem Grab und rupfte das Unkraut. Noch immer konnte ich mich nicht an die Tatsache gewöhnen, dass ich Xander nie mehr näher kommen würde. Xander war keine Person mehr, er war zu diesem Ort geworden. Scott saß neben dem Grabstein und zeigte stolz ein Bild, das er in der Schule gemalt hatte. Ich beobachtete ihn dabei und stellte mir heimlich die Frage, wann der Zeitpunkt kommen würde, an dem Scott ein einfacher Grabstein nicht mehr reichen würde? Wann er seinen Vater wiederhaben wollte? Und was würde ich dann antworten? Welche Superkraft müsste ich beantragen, um ihm das zu geben, was ein liebender Vater seinem Sohn geben konnte?

*Alexander Robert Jackson.*

Der Name klang selbst auf seinem Grabstein noch immer so eindrucksvoll wie damals, als ich ihn zum ersten Mal gehört hatte. Wenn ein Mann solche Schultern hatte wie Xander, dazu noch einen so attraktiven Namen, dann ließ man sich gerne auf einen Kaffee einladen. Charles Shaw ... Wieso zum Henker dachte ich jetzt an Charlie? Hatte er einen Zweitnamen? Herrgott, war ich nicht hier, um mich um Xander zu kümmern?

„Scott, sei so gut und bring die Gießkanne zum Wagen, ja?"

Wie sonst sollte ich ihm sagen, dass ich mit Xander alleine sprechen wollte? Aber Scott sprang sofort auf und marschierte über den Kiesweg. Wenn Scott in meiner Nähe war, kam mir der Friedhof nicht so endgültig vor. Das änderte sich jetzt.

„Hi Xander … Ich muss mit dir reden."

Aber bevor ich das tat, sah ich mich noch mal um. Ich wollte mich vergewissern, dass ich alleine war. Ob die anderen Besucher auch mit den Grabsteinen sprachen?

„Ich habe ja jetzt einen Job … einen guten, keine Sorge. Und ich verdiene auch nicht so schlecht, wie Sally immer sagt. Aber … da gibt es ein anderes Problem …"

Wie sollte ich es ihm sagen? Wann durfte man solche Gefühle wieder haben? Gab es eine bestimmte Frist dafür?

„Ich mag meinen Chef. Sehr. Er heißt Charlie und ist ein wirklich lieber Kerl."

Das ging mir erstaunlich schnell über die Lippen. Trotzdem wartete ich auf einen Donner oder einen Blitz. Auf ein Zeichen, dass ich Xander verärgert hatte. Würde es im Sommer zu plötzlichem Schneefall kommen? Aber nichts passierte. Ich holte erneut tief Luft.

„Und ich bin mir nicht sicher, ob es nicht sogar mehr ist …"

Spätestens jetzt erwartete ich eigentlich einen Tornado, der auf unsere Stadt zuzog. Aber ich wollte nicht, dass Xander das von jemand anderem erfahren musste. Es war meine Pflicht, ihn über unser Leben auf dem Laufenden zu halten.

„Es fühlt sich an, als würde ich dich hintergehen, jedes Mal, wenn ich mit ihm spreche."

Und dann war es wieder da. Das Gefühl, welches ich immer wieder zu unterdrücken versuchte. Seit dem Anruf und meinem Aufenthalt im Krankenhaus war es immer wieder da gewesen, als er nicht aufwachen wollte. Oder konnte.

„Aber das ist Unsinn. Weißt du auch, warum? Weil du weggegangen bist. Du hast mich alleine gelassen. Einfach so davonzuschleichen, ohne auf Wiedersehen zu sagen! Das macht mich so wütend. So wütend!“

Mir stiegen die Tränen in die Augen, aber ich würde ihm nicht zeigen, wie sehr er mir fehlte.

„Ich hätte dich nämlich noch so sehr gebraucht. Und Scott auch. Wieso musstest du auch so schnell fahren? Was war nur los mit dir? Gott, Xander ... du fehlst in meinem Leben ...“

Es war mehr als nur das. Er fehlte nicht einfach so. Er hatte ein Loch in mein Herz gerissen, so groß, dass jeder Atemzug schmerzte. Die Leere war so erdrückend, dass ich morgens kaum aus dem Bett kam. Und ich konnte und durfte über dieses Gefühl mit niemandem sprechen. Außer vielleicht mit Charlie, weil er es kennen musste.

„Aber ich darf nicht stehen bleiben ... das geht nicht. Scott muss doch auch weitergehen ...“

Es war die Wahrheit. Die bittere Wahrheit, die mir damals im Krankenhaus noch nicht bewusst gewesen war. Als ich die endgültige Entscheidung getroffen habe, bin ich davon ausgegangen, dass ich ewig in einer Luftblase leben durfte, wie in einem abgeschlossenen Raum, in dem ich Xander vermissen und ihm nachweinen konnte. Wie in einer schützenden Hülle, aus der ich nie mehr herauskommen musste. Heute weiß ich, dass das nicht geht. Ich musste einen Job suchen und meinem Scott wieder eine Mutter sein.

Xanders Tod hat mich aus der Bahn geworfen – und gerne wäre ich dort liegen geblieben.

„Es muss weitergehen. Auch wenn das ohne dich schrecklich schwer ist."

Damit stand ich auf, sah noch mal auf den Grabstein und schluckte die restlichen Tränen herunter.

„Ich wollte nur, dass du das weißt."

„Nicole?"

Ich blieb wie angewurzelt stehen, als ich den Kiesweg entlang in Richtung Ausgang schritt. Irgendwie schien ich Charlie nicht mehr loszuwerden. Nannte man so was Schicksal? Tatsächlich trat er neben mich und lächelte mich unsicher an. Ein Friedhof war kein besonders geschickter Ort für ein Date.

„Hi. Was machen Sie denn hier?"

Das war eine dumme Frage, aber ein guter Anfang für ein Gespräch, also würde ich darüber hinwegsehen.

„Ich habe meinen Mann besucht."

Charlie nickte betroffen und sah weg.

„Und Sie? Waren Sie bei ..."

„Ja."

Er nickte und deutete in eine andere Richtung. Dort lag irgendwo sein Bruder und er kam sonntags hierher, um vielleicht mit ihm zu sprechen. Ob er auch über mich gesprochen hatte?

„Friedhöfe sind nicht der richtige Platz für mich. Ich bin zu jung, um hier sein zu müssen."

Wie recht er damit hatte. Aber wir beide waren Mitglieder in einem Club, in dem wir nie Mitglieder werden wollten. Die Sache war nur, dass uns niemand gefragt hatte. Man hatte uns einfach so einen Mitgliedsausweis in die Hand gedrückt, und schon war es zu spät, um sich zu beschweren. Man sah es in unseren Augen und konnte es erahnen, wenn die Trauer übermächtig wurde und einem plötzlich die Tränen kamen.

„Vielleicht baut Sie ein Kaffee wieder auf."

Wieso ich das sagte, wusste ich auch nicht. Vermutlich wollte ich dieses Gespräch nicht jetzt schon beenden. Er sah mich überrascht an und nickte dann.

„Ich habe meinen Sohn dabei, also schlage ich vor, wir gehen zu Pizza Hut. Ist das für Sie okay?"

„Sicher. Ich freue mich, Ihren Sohn etwas besser kennenzulernen."

Ja, ich freute mich auch. Das würde er werden: der ultimative Test. Würden die beiden sich verstehen? Es brachte nämlich rein gar nichts, wenn ich mich heimlich in Charlie verliebte, und Scott ihn nicht ausstehen konnte. Das würde nichts an dem Menschen Charlie ändern. Aber in meiner Situation reichte es nicht, eine Schulter zum Anlehnen zu finden. Ich musste auch an Scott denken. Wenn er eines Tages einen Vater brauchen würde, wäre seiner nicht da. Aber vielleicht konnte irgendwann ein anderer Mann da sein, der sich seine Probleme anhörte und ihm in der Küche Tanzschritte beibrachte. Vielleicht war Charlie dieser Mann? Vielleicht aber auch nicht.

Das Restaurant war voll, wie immer an einem Sonntag, wenn die geschiedenen Paare sich die Kinder aufteilten. Ich erkannte einige Männer, die mit ihren Söhnen da waren. Es war ein einfacher Plan, und er funktionierte eigentlich immer. Die Mütter verboten das fettige Essen, bei den Vätern hatten die Kids alle

Freiheiten der Welt. Das war so lange einfach, wie man sie abends wieder irgendwo abgeben konnte.

Unser Tisch war diesmal nicht am Fenster, aber in der Nähe der Salatbar. Das fand ich zumindest pädagogisch wichtig. Auch wenn Scott wieder keinen Salat aß, was mich rasend machte. Charlie saß uns gegenüber.

„Jetzt gehen Sie ja praktisch schon wieder aus. Zweimal in einer Woche. Sehr gut, Charlie."

Er sah sich unsicher um und zuckte die Schultern. Scott beobachtete ihn und jede seiner Bewegungen genau.

„Nennt man das jetzt auch schon ausgehen? Ich weiß nicht. Wir haben damals gesagt: ich geh eine Pizza essen."

Scott schüttelte nachsichtig den Kopf.

„Bei Pizza Hut geht man nicht einfach eine Pizza essen. Das *zelebriert* man."

Ich wunderte mich, woher mein Sohn solche Worte kannte, war aber gleichzeitig auch stolz. Das Gefühl war wie damals, als man mit anderen jungen Müttern über die Fortschritte der Sprösslinge sprach: mein Kleiner kann schon gehen, mein Kleiner kann schon sprechen, er macht nicht mehr ins Töpfchen. Mein Sohn wusste, was *zelebrieren* bedeutete. Das musste bei Charlie Eindruck machen.

„Ach so. Tja, so lange war ich schon nicht mehr hier."

„Mein Dad hat immer gesagt, wenn man etwas ganz besonders mag, dann soll man es nicht einfach machen, sondern *zelebrieren*."

Ich war stolz auf Xander, weil er die viel zu kurze Zeit, die er bei Scott gewesen war, doch so sehr genutzt hatte. Sein Sohn war ihm so ähnlich.

„Dein Dad hat vollkommen recht."

„Was *zelebrieren* Sie denn, Mr Shaw?"

Gott, ich hatte ein Genie als Kind! Es war viel einfacher, einem Gespräch mit Charlie zu lauschen, als es selber führen zu müssen. Mein Sohn war geschickt und wollte vermutlich mehr über ihn erfahren. Vielleicht unterhielt er sich aber auch einfach nur mit ihm. Kinder tun selten etwas aus purer Berechnung.

„Ich *zelebriere* es jeden Morgen, im See schwimmen zu gehen."

Scotts Augen wurden groß. Er beugte sich noch ein bisschen über den Tisch zu Charlie. Ich hatte schon Angst, er würde sein Kinn in die Pan-Pizza mit extra Käse drücken.

„Im See?"

„Wir haben einen See vor dem Haus."

„Echt? Der gehört Ihnen?"

Charlie lächelte und nickte. Ich konnte den Gedanken praktisch in der Luft über mir schweben sehen, aber ich wollte nicht danach greifen.

„Wieso kommst du nicht mal mit deiner Mom zu uns? Vielleicht darfst du ja auch schwimmen."

Und schon war es ausgesprochen! Ist es Ihnen auch schon aufgefallen, dass es eigentlich kein Zurück mehr gibt, wenn Kinder von einem Mann begeistert sind? Jetzt würde sich ein Date nicht mehr vermeiden lassen.

„Kann ich mein Motorboot mitbringen? Mein Dad und ich haben es zusammen gebaut."

„Sicher."

Und dann drehte sich das Gespräch nur noch um Boote, Geschwindigkeiten und Lenkbarkeit. Ein Männergespräch. Also hatte ich Zeit, mich an die Salattheke zu schleichen und die beiden von dort ein bisschen zu beobachten. Für einen Außenstehenden mussten wir wie eine glückliche Familie wirken. Scott hing an Charlies Lippen, als dieser wieder über den See und die unendlichen Möglichkeiten sprach, und Charlie schien das Gespräch mit Scott wirklich zu genießen. Das gefiel mir, aber es machte mir auch ein bisschen Angst. Was, wenn Scott ihn wirklich mochte? Was, wenn ich ihn wirklich mochte? Ich war doch noch gar nicht so weit, wieder einen neuen Mann in unser Leben zu lassen. Oder doch? Wieso fühlte ich mich in Charlies Nähe dann so wohl? Durfte ich das? Wieder wartete ich auf einen Blitz oder einen Donner.

„Nicole ... Hi."

Es war Mr Potter, ein Nachbar, der uns gegenüber wohnte, und sich von Zeit zu Zeit darüber beschwerte, dass Scott zu laut Basketball spielte. Allerdings war es mir schleierhaft, wie er es leiser spielen sollte. Immerhin musste der Ball den Boden von Zeit zu Zeit berühren, das war doch schließlich Sinn der Sache.

„Mr Potter ... Hallo."

Natürlich folgte er meinem Blick und erkannte Scott mit einem fremden Mann. Er gab sich nicht mal Mühe, seine Überraschung zu verstecken.

„Wie ich sehe, geht es Scott sehr gut."

„Ja. Allerdings. Er spricht gerade mit meinem Chef. Ich habe ja jetzt einen Job."

„Ich weiß. Das habe ich gehört."

Es wurde also getuschelt. Zuerst kamen alle und wollten einen in den Arm nehmen, die Schulter zum Anlehnen ausleihen, aber sobald man das Leben wieder im Griff hatte, bot man wieder genug Anlass zu Klatsch und Tratsch. Vom Trauerfall zum Gossip Girl! Eine erstaunliche Entwicklung, in der kurzen Zeit.

„Ihr Chef also ...“

Das klang billig und ich hatte nicht vor, darauf einzugehen – auch wenn ich eine blitzartige Vision hatte, wie ich Mr Potters Gesicht in das Salatdressing zu meiner Rechten schob.

„Ja. Sein Name ist Mr Shaw.“

„Jaja.“

Er sah mich an, musterte mich und klopfte mir schließlich auf die Schulter. Ich hasste es, wenn Leute das taten.

„Sie sehen sehr gut aus, Nicole. Das freut mich. Vermutlich ist Ihr Job der Grund für Ihr Strahlen.“

Damit schob er sich zu den geraspelten Karotten und den gewürfelten Gurken. Ich dachte einen Moment über das nach, was er gesagt hatte und versuchte, den Satz noch mal ohne die unterschwellige Ironie zu hören. Ich sah gut aus? Das konnte eigentlich gar nicht sein, aber tatsächlich fühlte ich mich mit dem geblümten Sommerkleid und der Tatsache, dass wir zu dritt hier waren, sehr gut. Mit erhobenem Kopf ging ich zu unserem Tisch zurück.

„Mom, ich darf doch mal mit zu deiner Arbeit, oder? Charlie hat gesagt, er geht mit mir schwimmen.“

Ich schaute zu Charlie, der nur lächelte und mich ansah. Es waren ganz sicher die Augen. Jede Frau würde bei diesen klaren Augen schwach werden.

„Also gut. Du kannst mitkommen."

Am Wagen musste ich mich von Charlie verabschieden, obwohl ich ihn schon morgen wiedersehen würde. Er reichte mir lächelnd die rechte Hand, in der linken hatte er eine Pizza für seinen Vater, den General.

„Vielen Dank, Nicole. Sie haben es geschafft, dass ich mich amüsiere."

„Und ich danke Ihnen, weil Sie meinen Sohn für eine ganze Weile beeindruckt haben."

Scott saß schon im Wagen und sah zu uns, winkte und beschäftigte sich dann mit der Actionfigur, die bei seinem Menü (ohne Salat) dabei war.

„Sie wissen doch, was man sagt. Wenn man erst einmal die Kinder auf seiner Seite hat, kann man die Mutter um ein Date bitten."

Ich fühlte mich wie erschlagen. Nie hätte ich gedacht, dass es wirklich dazu kommen würde, obwohl ich verschiedene Versionen dieses Gespräch heimlich in meinem Kopf durchgespielt hatte. Allerdings war ich da meistens die Fragende.

„Sie bitten mich um ein Date?"

Er lächelte unsicher, was ich unglaublich charmant fand, und schüttelte dann den Kopf, was ich unglaublich frustrierend fand.

„Nein. Ich würde nie den Mut aufbringen, Sie zu fragen, ob Sie mit mir mal was trinken gehen wollen. Vielleicht nach Feierabend?"

„Sie kommen mir vor, wie der Löwe in *Der Zauberer von Oz.*"

Er lächelte und verfrachtete die Pizza auf den Beifahrersitz seines Wagens.

„Wirklich? Okay, dann noch mal von vorne, Dorothy ... Würden Sie mit mir ausgehen? Kein Geschäftsessen, ein Date."

„Mit einem feigen Löwen?"

„Ich lasse den Zinnmann und die Vogelscheuche auch daheim. Versprochen."

„Das muss ich mir überlegen."

Das war gelogen, denn eigentlich habe ich mich schon für ein *Ja* entschieden, bevor er überhaupt gefragt hatte. Es war eine Ewigkeit her, dass ein Mann mich um ein Date gebeten hat, aber das Gefühl war jedes Mal aufs Neue umwerfend. Er schien kurz zu zweifeln, weil ich noch immer nicht geantwortet hatte. Ich wollte nicht sofort zusagen, weil es dann so aussah, als ob ich ... Wie zum Henker es aussah, konnte mir doch eigentlich vollkommen egal sein, oder nicht?

„Sehr gerne, Charlie."

Er war erleichtert. Die Tatsache, dass man es ihm ansah, fand ich noch anziehender. Für ihn schien das hier ebenso wenig Routine zu sein, wie es auch bei mir der Fall war.

„Danke. Übrigens sehen Sie heute umwerfend aus."

Noch mehr Komplimente! Fast wurde ich rot. Zu gerne hätte ich gesagt, dass mir seine Unterarme in dem weißen Hemd auch besonders positiv aufgefallen sind, oder dass seine Beine in den schwarzen Jeans traumhaft aussahen. Über seinen Hintern sollte ich gar nicht erst sprechen ...

„Bis morgen."

Er ließ meine Hand erst jetzt wieder los, aber die Wärme seiner Haut spürte ich auch noch, als ich am Abend ins Bett ging.

„Du magst ihn also."

Sally hing schon seit einer Stunde am anderen Ende der Telefonleitung und löcherte mich mit Fragen. Sie war beleidigt, das hörte ich deutlich heraus, aber ich konnte noch immer nicht zugeben, dass ich wirklich ein Date hatte und vorher nicht mit ihr darüber gesprochen habe.

„Ja. Er ist nett, du würdest ihn auch mögen."

„Ja, aber mir wird er ja nicht vorgestellt. Du ziehst es vor, lieber mit deinem Sohn ein Familienessen zu planen, und mir danach zu sagen, dass du verliebt bist."

Langsam ging sie mir auf die Nerven und das war bei Sally wirklich sehr untypisch. Wir verstanden uns sonst blind. Wieso konnte sie mich diesmal nicht verstehen? Aber ich musste gar nicht lange über eine Antwort auf meine unausgesprochene Frage nachdenken. Wie sollte sie mich auch verstehen? Ich hatte nicht einfach ein Date. Ich traf mich mit einem Mann – zum ersten Mal nach dem Tod meines Mannes. Das wollte ich nun mal nicht an die große Glocke hängen. Es konnte sehr schnell von vielen Menschen sehr falsch verstanden werden. Oder ich wollte es mir selber noch nicht eingestehen.

„Sally. Ich habe ihn durch Zufall heute getroffen."

„Zufall? Wo trifft man einen Mann wie Charlie denn durch Zufall?"

„Auf dem Friedhof. Er war bei dem Grab seines Bruders. Und ich bei Xander."

Jetzt hatte ich sie zum Schweigen gebracht. Vielleicht klang meine Antwort noch härter als gewollt, aber ich hatte es satt, dass sie mir ständig solche Fragen stellte.

„Oh."

Ha! Genau, oh ...

„Tut mir leid, Nicole. Das habe ich ganz vergessen."

Jetzt, da ich es mir noch mal durch den Kopf gehen ließ, merkte ich erst, was ich gesagt hatte. So klang das ganz, als wären Charlie und ich Menschen zweiter Klasse. Nein, nicht wie damals auf der Titanic, als man unter den Decks hausen musste. Vielmehr hatten wir beide eine Art von „Defekt". Wir hatten einen geliebten Menschen verloren und trugen einen Schmerz mit uns herum, den viele nicht verstanden, dem sie sich auch nicht stellen konnten oder wollten.

„Nicole ... Ich bin sehr froh, dass er nett ist und du ihn magst."

„Ach ja."

„Ja. Ich habe nur gedacht ... ich wäre dabei, wenn du dich wieder verliebst."

„Bist du doch."

Damit gab ich gerade zu, mich wieder zu verlieben. Ich hatte es nicht laut ausgesprochen, schon klar, aber ich hatte es mehr oder weniger deutlich eingestanden. Das hielt ich für einen großen Fortschritt.

„Vielleicht stelle ich ihn dir ja mal vor. Aber zuerst muss ich selber wissen, wohin das alles führt. Es fühlt sich an, als ob ich meine Reiseroute verloren hätte."

Aber das hatte ich nicht. Ich hatte nur den Reiseführer verloren. Jetzt musste ich alleine an das Ziel kommen. Und ich würde es schaffen! Nur ein Zimmer weiter lag der Grund dafür. Ich konnte Scott nicht alleine lassen.

Charlie am nächsten Tag im Büro zu sehen, war irgendwie komisch. Er schien mir ebenfalls aus dem Weg zu gehen. Ich tat es wirklich nicht absichtlich. Ich versteckte mich nur zehn Minuten auf der Toilette, weil ich nicht mit ihm reden wollte. Während seiner Mittagspause warf ich mich mit unendlich viel Schwung auf meine Arbeit und erklärte, dass ich meine Pause heute sausen lassen würde. Aber so leicht konnte man Charlie nicht austricksen. Er verstand natürlich sofort, dass es nichts mit der Arbeit zu tun hatte, also zog er sich einen Stuhl her und setzte sich an meinen Schreibtisch.

„Wenn Sie nicht mehr mit mir ausgehen wollen, dann können Sie das ruhig sagen. Immerhin habe ich Sie gestern damit ziemlich überfahren."

Ich wollte mit ihm ausgehen. Ich wollte noch viel mehr Zeit mit ihm verbringen, aber es war so schwierig, ihm das einfach zu sagen.

„Das ist es nicht."

„Was ist es dann? Sie gehen mir aus dem Weg."

„Ich weiß."

Er beugte sich ein bisschen vor und ich konnte seine Augen sehen. Sein Blick versuchte, mich über etwas hinwegzutäuschen. Ich hatte nur keine Ahnung, was das sein könnte. Vielleicht war es die Angst, dass ich tatsächlich nein sagen könnte?

„Es ist nur so ... Ich habe Angst vor dem, was danach kommen kann ..."

„Nach dem Date? Vermutlich ein zweites, wenn ich mich nicht besonders dämlich anstelle."

Ich war mir sicher, dass er sich nicht dämlich anstellen würde. Jede Frau würde sich auf ein weiteres Date mit ihm einlassen. Und ich war diejenige, die er darum bat. Wieso stellte *ich* mich dann so dämlich an?

„Ich habe Angst vor dem, was passiert, wenn Sie mich nach Hause fahren."

Ausgesprochen klang es so verrückt, wie es sich anfühlte. Ich konnte ihm kaum mehr in die Augen sehen. Er würde sich vermutlich köstlich darüber amüsieren, sobald er mein Büro verlassen hatte. Aber er ging nicht weg. Er stand zwar auf, aber statt lachend aus meinem Leben zu verschwinden, griff er nach meiner Hand und zog mich von meinem Bürostuhl hoch.

„Kommen Sie mit, diese Angst kann ich beheben."

Ich hatte keine Ahnung, was er meinte, aber ich folgte ihm. Ziemlich genau bis vor meine Bürotür, die er hinter uns wieder schloss. Ich sah ihn zweifelnd an, aber er nickte so aufmunternd, dass ich ihm vertraute.

„Also, das hier ist Ihre Haustür. Stellen Sie sich vor, wir haben das Date schon hinter uns."

„Was?"

„Was haben wir wohl gemacht? Ich nehme an, ich habe Sie zum Essen eingeladen."

„Ich liebe italienische Pasta."

„Gut, wir waren Pasta essen. Danach noch irgendwo was trinken. Vielleicht bei Sam? Noch einen Apfelkuchen?"

„Klingt sehr gut."

„Ein Spaziergang am Hafen?"

„Wirklich? Haben Sie mir dabei Ihre Jacke um die Schultern gelegt?"

Er nickte nachdenklich.

„Vermutlich. Dort ist es ziemlich windig am Abend. Sie haben recht."

„Haben wir getanzt?"

Zu meiner Enttäuschung schüttelte er den Kopf. Ich hätte gerne mit ihm getanzt. Wenn auch nur in meinen Gedanken.

„Ich bin ein erschreckend schlechter Tänzer. Tut mir leid."

Ich nickte und versuchte, meine Enttäuschung etwas besser zu verstecken. Immerhin hatte er mir seine Jacke um die Schulter gelegt. Und es wurde noch besser: er griff nach meinen Händen und sah mich dabei fest an.

„Nicole, ich fand den Abend heute wirklich schön."

„Ich auch."

Was zum Henker tat ich hier eigentlich?

„Und ich würde dich gerne wiedersehen. Ich nehme an, wir haben uns bei unserem Date auf das Du geeinigt, oder?"

„Haben wir."

Endlich! Darauf hatte ich so lange gewartet und jetzt war es passiert, ohne passiert zu sein. Was wollte man mehr?

„Also, ich würde dich gerne wiedersehen. Und viel schlimmer – ich würde dich sehr gerne küssen."

Und wieder überkam mich die Panik. Er schien es zu bemerken, legte seine Hand beruhigend auf meine Wange und lächelte.

„Aber ich weiß, dass du noch nicht soweit bist. Das verstehe ich. Was nichts daran ändert, dass ich dich wiedersehen möchte. So lange, bis du soweit bist."

Ich konnte nicht anders. Was sollte man sagen, wenn ein solcher Mann solche Worte zu einem sagte? Ich habe immer angenommen, dass es solche Menschen nicht mehr gab. Nicht in der echten Welt, nur in Filmen, wenn der Held von Johnny Depp oder Brad Pitt verkörpert wird. Also habe ich das einzig Richtige getan: ich habe ihn geküsst.

„Du hast was?"

Sally saß mir gegenüber, während ich einen Schluck aus meinem Wasserglas nahm, welches die Kellnerin gerade gebracht hatte. Ich musste mit jemandem darüber sprechen.

„War das etwa ein Fehler?"

„Nein! War es nicht. Ich dachte nur ... nach dem Gespräch gestern ..."

„Ich habe mich selbst belogen."

Sie nickte und nahm einen Schluck aus ihrem Gin-Glas. Sally trank immer Gin. Bei ihr sah das so unheimlich lässig aus, als wäre sie aus einer dieser Serien entsprungen. Es fehlten nur noch die Schuhe von *Prada.*

„Es ist so komisch, vielleicht ist es Schicksal. Seit Xanders Unfall ist er immer wieder in meinem Leben aufgetaucht. Er war der rettende Held, als ich mich einsam gefühlt habe."

„Es ist okay, Nicole. Du musst dich nicht rechtfertigen. Dein ganzes Leben steht dir noch bevor."

„Ich habe das Gefühl, mich noch nicht von Xander verabschiedet zu haben."

Ich zog die Kette mit seinem Ehering unter meinem T-Shirt hervor und zeigte sie ihr.

„Der Tag wird auch noch kommen. Dann wirst du dich verabschieden können."

„Ich will ihn einfach nicht vergessen."

„Nicht vergessen. Verabschieden."

War das nicht gleichbedeutend? Man verlangte von mir, dass ich so weit war, wie alle anderen. Sie hatten sich von Xander schon längst verabschiedet, aber ich klammerte mich an all das, was mich an ihn erinnerte. Und ein neuer Mann in meinem Leben war dabei nicht gerade passend.

„Nicole, triff dich mit Charlie. Genieße die Zeit, solange du dich wohl fühlst."

Wenn ich Sally nicht besser kennen würde, hätte ich angenommen, ihr Spruch wäre aus einem dieser Ratgeber für eine positive Lebenseinstellung. Solche Sprüche hatte ich nach Xanders Beerdigung zur Genüge gehört.

„Vermutlich fühle ich mich deswegen zu Charlie hingezogen, weil er genau weiß, wie ich mich fühle und was ich empfinde."

„Vielleicht fühlst du dich aber auch deswegen zu ihm hingezogen, weil er ein netter Kerl ist ... und einen süßen Hintern hat."

Warum haben beste Freundinnen eigentlich auf alles eine Antwort? Ich konnte gegen Sally nicht so einfach ankommen. Sie erfüllte genau den Job, den man von einer besten Freundin erwartete. Sie half mir wieder auf die Beine. Nur wählte sie dafür einen unpassenden Zeitpunkt. Ich wollte nämlich liegen bleiben und mich weiterhin selbst bemitleiden. Wenn man aber Menschen wie Scott und Sally um sich hatte, dazu jetzt auch noch Charlie, dann wurde das ziemlich schwer.

Mia Newman

# Shaw Brothers

„Du kannst nicht erwarten, dass du die Firma jetzt noch retten kannst. Als wir eine Führung brauchten, hattest du andere Dinge im Sinn."

„Diese anderen Dinge waren die Tage am Krankenbett meines Bruders. Deines Sohnes."

Ich konnte die Stimmen schon von der Veranda hören, aber ich war die Lautstärke nicht gewöhnt. General John und Charlie stritten sich ziemlich oft, aber nicht so laut und nicht so heftig.

„Ja, aber Colin wäre hier geblieben. Er hatte immer ein Auge auf die Firma!"

„Aber er war nicht da!"

„Ja, verdammt, und du auch nicht!"

„Ich war nicht da, weil du nicht den Mut hattest, dich der Realität zu stellen!"

Charlies Stimme schien sich zu überschlagen und so blieb ich wie angewurzelt vor der Tür stehen.

„Sprich nicht in diesem Ton mit mir, Junge!"

„Wieso? Das ist doch dein bevorzugter Tonfall. So hast du jahrelang mit uns gesprochen."

„Diese Firma hat funktioniert, als ich sie noch geführt habe! Du hast die falschen Prioritäten gesetzt, Charles!"

„Zum Beispiel, mich um Mom und Colin zu kümmern?"

Dann ein lautes Geräusch. Ohne Zweifel eine Ohrfeige. Einen kurzen Moment spielte ich mit Fluchtgedanken, aber dann war es eigentlich auch schon zu spät. Charlie riss die Tür auf und stand plötzlich direkt vor mir. Er sah mich wütend an, obwohl ich genau wusste, dass die Wut nicht mir galt. Ich war nur die erste Person, die er zu Gesicht bekam. Seine rechte Wange glühte knallrot.

„Entschuldige bitte."

Er schob sich an mir vorbei die Stufen nach unten über den Waldweg. Mein Blick wanderte ins Innere zum General, der noch immer in der Küche saß und mich eher peinlich berührt ansah.

„Überlegen Sie sich wirklich, ob Sie es mit so einem Dickkopf versuchen wollen."

Das wusste ich doch selber nicht, aber irgendwie war ich es ihm schuldig.

„Ich denke doch."

„Reden Sie mit ihm."

General John hatte offensichtlich keine Lust, mit mir zu sprechen. Im Gegenteil, er schickte mich zu Charlie, und so setzte ich mich wieder in Bewegung ans Seeufer. Charlie hatte Steine in der Hand und warf einen nach dem anderen ins Wasser.

„Charlie?"

„Tut mir leid, dass du das gehört hast."

„Ist mit dir alles okay?"

Er nickte und drehte sich zu mir um. Es musste ihn unendlich viel Kraft kosten, mich davon zu überzeugen – und fast hätte er es auch geschafft. Aber es fehlte das Leuchten in seinen Augen, während er mich anlächelte.

„Ein einfacher Vater-Sohn-Streit."

„Das scheint ihr öfters zu haben."

Er zuckte resignierend die Schultern und warf den letzten Stein mit einer überraschenden Wucht ins Wasser.

„Er mochte Colin schon immer mehr."

Langsam schien ich zu erahnen, dass es in der Vergangenheit einige solcher Streitereien gegeben hatte. Vielleicht war Colin derjenige gewesen, der manchen Ärger verhindert hatte. Nach dem Tod der Mutter hatte sich das Klima im Haus deutlich abgekühlt, das hatte Charlie durchblicken lassen. Somit fehlte vermutlich die Stimme der Vernunft, die die beiden Streithähne besänftigen konnte. Ob diese Rolle jetzt mir zugedacht war?

„Ich bin der zweite Sohn, der eben auch im Paket dabei war. Meine Mutter mochte mich viel mehr, aber das hätte sie nie zugegeben."

„Du vermisst sie."

Er nickte und Tränen sammelten sich langsam in seinen Augen. Er würde natürlich nicht losheulen, aber die Erinnerung an seine Mutter schien ihm noch immer eine Gänsehaut über den Rücken zu jagen. Vermutlich fehlte ihm ihre Wärme und die mütterliche Liebe, die in diesem Haus nicht mehr herrschte. Alleine mit dem General zu sein, das stellte ich mir auch anstrengend vor. Was seine Mutter wohl für eine Frau gewesen sein mag?

„Ich vermisse viele Menschen in meinem Leben."

Das klang ein bisschen wie mein Stichwort. Ich kam einen kleinen Schritt auf ihn zu und reichte ihm meine Hand. Er nahm sie sofort an, zog mich an sich und umarmte mich fest. Außer Scott nahm mich niemand so in den Arm. Es fühlte sich ganz anders an, als bei Xander. Aber es fühlte sich gut an. Ich musste mich nur erst daran gewöhnen.

„Ich auch."

Das war die Wahrheit. Zugegeben, ich fühlte mich verliebt; vermutlich war ich das auch, aber Xander fehlte mir.

„Was hältst du davon, wenn wir damit anfangen, uns nicht mehr zu vermissen."

Er schob mich ein bisschen von sich weg und sah mich an. Das war für mich eine ganz besondere Liebeserklärung. Er sagte nicht einfach: *Bleib bei mir.* Er sagte eigentlich viel mehr: *Geh nicht mehr weg!* Seine Worte sprachen mir aus der Seele. Zu viele Abschiede waren das in der letzten Zeit für uns beide. Es war an der Zeit, mal wieder jemanden festzuhalten. Charlie war dafür ganz sicher keine schlechte Wahl.

Charlie war in der Schreinerei, ich in meinem Büro. Der Tag schien ganz normal zu verlaufen, bis es an meiner Tür klopfte. Wir hatten in der Firma noch nie Besuch gehabt. Niemand klopfte an, weil niemand hier war.

„Herein?"

Vermutlich war es Charlie, der höflich sein wollte. Aber was ich dann sah, warf mich aus meinem Leben und erschütterte meinen Glauben an alles, was es zu glauben gab!

„Das ... das ist unmöglich ..."

Vermutlich werden Sie es mir nicht glauben, aber er stand tatsächlich da! Und er wirkte nicht besonders tot, obwohl er es natürlich sein musste! Ich hatte oft solche Träume von Xander – da stand er plötzlich vor mir und wirkte sehr lebendig. Aber wenn ich ihn umarmen wollte, löste er sich jedes Mal in Luft auf. Wieso sollte es in diesem Fall anders sein? Ich griff nach einem Bleistift, holte weit aus und warf ihn in Richtung Tür. Ein Treffer, knapp über dem linken Auge.

„Au! Was zum Teufel soll das?"

„Sie sind tot!!"

Jetzt überkam mich ein Gefühl von Panik. Ich schob ruckartig meinen Stuhl zurück und stand auf, als er näher kam.

„Wer oder was Sie auch sind, bleiben Sie da stehen! Keinen Schritt näher! Ich glaube nicht an Geister!"

„Verzeihung, aber ich kann Ihnen nicht ganz folgen. Sie sind doch Mrs Jackson, oder?"

Ich nickte. Er kannte also auch noch meinen Namen! Bestimmt würde ich gleich aus einem Albtraum aufwachen, und alles war vorbei ...

„Hat mein Bruder nicht erwähnt, dass ich auch hier arbeite?"

„Ihr Bruder!?"

„Charlie. Mein Name ist Colin."

Mein Herz schlug schneller und ich hatte Angst, gleich das Bewusstsein zu verlieren – aber zu meiner Überraschung konnte ich noch immer stehen. Er lächelte und sah sich in meinem Büro um.

„Nicht schlecht, was Sie aus der Besenkammer gemacht haben. Gefällt mir."

„Sie ... Sie sind Colin?"

„Ich bin Colin Shaw."

Er streckte mir die Hand hin, aber ich konnte sie nicht annehmen. Tote konnten doch nicht sprechen!

„Sie sind tot!"

„Das haben Sie schon mal gesagt, aber ich bin trotzdem nicht tot!"

„Charlie hat aber gesagt, Sie sind tot."

Colin lachte kurz und schüttelte dabei energisch den Kopf.

„Sehr schmeichelhaft für mich. Sehe ich so schlecht aus? Hoffentlich nicht!"

Ich verstand die Welt nicht mehr. In welchen Film war ich denn hier hineingeraten? Ein Toter, der lachend in meinem Büro stand und Witze über sich selbst machte!

„Sie sehen etwas blass aus, Mrs Jackson. Vielleicht sollten Sie sich setzen."

„Ich bilde mir das alles nur ein. Sie sind gar nicht da!"

Kurz schloss ich die Augen, in der Hoffnung, ich könnte ihn so einfach verschwinden lassen. Aber er stand noch immer da, mit seinen blauen Jeans und dem schwarzen Pull. Ich wiederholte den Vorgang noch mal, aber er stand weiterhin da, ungerührt.

„Sie sind tot."

Er schüttelte wieder den Kopf, lächelte aber nicht mehr.

„Da haben Sie etwas total missverstanden. Ich stand kurz davor, aber ... hier bin ich."

Endlich tauchte Charlie hinter ihm in der Tür auf. Jetzt würde sich alles auflösen. Aber leider nicht so, wie ich mir das vorgestellt hatte. Charlie fiel Colin um den Hals, sie drückten sich, dann drehte sich Charlie zu mir.

„Hier ist er also endlich. Colin, Nicole ..."

Er sah zu mir und schien an meinem Gesicht zu erkennen, dass etwas überhaupt nicht in Ordnung war. Er kam einen Schritt auf mich zu.

„Alles okay?“

„Nein. Er ist tot! Er ist ... du warst an seinem Grab, du vermisst ihn ...“

„Nein.“

„Aber du hast gesagt ...“

Und da bemerkte ich, dass er eigentlich nie gesagt hatte, dass sein Bruder tot war. Er sprach von Menschen die er vermisste, sprach von seiner toten Mutter ... War das nicht ein bisschen zu verrückt, um wahr zu sein?

„Wo war Colin dann die ganze Zeit?“

„New York. Geschäftsreise. Jemand muss doch versuchen, neue Kunden zu bekommen. Und dieser jemand bin ich. Ich liebe es, mit Menschen zu arbeiten.“

Jetzt war ich endlich auch in der Lage, Colins Hand anzunehmen. Ich musste zugeben, er fühlte sich ganz und gar nicht tot an.

„Tut mir leid, wenn ich Sie erschreckt habe. Aber mein kleiner Bruder scheint nicht erwähnt zu haben, dass ich noch nicht durch die Erde atme.“

Colin legte ihm den Arm um die Schulter und lächelte. Ich kannte diesen Colin nicht, hatte bisher nicht mal gewusst, dass er lebte, und doch kam er mir so vertraut vor. Als ob ich ihn schon mal gesehen hätte. Sein Gesicht kannte ich zwar von den Fotos in Charlies Büro – aber wer war dieser Mann?

„Ich habe nie gesagt, dass du tot bist.“

„Schon okay. Also, ich brauche jetzt eine Tasse Kaffee. New York ist toll, aber anstrengend.“

„Hast du denn Kunden gefunden?"

„Ja und nein. Ich habe dir was mitgebracht."

Damit zwinkerte er ihm zu, nickte in meine Richtung und verließ mein Büro. Charlie wollte ihm folgen, aber ich griff nach seinem Arm.

„Wieso hast du mir das nicht gesagt?"

„Was gesagt?"

„Ich habe gedacht, du hättest deinen Bruder verloren."

Jetzt war es raus. Genau da lag unser Problem. Er schien davon keine Ahnung zu haben, aber ich fühlte plötzlich etwas, was mir nicht gefiel. Er hatte mich belogen, ohne wirklich die Unwahrheit gesagt zu haben. Er legte die Arme um meine Hüften und sah mich an. Er schien mich mit seinem Blick zu durchleuchten, wollte wissen, was mit mir los war. Das sprach für ihn, aber er ... Kannte ich ihn eigentlich?

„Tut mir leid."

„Nein, du verstehst nicht, Charlie ..."

Ich befürchtete, es ihm auch nicht erklären zu können. Ich kam mir so dumm vor.

Er zog mich das letzte Stück an sich ran und hielt mich fest umarmt. Aber auch das konnte nichts daran ändern, dass ich mich unwohl fühlte. Was hatte ich mir nur dabei gedacht?

„Es tut mir leid, wenn ich dich in dem Glauben gelassen habe, dass Colin tot ist. Eine ganze Zeit lang sah es so aus, und ich kann es noch immer nicht glauben – aber er lebt. Er ist wieder gesund."

„Das ist schön. Ich freue mich sehr für euch beide. Aber ..."

Konnte ich es wirklich aussprechen? Ich würde ihm wehtun und mir. Also beschloss ich, es lieber für mich zu behalten. Es wäre dumm, alles was wir langsam zusammen aufbauen wollten, jetzt schon wieder abreißen zu wollen.

„Aber ... was?“

Gute Frage. Ich hatte mich deswegen in ihn verliebt, weil er auch alleine war. Inzwischen war da vermutlich mehr. Ich mochte ihn als Mensch sehr und fand ihn als Mann wahnsinnig attraktiv, was ich auch nicht mehr verstecken musste; aber angefangen hatte alles, weil ich mich verstanden fühlte, weil er auch alleine war.

„Nichts.“

Er ließ mich wieder los und sah mich genau an. Noch immer fühlte ich mich von seinem Blick erschlagen, aber ich lächelte tapfer. Colin streckte den Kopf durch die Tür und lächelte.

„Hey, kommt schon, ich habe Geschenke dabei.“

Es schien ihn nicht sonderlich zu überraschen, mich Arm in Arm mit seinem Bruder zu sehen. Vermutlich hatte Charlie ihm davon erzählt. Von *mir* erzählt. Das gab mir ein bisschen Sicherheit zurück. Und so folgte ich ihm in die Küche, wo auch General John auf uns wartete, allerdings ohne Charlie große Aufmerksamkeit zu schenken.

„Ich weiß, dass ihr mich vermisst habt, immerhin war ich länger weg, als abgesprochen. Aber es hat sich gelohnt. Es gibt einige Interessenten.“

„Wirklich?“

Der General schien überrascht und warf Charlie einen Blick zu, der nichts Freundliches zu bedeuten hatte. Aber Charlie schien ihn nicht wahrzunehmen. Er sah einfach nur zu seinem Bruder. Es war schon etwas schwerer, diesen Blick zu deuten. Obwohl Colin der ältere Bruder war, wirkte er auf mich nicht so. Er hatte etwas, das auch Kinder an sich haben. Charlie beobachtete ihn und war stolz, aber auch besorgt. Ich hatte das Gefühl, Charlie nicht mehr wirklich zu kennen. Die unbeschwerte Art, welche ich so an ihm mochte, schien durch eine deutliche Unsicherheit abgelöst worden zu sein.

„Neue Kunden?"

„Nicht ganz. Sie wollen uns keine Aufträge geben, weil wir zu klein sind und hier alleine nicht alles produzieren können."

General John fluchte leise vor sich hin und griff wieder nach seiner Tasse. Ich hatte ihn noch nie ohne gesehen. Wie konnte er eigentlich schlafen, wenn er so viel Kaffee trank?

„Womit sie übrigens recht haben!"

Colin sah seinen Vater scharf an, lächelte aber gleich darauf wieder. Dem General stand der Sinn nicht nach Lachen.

„Das hätte man ändern können, wenn jemand ..."

Ich konnte sehen, dass Charlie sich zusammenreißen musste. Er war wütend und wollte vermutlich etwas Unfreundliches sagen. Ich kam mir vollkommen fehl am Platz vor. Aber jetzt einfach zu gehen, das war auch unmöglich. Ich war immerhin eine Mitarbeiterin. Und vermutlich sogar mehr. Was viel komplizierter war: die Nähe, die zwischen mir und Charlie herrschte, war inzwischen greifbar. Kaum hatte der General seinen Satz angefangen, griff ich intuitiv nach Charlies

Hand und drückte sie kurz. Das schien ihn zu beruhigen. Er drückte sie kurz zurück und entspannte sich wieder ein bisschen. Aber während ich das tat, konnte ich meinen Blick nicht von Colin nehmen, der am Tisch stand und seinen Vater ernst ansah. Es gab etwas an ihm, das mich tief in mir berührte; aber ich konnte nicht sagen, was das sein sollte.

„General, das Thema haben wir wirklich durch. Sie haben uns angeboten, unser Konzept zu kaufen. Für die Holzspielzeuge."

Holzspielzeuge? Das war mir neu. Ich hatte angenommen, die Firma würde sich auf Möbel spezialisieren.

„Sie wollen sie selber produzieren?"

Ich hatte angenommen, es wäre eine gute Idee, aber dem war wohl nicht so. Niemand schien so richtig begeistert, Charlie schon gar nicht.

„Ja."

„Was wird dann noch von uns sein?"

„Die Idee."

„Aber unser Name wird nicht wirklich auftauchen, oder? Niemand wird sich denken: Hey, das ist ein Produkt der Shaw Brothers."

„Charlie, mehr konnte ich leider nicht rausholen. Tut mir leid."

Colin hatte ohne Zweifel sein Bestes gegeben, aber ich musste noch mit den Nachwehen dieser Situation kämpfen: dass er noch am Leben war! Vielleicht war das der einfache Grund, wieso ich ihn ständig ansehen musste. Er sah Charlie nicht mal besonders ähnlich, aber ich konnte erkennen, dass sie Brüder waren. Er hatte dunkle Haare und klare blaue Augen, die einen genau beobachteten, so wie es Charlies Augen auch taten.

„Dann müssen wir eben weitersuchen."

General John nickte, was nicht sehr oft vorkam, wenn Charlie einen Vorschlag machte. Colin war ungefähr so verwirrt wie ich.

„Wieso weitersuchen? Sie zahlen eine Menge. Das reicht vorerst, um die Firma zu retten. Wir können dann wieder mit den Möbel anfangen."

Für mich klang auch das gut, aber ich musste noch eine Menge lernen, was in diesem Haus alles stimmte und was nicht.

„Möbel? Hatten wir uns nicht darauf geeinigt, dass wir die Schnauze voll haben von Möbeln und Restaurationen?"

„Es war gut genug für mich und meinen Bruder."

Der General sprach Charlie endlich direkt an, aber wieder fehlte jede Freundlichkeit und Wärme.

„Wir müssen uns weiterentwickeln. Die Spielzeugmodelle sind gut. Sehr gut. Wir brauchen nur Geld, um sie zu produzieren. Einen Auftraggeber."

Colin zog sich einen Stuhl her und nahm Platz. Er warf mir einen genervten Blick zu und stütze sein Kinn in beide Hände. Vermutlich würde jetzt etwas folgen, was sie schon hundert Mal durchgekaut hatten.

„Charlie, ich war nie ein guter Redner. Ich habe lieber gezeichnet. Aber jetzt habe ich die Rolle des Vertreters. Und ich finde, dass ich sie gut erfülle. Du hast dich hierfür entschieden. Und der General hat beschlossen, sich aus der Sache rauszuhalten."

Er warf auch seinem Vater einen scharfen Blick zu, der diesmal nichts zu sagen hatte. Ich spürte, dass

Charlie meine Hand etwas fester hielt. Ich fragte mich, wie er früher nur durch solche Momente gekommen war ... wenn niemand da gewesen war, um seine Hand zu halten.

„Wir sollten über ihr Angebot nachdenken. Nur nicht gerade jetzt. Ich bin müde und froh, wieder hier zu sein. Ich habe nicht mal einen Kaffee bekommen, wurde für einen Untoten gehalten und mit einem Bleistift beworfen. Du hast mir deine Freundin noch nicht vorgestellt. Vielleicht sollten wir damit anfangen."

Er warf mir einen freundlichen Blick zu und so langsam baute sich meine Verwirrtheit ab. Meine Lippen verzogen sich zu einem Lächeln, ich entspannte mich.

„Naja, wenigstens haben Sie schon mal Bekanntschaft mit meiner Wurftechnik gemacht."

Sogar General John konnte sich ein Schmunzeln nicht verkneifen. Colin und ich hatten es tatsächlich geschafft, die Situation etwas zu entschärfen. Charlie lächelte ein bisschen verlegen und legte den Arm um mich. Der General griff nach einer anderen Tasse und reichte sie Colin, der zufrieden mit seinem Ablenkungsmanöver war. Grinsend zwinkerte er mir zu – und in genau diesem Moment passierte es. Er schien einen Schalter in mir umgelegt zu haben. Es entstand eine Verbindung zwischen ihm und mir, die niemand sonst bemerkte. Aber auch er schien es zu bemerken, was ihn vermutlich genauso sehr wie mich verwirrte. Ich lehnte an Charlies Schulter und fühlte mich dort auch wohl, aber es war Colin, dessen Gesicht ich nicht mehr aus meinem Kopf verdrängen konnte. Wie schnell sich die Stimmung im Haus seit seiner Ankunft verändert hatte, verblüffte mich ungemein.

Ein Empire State Building als Schneekugel war das Geschenk für Charlie. Ich hatte keine Ahnung, dass er Schneekugeln sammelte, so wenig kannte ich ihn. Ein Beweis dafür, dass ich Grund für Zweifel hatte. Colin erzählte etwas über das Hotel, in dem er gewohnt hatte, und über die Aussicht aus dem 24. Stock. Er hatte den Aufenthalt sehr genossen, weil er seine Leidenschaft für das Reisen neu entdeckt hatte. Charlie hing an seinen Lippen, wie auch der General und ich. Wir drei aus unterschiedlichen Gründen, nehme ich an. Irgendwann drehte er sich zu mir und grinste.

„Ich glaube, Charlie sollte mal wieder an die Arbeit gehen. Und Sie, Mrs Jackson, erzählen mir ein bisschen was über sich."

Das war eine gute Idee. Ich hatte einen Grund, wieso ich mit ihm unter vier Augen reden konnte, ohne Charlie gegenüber ein schlechtes Gewissen zu haben.

„Wehe, du erzählst ihr Unsinn über mich, Colin."

Dieser schüttelte den Kopf und hob abwehrend die Hände. Aber sein Grinsen gab einen kurzen Moment den Blick auf den frechen kleinen Jungen frei, der er zweifellos mal gewesen war. Charlie beugte sich zu mir und, wie immer, wenn er mich küsste, nahm er mein Gesicht sanft in seine Hände. Er war ein ausgesprochen guter Küsser. Kaum hatte er den Raum verlassen, stand auch der General auf.

„Ich gehe an den See. Mein täglicher Spaziergang."

Colin nickte und sah auf die Tasse des Generals, die er noch immer fest in seiner Hand hielt.

„Aber die kannst du ruhig da lassen, Dad."

Zum ersten Mal sprach jemand den General mit *Dad* an. Einen kurzen Moment herrschte Stille.

„Also gut."

Der General stellte die Tasse auf den Tisch und schenkte Colin ein kurzes Lächeln. Wie immer, wenn er sich von seiner netteren Seite zeigte, blitzte auch diesmal die Attraktivität von früher durch. In seiner Jugend musste John ein sehr ansehnlicher Mann gewesen sein, bevor ihn das Leben mürrisch werden ließ. Kaum hatte er die Küche verlassen, stand Colin auf, kippte den Inhalt der Tasse in die Spüle und drehte sich dann zu mir.

„Okay, Nicole, Sie haben also meinem kleinen Bruder den Kopf verdreht. Ich muss mich bei Ihnen bedanken."

„Müssen Sie?"

„Er hat ewig keine Frau mehr angesehen. Ich habe angefangen, mir Sorgen zu machen. Kaum hat er Ihnen den Job gegeben, klingelte mein Handy und er gestand mir, sich wohl in Sie zu verlieben. Ich wollte das nicht glauben."

Eine tolle Idee! Er sollte es mir ruhig schwer machen. Ich hatte auch so schon genug um die Ohren. Ich fühlte mich von Charlie belogen, hatte noch immer nicht verstanden, dass Colin lebte – und fühlte mich nun auf eine unheimliche Weise ausgerechnet zu ihm hingezogen. Was war nur los mit mir? War denn mein Leben vor den Shaw Brothers so langweilig gewesen?

„Ähm … tja …"

Sehr geistvoll, Nicole Jackson, ich war wirklich stolz auf mich.

„Das muss Ihnen nicht unangenehm sein. Charlie ist ein netter Kerl."

Natürlich musste er das sagen, er war sein Bruder. Und er hatte Tag für Tag an seinem Krankenbett gesessen.

„Ich habe Charlie im Krankenhaus kennengelernt."

Colins Gesichtsausdruck änderte sich sofort. Jetzt schien ihm etwas unangenehm zu sein.

„Habe ich etwas Falsches gesagt?"

„Nein. Ich erinnere mich nur nicht gerne an die Zeit im Krankenhaus. Sie hat mein ganzes Leben dominiert. Ich bin froh, da raus zu sein."

Er klang plötzlich so ernst. Zu gerne hätte ich gewusst, an welcher Krankheit er gelitten hatte. Vielleicht Krebs? Wie auch immer, er hatte die Krankheit besiegt.

„Aber Sie sind wieder gesund. Das freut mich übrigens sehr."

Ich hatte das Gefühl, das sagen zu müssen, weil ich ihn vorhin so oft als tot bezeichnet hatte. Außerdem war ich wirklich froh, dass er noch am Leben war.

„Ja. Ich fühle mich wie ein neuer Mensch. Wenn es mal so knapp war, dann glaubt man, jeder neue Tag ist ein Geschenk."

Zu gerne hätte ich ihm noch länger zugehört, aber er schien sich wirklich nicht wohl dabei zu fühlen. Mit einem Schulterzucken kam er wieder auf mich zu und nahm am Tisch Platz.

„Das klingt wie der Spruch aus einem Glückskeks, oder?"

Aber ich schüttelte den Kopf. Irgendwie meinte ich zu wissen, was er mir sagen wollte.

„Ganz und gar nicht. Das klingt sehr schön."

„Charlie hat wirklich Glück, Nicole."

Er griff nach meiner Hand und sah mich an. Wieso fühlte sich die flüchtige Berührung so gut an?

„Mit Ihnen, meine ich."

Es war eigentlich nicht das, was er sagte – es war viel mehr die Art und Weise, wie er es sagte. Dabei sah er mich traurig an.

„Der Bruder ist gar nicht tot?"

„Nein."

Sally schnitt in unserer Küche das Gemüse klein. Sie hatte auf Scott aufgepasst und machte das Abendessen. Darauf bestand Sie. Ich durfte nur zusehen und mein Feierabendbier trinken. Scott saß im Wohnzimmer und spielte Computer. Ich hatte es ihm ausnahmsweise erlaubt, weil ich mit Sally ungestört sprechen wollte.

„Also hat Charlie dich angelogen. Mistkerl! Wollte vermutlich dein Mitleid und dich so rumkriegen."

„Nein. Er hat ja nie wirklich gesagt, dass sein Bruder tot ist. Ich habe das nur angenommen. Er vermisst seine Mutter, und die ist ja tatsächlich tot."

„Bist du dir da sicher? Ich würde an deiner Stelle mal ein bisschen recherchieren."

„Sally ... er ist kein Frauenmörder."

„Und woher weißt du das?"

„Weil er ... Unsinn! Es war nur ein Missverständnis."

Ich versuchte, möglichst überzeugend zu klingen, nahm dabei einen Schluck Bier, natürlich aus der Flasche. Sally hörte auf, das Gemüse auf dem Schneidebrett zu bearbeiten und sah mich an.

„Was?"

„Und wieso belastet es dich dann so sehr? Es war doch nur ein Missverständnis."

Das war eine wirklich gute Frage und ich hatte auch schon eine wirklich gute Antwort; aber es auszusprechen, das erschien mir unmöglich. Ich war einfach nicht der Typ Frau dazu. Also blieb nur eine einzige Möglichkeit, um Sally an diesem Abend zum Schweigen zu bringen. Der Ausweg war auch nicht meine Art, aber was blieb mir anderes übrig? Ich musste lügen.

„Ich war nur erschrocken, als er in meiner Tür stand. Das ist vermutlich alles."

„Du bist von Charlie jetzt nicht enttäuscht, oder?"

„Unsinn."

„Du magst ihn immer noch und verliebst dich gerade in ihn?"

„Ja."

Das klang tatsächlich überzeugend, weil es auch so war, aber Sally wäre nicht Sally, wenn ...

„Und wieso sprichst du dann schon den ganzen Abend nur über Colin, den geheimnisvollen, totgeglaubten Bruder?"

An meiner Reaktion konnte man sehr leicht erkennen, dass ich keine geschickte Lügnerin war, denn ich starrte sie nur an und hatte keine klare und niederschmetternde Antwort parat. Wieso, um alles in der Welt, drehten sich meine Gedanken im Moment nur um Colin? War es vor ein paar Tagen nicht noch Charlie gewesen, der mich um den Schlaf gebracht hatte? Wer war dieser Bruder, der aus dem Nichts in mein Büro marschiert war? Hatte mich Charlie bewusst in einem falschen Glauben gelassen? Änderte das irgendwas an meinen Gefühlen für ihn? Standen wir uns tatsächlich so nahe, wie ich angenommen hatte? Bei Charlie hatte ich mich wohl und verstanden gefühlt. Jetzt wusste er aber doch nicht so genau, wie es sich anfühlt, jemanden zu verlieren, am Krankenbett zu bangen – und dann aufgeben zu müssen. Dennoch schaffte ich es, die Notbremse zu ziehen, sonst wäre mein Kopf geplatzt. Charlie war Charlie. Und Colin war Colin. Das musste im Moment reichen.

# Großer kleiner Bruder

Ich wusste nicht, mit wem ich wirklich darüber sprechen konnte. Sally war ein guter Anfang gewesen, aber sie hatte zu viel Fragen und ich hatte keine Antworten. Das ärgerte mich. Nie im Leben würde ich meinen Sohn damit belasten, also blieb nur noch eine Anlaufstelle. Ich fuhr Scott in die Schule, der von meiner Verwirrung nicht besonders viel zu bemerken schien, und stellte meinen Wagen dann auf dem Friedhofsparkplatz ab.

Ich hatte keine Blumen für Xander dabei und auch sonst nichts. Trotzdem nahm ich vor seinem Grabstein Platz und lächelte. Das letzte Mal hatten wir uns im Streit getrennt. Mehr oder weniger.

„Hi Xander."

Jetzt war ich nicht mehr seine Ehefrau, sondern Charlies Freundin. Ich kam mir vor wie eine billige Schlampe. Aber er musste es erfahren – und zwar von mir.

„Tut mir leid, wegen dem letzten Mal ... Ich habe das nicht alles so gemeint, wie ich es gesagt habe ..."

Hoffentlich nahm er die Entschuldigung an. Das war doch unfair von den Toten: man konnte ums Verrecken keine Antwort mehr von ihnen bekommen!

„Du weißt es vermutlich schon, aber ich will es dir persönlich sagen ... Ich habe mich in Charlie verliebt."

Ich holte tief Luft und schloß die Augen.

„Wir sind zusammen."

Es war das erste Mal, dass ich es wirklich aussprach und es fühlte sich gut an; aber vielleicht war es die falsche Person, die es zu hören bekam.

„Ich liebe dich noch immer, Xander, und ich kann dich nicht loslassen ..."

Hatte ich ihm das nicht schon die ganze Zeit gesagt? Wusste er das inzwischen nicht schon längst?

„Wieso hast du mich eigentlich alleine gelassen? Ich habe niemanden, an den ich mich wenden kann, wenn ich Fragen oder ein Problem habe. Bisher warst du immer da ... aber jetzt habe ich plötzlich keinen Überblick mehr und ... du fehlst mir."

Ich fuhr langsam über seinen Grabstein, aber es fühlte sich nicht so an, als ob er irgendwie da wäre. Es fühlte sich nur nach kaltem Stein an.

„Und trotzdem habe ich das Gefühl du wärst noch hier ... als würdest du irgendwo da draußen treiben und nur darauf warten, mir Lebewohl zu sagen."

Das waren die Gefühle, die ich den ganzen Tag mit mir rumtragen musste. Jedes Mal, wenn ich Charlie ansah, wurde mir klar, dass ich Xander noch nicht Lebewohl gesagt hatte. Und somit belog ich auch Charlie.

„Na ja ... ich wollte nur, dass du es weißt. Ich gehe jetzt zur Arbeit."

Langsam stand ich auf und sah lange auf das Grab. Unter meinem Pullover, an der Kette, hing noch immer sein Ring. So lange ich den bei mir trug, würde ich ihn nicht vergessen.

Gemächlich ging ich über den Kiesweg zurück zu meinem Auto, aber so weit kam ich gar nicht erst. Denn – das müssen Sie sich merken! – mein Leben hatte sich ganz ohne mein Einverständnis entschlossen, eine Achterbahnfahrt zu werden. Ich hatte ganz sicher keine Fahrkarte gelöst, aber dafür wurde mir ein Platz in der ersten Reihe zugeteilt. Ausstieg unmöglich!

„Nicole?“

Ich war es inzwischen gewöhnt, einen Mann mit dem Nachnamen Shaw auf dem Friedhof zu treffen, aber diesmal war es der andere: Colin. Was die Sache nicht wirklich einfacher machte.

„Colin! Mit Ihnen habe ich gar nicht gerechnet.“

Er deutete in eine Richtung, die das Grab ihrer Mutter bezeichnete, wie ich inzwischen wusste.

„Ich habe meiner Mutter einen Besuch abgestattet. Und Sie?“

Eine unpassende Frage, wie ihm in dem Moment bewusst wurde, als er sie ausgesprochen hatte.

„Mein Mann.“

Er nickte nur und sah sich unsicher um. Ich sollte ihn erlösen, aber ich konnte nicht. Was war es nur, das mich so durcheinander brachte?

„Wollen Sie vielleicht einen Kaffee trinken, bevor wir zur Arbeit fahren?“

„Ich weiß nicht, ob Ihr Bruder davon sehr angetan sein wird.“

„Charlie? Der joggt doch jetzt bestimmt noch. Oder er zieht seine Runden im See. Bitte Nicole, ich will noch ein paar Minuten die Ruhe genießen, bevor ich wieder in das Haus zurückmuss.“

Er schien es ernst zu meinen, und natürlich gab ich nach. Immerhin war er auch mein Chef und es galt als unhöflich, solche Einladungen auszuschlagen. Sehen Sie, ich war eine bescheidene Lügnerin. In Wahrheit wollte ich um alles in der Welt noch mehr Zeit mit ihm verbringen!

Vermutlich war es eine schlechte Idee, aber Sam's Kneipe fiel mir sofort wieder ein. Er war gemütlich und ruhig. Außerdem hatte ich Lust auf den Apfelkuchen, ich hatte mir nämlich das Frühstück mehr oder weniger verkniffen. Seit Xanders Tod hatte ich ein paar Pfund zugenommen und die mussten wieder runter. Aber mit Sams Apfelkuchen würde mir das bestimmt nicht gelingen. Zu meiner Überraschung war auch Colin noch nie hier gewesen. Diese Familie schien das „Ausgehen" verlernt zu haben.
Sams Blick auf Colin ließ keinen Zweifel daran, dass er ihn nicht mochte. Und sein Verhalten mir gegenüber ließ keinen Zweifel daran, dass ich seiner Ansicht nach gerade eine Rolle Rückwärts auf der Beliebtheitsskala machte.

„Der Laden ist nett."

„Das hat Charlie auch gesagt."

Ich hielt es für angebracht, den Namen seines Bruders von Zeit zu Zeit zu erwähnen. Vielleicht tat ich das auch nur, weil ich mich selbst daran erinnern wollte, mit wem ich eigentlich zusammen war.

„Sie haben Charlie dazu gekriegt, mit Ihnen auszugehen?"

„Oh, danke. Sie glauben wohl, Männer gehen nur unter Androhung von Schmerzen mit mir aus?"

„So war das nicht gemeint. Ich würde mit Ihnen ausgehen. Ganz ohne Schmerzen."

Ich lächelte, weil er mir ein Kompliment gemacht hatte. Aber ich war auch ein bisschen enttäuscht, weil ich genau wusste, dass es nie passieren würde.

„Charlie hat also über mich gesprochen?"

„Ja. Er scheint Sie wirklich sehr zu mögen und ich kann ihn verstehen."

„Sie kennen mich doch gar nicht."

„Mein Bruder hat mir viel über Sie erzählt. Irgendwie kenne ich Sie doch ein bisschen."

Komischerweise hatte mir Charlie auch einiges über ihn erzählt. So wurde ich das Gefühl nicht los, ihn besser zu kennen, als mir lieb war. Oder aber ... Langsam beugte ich mich über den Tisch zu ihm rüber.

„Kann es sein, dass wir uns schon mal begegnet sind?"

Er schien einen Moment nachzudenken, aber so lange er das auch tat, er kam zu keinem Schluss. Also zuckte er die Schultern.

„Ich bin mir nicht sicher. Aber an jemanden wie Sie würde ich mich auf jeden Fall erinnern, Nicole. Ganz sicher."

Sam brachte unsere Bestellungen und sah mich fragend an. Ich hatte keine Ahnung, welche Antwort er hören wollte.

„Sam, das ist Colin Shaw, mein Chef."

Sam nickte und reichte Colin die Hand, die dieser sofort annahm. Aber ich war noch lange nicht aus dieser Geschichte entlassen, soviel stand fest. Sam schob sich wieder den Bleistift hinter das Ohr, sah sich in seinem Laden um und kam dann mit den Gedanken auf uns zurück.

„Hieß dein Chef neulich nicht noch *Charlie* Shaw und sah anders aus?"

Colin kam mir lächelnd zu Hilfe.

„Richtig. Charlie ist mein Bruder. Wir führen die Firma zusammen. Shaw Brothers."

Sam nickte nachdenklich, sah mich wieder an.

„Brüder, ja?"

Colin sah mich fragend an, sobald Sam unseren Tisch wieder verlassen hatte.

„Was war das denn?"

„Ich glaube, Sam passt es nicht so recht, dass ich mich wieder mit Männern treffe."

„Ist er denn Ihr Aufpasser?"

Früher war er das tatsächlich mal. Immer, wenn Xander für einen längeren Zeitraum wegfuhr, bat er Sam darum, ein Auge auf mich zu haben. Er sollte darauf achten, dass sich keine Männer an mich ranmachten. Immerhin war ich eine Strohwitwe mit Kind, da gab es genug Männer, die nur auf ihre Chance warteten. Natürlich waren diese Aufforderungen meistens nur im Spaß dahingesagt; aber Sam schien sich jetzt, nach Xanders Tod, daran zu erinnern und maß der Sache mehr Bedeutung zu, als mir lieb war.

„Nein. Er ist ein guter Freund meines Mannes gewesen."

Colin nickte und nahm einen Schluck Kaffee, ließ mich dabei aber nicht aus den Augen.

„Charlie hat gesagt, Sie haben einen Sohn."

„Ja, der wartet nur darauf, dass ich ihn mitnehme. Charlie hat ihm versprochen, mit ihm schwimmen zu gehen."

„Ja, Charlie konnte schon immer gut mit Kindern umgehen. Und er ist ein guter großer Bruder."

Moment! Hatte ich bisher die Geschichte nicht so verstanden, dass Colin der Ältere war? Hatte er mich diesbezüglich etwa schon wieder angelogen? Wann würde ich den echten Charlie endlich kennenlernen? Der Charlie, in den ich mich verliebt hatte, war offensichtlich nicht der echte Charlie.

„Großer Bruder? Ich dachte, Sie wären ..."

„So habe ich das nicht gemeint. Charlie hat schon immer auf mich aufgepasst. Ich bin zwar älter, aber ich hatte nie die Chance, ihm ein großer Bruder zu sein. Wegen ..."

Er griff sich an den Kragen seines Hemdes, ließ die Hand dann aber wieder sinken und nahm erneut einen Schluck Kaffee. Ich wollte nicht noch mehr Fragen stellen, wenn er es mir nicht von selbst erzählte. Aber er wollte. Zumindest noch ein Stückchen.

„Wegen meiner Krankheit. Ich konnte nie Dinge tun, die man als großer Bruder so macht. Er musste sich sogar für mich prügeln."

Das Ganze war ihm unheimlich unangenehm. Ich begann zu verstehen, welche Beziehung zwischen den beiden entstanden war – und wieso Charlie meinte, alles auf seinen Schultern zu tragen.

„Jetzt würde ich gerne einmal das für ihn tun, was er immer für mich getan hat."

Er sah mich an und wirkte sehr nachdenklich, aber das konnte ich sehr gut nachvollziehen. Er erschien mir plötzlich so viel älter, als wäre er nicht mehr der Colin, der seinem Bruder lächelnd die Schneekugel geschenkt hatte.

„Aber jetzt ist alles viel komplizierter."

Das verstand ich damals noch nicht. Ich nahm an, er spielte auf die Firma und das Verhältnis zu seinem Vater an, aber ich sollte mich irren. Und ich würde noch eine Weile brauchen, um das zu verstehen. Colin war nicht gerade ein offenes Buch. Jedes Mal, wenn ich dachte, ihn ein bisschen mehr kennenzulernen, schien sich ein neues Kapitel aufzutun. Nicht jedes war einfach zu lesen. Aber ich wollte es lesen, wollte mehr über ihn erfahren.

Charlie saß auf der Veranda, als mein Wagen neben Colins Auto anhielt. Er winkte uns zu und nahm einen Schluck aus seiner Tasse. Ich konnte nur hoffen, dass er die Szene nicht missverstand. Colin schien das auch zu hoffen, als er neben mich trat.

„Hi Charlie. Ich habe sie durch Zufall in der Stadt getroffen. Wir haben zusammen einen Kaffee getrunken."

Eine gute Taktik, immer gleich die Wahrheit zu sagen, dann musste man sich keine dämlichen Lügen merken – darin war ich nämlich unglaublich schlecht.

„Bei Sam."

Charlie stand auf und kam auf mich zu.

„Sam? Mag er dich auch so sehr wie mich?"

Colin nickte und klopfte seinem Bruder auf die Schulter, dann sah er zu mir.

„Vielleicht solltet ihr beide einfach mal einen Nachmittag frei nehmen. Ich kann mich um die Firma kümmern."

Das fand ich einen unglaublich netten Vorschlag und wollte ihn sofort annehmen, aber Charlie schüttelte den Kopf.

„Dich in die Schreinerei lassen? Dann schneidest du dir noch beide Hände kaputt."

„Ich hab das früher auch gemacht."

Charlie nickte und der Spaß aus seiner Stimme schien verschwunden.

„Früher."

Colin sah ihn an wie ein verletzter, kleiner Schuljunge, der von einem älteren Freund vor den Augen seiner anderen Kumpels bis auf die Knochen blamiert wurde. Charlie schien das zu merken; aber egal, was er als nächstes sagen oder tun würde – nichts konnte etwas daran ändern, dass es die Wahrheit war.

„Nehmt euch trotzdem frei."

Damit verschwand er im Haus und Charlie sah ihm eine Weile nach, bevor ich wieder seine Aufmerksamkeit hatte. Obwohl er sich Mühe gab, mich anzulächeln, wusste ich, dass seine Gedanken noch lange nicht bei mir waren.

„War es nett mit Colin?"

„Ja. Er ist ein lieber Kerl."

Nicht lügen, die Wahrheit sagen!

„Netter als ich?"

Gott, ich hatte doch gerade erst eine neue Taktik gelernt und wollte sie wirklich anwenden, doch dann würde ich Charlie hier auf der Treppe das Herz brechen.

„Nein."

Lügen, nicht die Wahrheit sagen! Aber Charlies Lächeln entschädigte mich für die Lüge. Er legte die

Arme um mich und küsste sanft meine Wange, bevor er mich umarmte.

„Nicole, du bist das Beste, was mir seit langem passiert ist."

Das war nicht fair, so was durfte er nicht sagen. Ich war so froh, ihn getroffen zu haben. Er war da gewesen, als ich jemanden gebraucht hatte, und Xander diese Rolle nicht mehr übernehmen konnte. Ich hatte mich in ihn verliebt, weil ich mich vor ihm nicht verstellen musste.

„Charlie ... lass uns weggehen. Irgendwohin an den See. Ich will dich kennenlernen. So, wie du wirklich bist."

Das kam sehr überraschend, aber ich musste mich entscheiden. War es wirklich Charlie, an den ich den ganzen Tag dachte? Bisher war es so gewesen und ich wollte daran eigentlich auch nichts ändern.

„Was?"

„Ich meine ..."

Wie sollte ich es ihm nur erklären ohne den echten Grund zu nennen?

„Du hast mich angelogen."

Jetzt hatte ich ihn überrascht. Er sah mich an, wie er mich noch nie angesehen hatte, das war ein sicheres Zeichen. Charlie einen Lügner zu nennen, war mir nicht leicht über die Lippen gekommen. Aber es hatte mich die letzte Zeit beschäftigt und gequält.

„Einen kleinen Moment, ja? Wartest du hier?"

Ich nickte und er spurtete die Treppen nach oben ins Haus. Hoffentlich verstand er das alles nicht falsch und knöpfte sich jetzt Colin vor. Aber kurze Zeit später tauchte er wieder bei mir auf, nahm meine Hand und führte mich den Weg entlang weg vom Haus.

„Wir haben heute frei."

„Xander war mein ganzes Leben. Er war der Mann, mit dem ich alt werden wollte. Ich drehte mich um ihn, und er sich um mich. Das gehörte alles irgendwie zusammen."

Charlie hörte mir einfach nur zu, ging neben mir her und hielt meine Hand. Mehr verlangte ich nicht von ihm, und er schien im Moment auch nicht mehr tun zu wollen.

„Ich habe nie gedacht, jemals in meinem Leben wieder einen anderen Mann zu küssen, oder einen anderen Mann in mein Herz zu lassen. Aber als er gestorben ist ... als ich die Geräte abstellen ließ ... war alles anders. Ich befand mich in einer Welt, die ich nicht kannte. Angefangen mit Kleinigkeiten, wie Rechnungen bezahlen oder mit dem Finanzamt reden. Das hatte alles er gemacht. Dann war er plötzlich weg und ich kam mir vor wie ein Kind, das nicht auf sich selbst aufpassen kann."

Von Zeit zu Zeit sah ich ihn an, aber die meiste Zeit sprach ich eigentlich mehr mit dem See als mit ihm. Aber das schien ihn nicht zu stören. Ich konnte seinen Blick spüren, wie er auf mir ruhte. Er hörte einfach nur zu. Wie schon immer.

„Wieso glaubst du das?"

Ich hatte ihn nicht um seine Meinung gebeten, weil ich noch nicht fertig war. Er schien es zu merken und hielt den Mund.

„Weil ich mich immer auf Xander verlassen habe. Weil ich nichts anderes kann."

Sein erster Impuls war, mich in den Arm zu nehmen, aber er unterdrückte ihn, das konnte ich sehen. Er sah mich einfach nur an und das reichte mir im Moment auch. Ich wollte nur, dass er mir zuhörte. Keiner konnte das besser als Charlie. Er gab mir dadurch das Gefühl, ihm so nah zu sein.

„Das alles ist ganz neu für mich. Und dann tauchst immer wieder du auf. Du scheinst in jedem Moment dasselbe zu fühlen wie ich, weil du auch einen geliebten Menschen verloren hast. Deswegen habe ich mich dir gegenüber geöffnet, habe dir Dinge erzählt, die ich außer Xander vermutlich niemandem erzählt hätte ... und ich dachte, du würdest das verstehen. Aber das konntest du ja gar nicht, weil du dich nicht so gefühlt hast. Dein Bruder ist gar nicht tot. Er lebt und es geht ihm gut. Euch geht es gut."

Ich blieb stehen und sah ihn an. Vielleicht hatte ich ihn mit meinen Worten verletzt, aber ich hatte ihm bisher immer vertraut – wieso sollte ich plötzlich damit aufhören?

„Darf ich jetzt etwas sagen?"

Ich nickte nur. Alle Wörter, die in meinem Kopf waren, hatte ich ausgesprochen.

„Ich habe dich nicht angelogen. Ich habe einen geliebten Menschen verloren."

„Deine Mom."

„Nein. Auch der Bruder, den ich gekannt habe, der ist nicht mehr da. Colin kam aus dem Krankenhaus als ein anderer Mensch, den ich nicht kenne, dessen Eigenarten ich erst kennenlernen muss. Alles hat sich verändert und ich habe keine Ahnung, wo meine Rolle in diesem Spiel ist. Ich habe genau gewusst, was du durchgemacht hast. Und ich denke, ich weiß es noch immer."

So hatte ich die Geschichte noch nie gesehen. Ich hatte mir über sein Schicksal nie solche Gedanken gemacht. Aber jetzt änderte sich das ganze Bild. Ein neues Puzzlestück kam hinzu, welches ich bisher nicht gekannt hatte. Mein Herz fühlte sich ungewohnt schwer an, weil ich Charlie indirekt einen Lügner genannt hatte. Er hatte das gar nicht verdient, aber ich war mal wieder so sehr mit mir selber beschäftigt. Ich hatte mit meinem Schicksal gekämpft und nicht gesehen, dass es ihm und anderen ebenso schlecht ging wie mir. Vielleicht noch viel schlimmer.

„Der General hält nicht besonders viel von mir, weil ich seine Firma in den Ruin getrieben habe, wie er sagt. Er erhofft sich mehr von Colin als von mir. Aber die Tatsache, dass Colin manche Dinge nicht mehr kann ... du hättest ihn früher mit einem Bleistift in der Hand erleben müssen. Er konnte Dinge zeichnen, er konnte Dinge schreinern ... ich konnte nur staunen. Aber seitdem er aus dem Krankenhaus entlassen worden ist ... Der General will das nicht einsehen, er verlangt von ihm noch immer große Dinge, die er nicht mehr leisten kann."

Er wischte sich kurz über die Augen und ich konnte nicht sagen, ob er weinen musste oder nicht. Aber ich sah, dass es ihn belastete und er bisher niemanden hatte, der ihm diese Last abnehmen wollte.

„Wieso lässt du ihn nicht für eine Weile den großen Bruder sein?"

„Weil er es nicht kann."

„Dann lass deinen Vater entscheiden. Das sollte seine Aufgabe sein. Er ist immer noch euer Vater, nicht euer General."

„Er hat das nie gekonnt. Und er wird es jetzt nicht mehr lernen."

„Wieso glaubst du, dass du all das tun musst?"

Er lächelte traurig und zuckte die Schultern, während er meine Hand inzwischen verzweifelt festhielt.

„Weil ich nichts anderes kann ..."

Wir waren uns ähnlicher, als ich angenommen hatte. Ich hatte Xander verloren, fühlte mich alleine und einsam. Er hatte seinen Bruder verloren. Den Bruder, den er gekannt und geliebt hatte – er fühlte sich vermutlich ebenso verloren wie ich.

„Das ist Blödsinn. Du kannst eine Menge Dinge. Du kannst für mich da sein."

Das hatte er die ganze Zeit unheimlich gut gemacht und ich hatte ihn nicht darum bitten müssen. Jetzt wollte ich, dass er diese Aufgabe übernahm. Nie hätte ich das einer anderen Person gestattet, nur Xander. Aber die Zeiten änderten sich.

„Wenn du mich lässt?"

Ich nickte nicht, ich sagte nichts. Ich küsste ihn einfach nur.

Auch lange nach dem Gespräch machte ich mir Gedanken über Charlie und das, was er gesagt hatte. Über Colin und General John. Es gibt nichts Besseres, als sich von den eigenen Problemen durch die Probleme anderer abzulenken. Darin war ich inzwischen wirklich gut. Ich nahm an, dass Charlie jetzt genau in diesem Moment auch über mich nachdachte. Zumindest meinte ich das an seinem Gesicht abzulesen. Er saß neben Scott auf dem Sofa und spielte mit ihm Playstation. Er gab sich nicht mal besonders viel Mühe, aber Scott schien das nicht zu merken. Ich stand in der Küche und versuchte, etwas Schmackhaftes zu zaubern. Sally hatte sich zum Essen eingeladen, als sie erfahren hatte, dass Charlie zu Besuch war, und dem war es nur recht. Er wollte meine Freunde kennenlernen. Ob Sally da der beste Einstieg war? Vermutlich ...

„Scott, gib Charlie doch mal eine Minute Pause."

„Nein, ist schon okay. Ich spiele das gerne."

Sogar mir als Laie wäre aufgefallen, dass er das Spiel nicht beherrschte. Sein Männchen hatte deutlich weniger Punkte als Scotts, und die Tastenkombinationen schienen ihm auch nicht so leicht von der Hand zu gehen. Aber er lächelte, als er Scott durch die Haare fuhr und dieser zurückgrinste. Das war ein Bild, welches mir vollkommen fremd war, aber es gefiel mir. Scott mit Charlie zu sehen ... zu sehen, dass sie sich verstanden. Scott mit einem anderen Mann als seinem Vater auf der Couch zu sehen, bei einer Alltäglichkeit.

„Aber er verliert!"

Scott sagte das mit einem Leuchten in den Augen, das mir klar machte, wie sehr er seinen Vater eigentlich vermisste. Scott hatte nach Xanders Tod nicht darüber reden wollen. Er sprach nicht mit mir über die Tatsache, dass sein Vater nicht mehr da war. Von Zeit zu Zeit sprach er über Xander, und was er ihm erzählen wollte, wenn wir wieder an seinem Grab waren – aber er schien sich große Mühe zu geben, seinen Namen nicht oft zu erwähnen. Ich hatte lange Zeit versucht, mit ihm zu reden, ihn nach seinen Gefühlen zu befragen, aber er blockte sehr schnell ab. Ich meinte, eine gewisse Art der Bitterkeit festzustellen, wenn er über die Väter seiner Freunde sprach, aber mehr wollte er nicht preisgeben. Jetzt schien ich einen kurzen Einblick in sein Seelenleben erhaschen zu können. Wie fühlte mein Sohn wirklich? Und wie sehr vermisste er den Vater in seinem Leben?

„Also gut, dann lasse ich euch noch ein bisschen spielen. Aber den Tisch deckst du, Scott."

Das war bei uns eine Art Ritual. Er gab sich dann immer besonders viel Mühe, faltete die Servietten zu kleinen Figuren und versuchte, den Tisch wie eine Festtafel wirken zu lassen.

„Klar. Wenn Sally da ist."

Gott, daran wollte ich gar nicht denken. Scott war schon wieder mit dem Spiel beschäftigt, als ich Charlie entschuldigend ansah; der schüttelte aber nur den Kopf und lächelte. Er griff nach meiner Hand und drückte sie kurz. Ich lächelte zurück, als es auch schon an der Tür klingelte. Meine letzte Stunde war gekommen!

„Charlie ... Sally ist meine beste Freundin, aber ich möchte mich jetzt schon für alles entschuldigen, was sie dir antun wird."

Das Essen verlief erstaunlich ruhig. Sally und Charlie schienen sich gut zu verstehen und fanden schnell ein gemeinsames Gesprächsthema, nämlich mich. Sie banden auch Scott immer fleißig mit ein. Ihre Worte richteten sich selten an mich, und wenn das doch einmal der Fall war, hatte ich nie eine gute Antwort. Es war fast so, als ob ich meinen Eltern den zukünftigen Verlobten vorstellte.

„Ja, Nicole ist ein ganz besonderer Mensch. Ich finde Sie könnten mir dankbar sein. Immerhin habe ich sie zum Vorstellungsgespräch geschickt."

„Ich bin Ihnen da wirklich sehr dankbar. Sie haben nicht nur der Firma einen großen Gefallen getan."

Er sah mich an und zwinkerte mir zu, was niemandem am Tisch entging. Scott grinste, verkniff sich aber einen Kommentar, wofür ich ihm sehr dankbar war.

„Und Sie scheinen ihr auch gutzutun, Charlie. Sie lacht."

Das war nicht fair, aber schön. Es schien ihm zu gefallen, dass andere das bemerkten und ihm anrechneten. Wem würde das nicht gefallen?

„Ich höre sie gerne lachen."

Wieso konnte mich eigentlich keiner fragen, wie ich mich fühlte? Wie es war, hier zu sitzen und nur Zaungast bei dem Gespräch zu sein? Auf der anderen Seite hatte ich ja keine Ahnung, was ich sagen sollte. Ich war eigentlich nur froh, dass keinem auffiel, wie erbärmlich das Essen schmeckte. Tütennudeln ...

„Und Ihr Bruder? Dem geht es also gut."

Herr im Himmel, das durfte doch nicht wahr sein! Wie konnte Sally, meine beste Freundin, die ich länger kannte als meinen Ehemann, mir nur mit vollem Anlauf in den Rücken fallen. Ich hatte es geschafft, hatte für mich eine Entscheidung getroffen, und nicht mehr an Colin gedacht. Na ja, kaum noch. Jetzt brachte sie das Thema auf den Tisch.

„Ihm geht es tatsächlich gut. Gott sei Dank."

„Ja, natürlich. Freut mich sehr für Sie."

Sie warf mir einen Blick zu, den ich nicht deuten konnte und auch nicht wollte.

„Was für eine Krankheit hatte Ihr Bruder denn gleich noch mal?“

*Zack!* Mein Tritt, der unter dem Tisch Sallys Schienbein traf, musste Schmerzen und einen blauen Fleck verursacht haben. Zumindest hoffte ich das, obwohl sie sich zu meinem Erstaunen überhaupt nichts anmerken ließ. Nicht mal ein kurzes Zucken, dabei hatte ich ordentlich ausgeholt!

Aber Charlie schaute ziemlich verstört drein.

„Oh, er hatte keine Krankheit. Es war nicht Krebs, wenn Sie das denken.“

„Was war es denn?“

Hatte sie denn keine Manieren mehr? Wo war ihre Sensibilität? Er schien ganz offensichtlich nicht darüber reden zu wollen.

„Er hatte einen Herzfehler. Angeboren.“

Ich sah ihn überrascht an. Bisher hatte er nicht darüber gesprochen, ich hatte nicht gefragt – und jetzt sagte er es einfach so. Gut, einfach so ist gelogen, denn seine Hand hielt die Gabel fest umschlossen. Seine Fingerknöchel färbten sich bereits weiß, aber er blieb ruhig. Ich hatte plötzlich Angst, dass Sally wirklich zu weit gehen würde.

„Oh. Das tut mir leid.“

Zu meiner Erleichterung hielt sie von da an den Mund und lobte sogar mein Essen. Eine wirklich billige Entschuldigung, aber ich nahm sie sofort an. Charlie wurde von da an auch etwas stiller und so überließen wir Scott das Reden. Er sprach über angenehme Dinge wie Schule, Freunde und das Motorboot, welches er auf dem See ausprobieren wollte. Irgendwie überlebten wir dann das Abendessen und ich nahm mir vor, bei Gelegenheit eine groß angelegte Racheaktion gegen Sally zu starten.

Ich brachte Sally zum Auto, wo ich ihr noch einmal gehörig sagen wollte, was ich von ihrer Aktion am Tisch hielt. Sie drehte sich zu mir um und lächelte. Ich holte tief Luft, kam aber nicht dazu meine Munition zu verschießen.

„Nicole, er ist ein Glückgriff. Halt ihn fest."

Das überraschte mich so sehr, dass ich vermutlich eine Art Blackout hatte, denn ich erinnerte mich nicht mal mehr daran, mich von Sally verabschiedet zu haben. Ich sah nur noch ihre Rücklichter. Ich sollte ihn festhalten! Sie mochte ihn also, was mir eigentlich klar war, denn man musste Charlie einfach mögen, aber sie hatte auch nichts an ihm auszusetzen. Sie sprach mir nicht ins Gewissen, sie erinnerte mich auch nicht an Xander. Nein, ich sollte ihn einfach nur festhalten.

Und genau das tat ich, als ich wieder im Wohnzimmer war. Scott war in seinem Zimmer, wo er die letzten Hausaufgaben erledigte. Ich mochte es eigentlich nicht, wenn er nach dem Abendessen noch etwas für die Schule machen musste, aber jetzt kam es mir gerade recht. Ich nahm Charlie in den Arm und hielt ihn fest.

„Das mit dem Essen tut mir leid."

„So schlecht war es doch gar nicht."

Er konnte also noch immer Witze machen.

„Ernsthaft, Charlie ... Sally hätte nicht so neugierig sein dürfen."

„Ach, das meinst du. Ist okay. Ich finde sie nett und ich hätte ja nicht antworten müssen."

Er schob mich ein bisschen von sich, um mich ansehen zu können. Ein Lächeln lag auf seinem Gesicht.

„Aber eine Sache würde ich gerne noch wissen, Nicole."

„Ja?"

„Warum hast du mich getreten wie ein Muli?"

Wieso musste eigentlich ein Abend immer so sehr schiefgehen, dass alles auf einmal über mich hereinbrach? Ich benahm mich in solchen Fällen nicht einfach nur daneben, ich gönnte mir direkt ein Vollbad im Fettnäpfchen.

„Ich ... hab dich ... getreten?"

„Unter dem Tisch. Vorhin. Mit voller Wucht."

„Das wollte ich nicht! Das galt Sally."

„Du wolltest Sally treffen?"

„Ja."

„Wieso denn?"

„Weil sie kein Recht hatte, dich nach Colin zu fragen. Das geht niemand was an. Ich habe auch nicht gefragt."

„Colin hatte einen angeborenen Herzfehler. Deswegen war er schon als Kind bei manchen Dingen im Nachteil."

„Deswegen hast du dich für ihn geprügelt?"

Er stockte kurz. Vermutlich ging er jetzt alle Gespräche im Geist noch mal durch, aber er hatte mir das auch nie erzählt.

„Colin hat es erwähnt."

„Wie auch immer. Jetzt ist er gesund und darum geht es. Wir erinnern uns nicht sehr gerne an die Zeit davor."

„Das kann ich verstehen."

Er küsste meine Wange und strich mir eine Strähne aus dem Gesicht, während er sich umsah.

„Wo ist Scott?"

„Der macht Hausaufgaben. Die muss ich ihn nachher noch abfragen."

Er nickte und machte einen kleinen Schritt zurück, brachte Abstand zwischen uns, aber ohne meine Hand loszulassen.

„Dann sollte ich besser gehen. Morgen müssen wir alle wieder früh raus."

Ich nickte, auch wenn ich noch nicht wollte, dass er ging. Ich wollte ihn nicht gehen lassen. Konnte er nicht hierbleiben? Vielleicht sogar über Nacht?

„Okay. Danke für das Abendessen und den netten Tag."

„Gerne geschehen. Aber du musst wegen dem Essen nicht lügen. Ich weiß, dass es ungenießbar war."

„Stimmt. Das nächste Mal gehen wir besser essen."

Er küsste mich sanft und drehte sich zur Tür.

„Ach, und danke für das Zuhören."

Er war schon fast aus der Türe raus, als ich ihm nachkam, seine Hand ergriff und wieder zu mir zog. Der folgende Kuss überraschte mich so sehr, dass ich jetzt noch Herzrasen habe, wenn ich daran denke. Ich habe als Teenager das letzte Mal so stürmisch geküsst, und es war ungefähr die Zeit des Abschlussballs, als ein Kuss zum letzten Mal auf diese Weise erwidert worden war.

Wir mussten erst mal wieder zu Atem kommen, als wir uns lösten.

„Möchtest du hier übernachten?“

„Das ist keine sehr gute Idee, glaube ich.“

Irgendwie war das nicht die Antwort, die ich erwartet hatte. In meiner Version küsste er mich jetzt leidenschaftlich, während er mich auf Händen in mein Schlafzimmer trug. Scott und seine Hausaufgaben waren vergessen, es gab nur noch Charlie und mich. Aber jetzt sah ich ihn enttäuscht an.

„Okay.“

Das war alles, was ich herausbrachte, bevor ich ihm eine Ohrfeige verpassen wollte. Seit Xanders Tod hatte ich nicht mal mehr an so etwas gedacht. Ich hätte nie im Leben daran geglaubt, wieder einen anderen Mann in mein Schlafzimmer zu bitten. Jetzt hatte ich es über die Lippen gebracht – und er lehnte es ab.

„Nein, ich glaube du verstehst nicht, Nicole.“

„Doch, ich verstehe. Du willst nicht.“

Er schüttelte den Kopf und zog mich ein weiteres Stück an sich. Er hielt mich fest und flüsterte durch mein Haar an mein Ohr.

„Ich will es sogar sehr, aber ich glaube nicht, dass du es wirklich willst. Du bist einfach noch nicht soweit. Ich will, dass es wunderschön wird, und ich will, dass du mich dabei ansiehst und nicht an jemand anderen denkst. Ich muss dir und Xander einfach noch ein bisschen Zeit geben.“

Obwohl ich ihm gerne gesagt hätte, dass er sich irrte, dass es nicht so war, dass ich ihn liebte und ihn bei mir haben wollte – für immer! – wusste ich tief in mir, dass er recht hatte. Aber was mir solche Angst machte, war nicht die Tatsache, dass er mich jetzt schon so gut kannte, es war viel mehr der Gedanke, dass ich nicht genau wusste, an wen ich dachte. War es wirklich Xander? Wieso mischte sich dann immer Colins Gesicht dazwischen? Ich ließ ihn langsam los und lächelte.

„Danke, Charlie."

Er nickte und drückte mir einen Kuss auf die Stirn.

„Wir sehen uns morgen früh?"

Ich nickte und ließ ihn gehen, bevor ich die Tür schloss und mich gegen sie lehnte. Wieso war plötzlich alles so verwirrend? Ich hatte eingesehen, dass ich ein neues Leben bekommen hatte, einen neuen Mann in meinem neuen Leben, den sogar mein Sohn mochte.

„Mom? Ich bin fertig, willst du sie korrigieren?"

Mein Sohn! Richtig, da war er wieder mit drei Blättern in der Hand und einem glücklichen Lächeln auf dem Gesicht. Es lag schon eine ganze Weile zurück, seit ich ihn so entspannt gesehen hatte.

„Sicher."

„Charlie ist echt super nett."

„Ja?"

„Ja, ich finde ihn wirklich cool. Er passt gut zu dir."

Ich hätte ihm gerne gesagt, wie viel er mir dadurch gegeben hatte. Natürlich würde ich das gerne von Xander hören, aber der war leider nicht mehr da, um es zu sagen. Wie bereits erwähnt, hatte ich das Gefühl, Xander wäre noch immer hier. Inzwischen hatte ich angefangen, ihn in meinem Alltag zu suchen. Ich hoffte, einen alten Brief, eine alte CD, oder etwas Ähnliches zu finden. Ein Zeichen aus dem Jenseits. Ich wollte wissen, dass es ihm gut ging, und er meine Hand losließ, damit ich Charlies endlich ergreifen konnte. Vielleicht steckte mehr von seinem Vater in ihm, als ich in diesem Moment glauben wollte.

„Danke, das ist wirklich süß, Scott."

Er nickte nur unbekümmert und drückte mir die Blätter in die Hand. Für einen kurzen Moment hatte ich vergessen, um was es ging. Ich horchte in mich hinein, versuchte in Erfahrung zu bringen, ob Xander noch immer da war – und ja, er war noch da.

# Karussell der Gefühle

Charlie war am nächsten Tag noch joggen, als ich das Büro betrat. Ich hatte drei Milchkaffees dabei und hoffte, dass Colin gerne Milchkaffee trank. Ich wusste schließlich nicht, was seine Vorlieben waren; wenn er mir nicht so wichtig gewesen wäre, dann hätte ich sie bestimmt nie wissen wollen, aber ich wollte alles über ihn erfahren.

„Hi Nicole. Charlie ist noch nicht wieder da."

Er hatte diese Eigenart, sich von hinten an mich ranzuschleichen. Ich war mir nicht mal sicher, dass er das absichtlich tat, aber ich war eine leichte Beute für solche Menschen.

„Colin, hi. Ich habe Milchkaffee dabei. Ich hoffe, du trinkst so was."

Ich reichte ihm den Pappbecher absichtlich ungeschickt, weil ich hoffte, dass er meine Hand berühren musste, wenn er danach griff. Und er tat es. Für einen kurzen Moment durchfuhr es mich wie ein Blitz.

„Danke. Das ist nett."

„Na ja, die Kaffeebar liegt auf meinem Weg."

„Es ist trotzdem nett."

Er öffnete den Deckel und nahm einen Schluck. Ich hätte ihn gerne noch gewarnt, aber er war zu schnell – oder ich war zu langsam. Wie auch immer, er verbrannte sich die Lippe.

„Ach so, der Kaffee ist heiß!"

Er grinste und hielt sich die flache Hand an den Mund gedrückt. Ich kannte den Kaffee und seine Temperatur. Für gewöhnlich konnte man ihn getrost eine halbe Stunde in die Ecke stellen, dann war er immer noch angenehm warm zu trinken. Colin hatte sich tatsächlich etwas den Mund verbrannt.

„Gut, dass Sie das jetzt sagen. Dabei habe ich doch schon Feuer gefangen!“

Er stellte den Becher auf den Tisch neben sich und befühlte vorsichtig seine Lippe. Ich hatte Mitleid mit ihm, weil es nicht meine Absicht gewesen war. Ich kam einen Schritt auf ihn zu.

„Zeigen Sie mal.“

Langsam griff ich nach seiner Hand und zog sie von seiner Lippe weg. Tatsächlich konnte ich deutlich eine rötliche Färbung an der Oberlippe sehen.

„Tut es weh?“

„Ja, aber sogar der Schmerz ist lecker.“

Er lächelte, ich musste mich an etwas festhalten, weil ich ihm schon viel zu nah gekommen war. Wenn ich klug gewesen wäre, was ich definitiv nicht war, hätte ich wohl einen Schritt nach hinten gemacht; stattdessen hatte ich meinen Finger auf seine Lippe gelegt und ihm dabei in die Augen gesehen. Ich fühlte mich plötzlich nicht mehr einsam oder alleine, ich hatte jemanden gefunden, der mich so sehr berührte, dass es mir Angst machte. Aber auch er schien eine Veränderung zu spüren. Keine Ahnung, was passierte, wenn wir uns jetzt tatsächlich küssen würden. Ich konnte ihn nicht küssen, ohne an Charlie zu denken. Und ich konnte ihn nicht ansehen, ohne dabei an eine bessere Zeit zu denken. Wir standen eng beieinander, ich hatte am ganzen Körper Gänsehaut, seine Hand hielt meine fest umschlossen und ich hatte das Gefühl, als ob unsere Herzen im gleichen Rhythmus schlugen.

„Colin? Ist Nicole schon da?"

Wir hörten Charlies Stimme auf dem Flur und lösten uns schnell voneinander, ohne auch nur einen Blick zu wechseln. Ich stolperte rasch zurück und versuchte, so schnell wie nur möglich genügend Abstand zwischen uns zu bringen. Es gelang uns. Zum Glück hielt ich den Becher so fest in meiner Hand, dass ich nicht einfach umfiel. Charlie tauchte in der Tür auf und grinste in seinem verschwitzten Outfit verlegen, als er mich sah.

„Verdammt, du bist zu früh."

Ich lächelte und wusste nicht so recht, wo ich hinsehen sollte. Das war alles etwas zu viel für mich. Colin und Charlie jetzt in einem Raum zu sehen, machte mich fast wahnsinnig! Colin schien sich auch nicht so richtig wohlzufühlen. Immerhin wirkte er nicht mehr ganz so ruhig, wie ich ihn in Erinnerung hatte. Er wagte es kaum, seinen Bruder anzusehen. Die ganze Situation war absolut lächerlich. Wir hatten doch nichts Verbotenes getan, ich hatte ihn nicht geküsst, er mich auch nicht. Eigentlich war gar nichts passiert.

„Ich wollte noch duschen."

Er fuhr sich mit seinem T-Shirt über das Gesicht und hielt eine Art Sicherheitsabstand zwischen uns. Ich fühlte mich schlecht, elend und richtig schäbig. Wie konnte ich es wagen, Charlie so billig zu betrügen. Natürlich hatte ich ihn nicht wirklich betrogen, aber meiner Meinung nach reichte schon der einfache Gedanke, um einen geliebten Menschen zu hintergehen. Ich hatte das bei Xander nie getan. Gott, wieso ging es denn jetzt wieder um Xander? Hatte ich nicht schon genug damit zu tun, mit diesen beiden Männern klarzukommen? Musste da auch noch mein verstorbener Mann mit reinspielen?

„Und bevor ich dich umarme, werde ich wohl besser auch duschen gehen."

Er grinste noch immer, schien nichts Auffälliges bemerkt zu haben und klopfte Colin aufmunternd auf die Schulter.

„Colin ist morgens nie besonders gesprächig. Bis gleich."

Dann zwinkerte er mir zu und spurtete die Treppe nach oben. Ich blieb noch einen Moment einfach so stehen, bewegte mich nicht, sah niemanden an und hielt die Luft an. Colin ging es sehr ähnlich, aber dann hob er seinen Blick und schaute mich direkt an. Seine blauen Augen sprachen Bände; auch wenn momentan alles in mir zustimmen wollte, schüttelte ich tapfer den Kopf.

„Ich weiß."

Natürlich wussten wir beide, dass so etwas nie wieder passieren durfte. Immerhin war Charlie sein Bruder. Ich hatte mich entschieden. Auch wenn es sich im Moment so anfühlte, als ob ich Colin leider zu spät kennengelernt hatte, würde ich Charlie nicht mit seinem eigenen Bruder betrügen. Das würde ich ihm nicht antun.

„Danke für den Kaffee."

Und dann war Colin auch schon weg. Zum Glück lief er mir eine Weile auch nicht mehr über den Weg. In meinem Kopf ging es natürlich drunter und drüber, ich konnte mich auf nichts mehr konzentrieren, alles drehte sich, als hätte ich Freikarten für das Kettenkarussell gewonnen. Es fiel mir schwer, mich durch die Unterlagen zu lesen, die Geldprobleme zu sortieren ... und alles andere.

Als wäre das nicht schon genug an so einem Tag, hörte ich gegen Nachmittag lautes Schreien aus der Küche. Inzwischen hatte ich mich mehr oder weniger an den Streit zwischen General John und Charlie gewöhnt, aber er stritt nicht mit Charlie. Er stritt mit Colin. Ich konnte nicht anders, langsam stand ich auf und war froh, mein Büro für einen kurzen Moment verlassen zu können. Es kam mir heute so klein vor, als ob alle meine Gedanken sich in dem Raum versammelt hätten und mich mit einem bösen Grinsen anstarrten. Charlie war vermutlich noch immer in der Schreinerei, denn ich konnte die Maschinen hören. Langsam näherte ich mich der Küche und blieb in sicherer Entfernung vor der Tür stehen. Von hier konnte ich die Stimmen sehr gut hören – die Gesichter dazu hatte ich in letzter Zeit gut kennengelernt, ich konnte sie mir zu dem Streit vorstellen.

„Wenn du nicht mehr in der Schreinerei arbeiten willst, musst du es nur sagen!“

Die Stimme des Generals klang wütend und überschlug sich. Aber ich meinte, auch ein leichtes Lallen bei ihm wahrnehmen zu können.

„General, du verstehst das nicht! Ich kann das nicht mehr!“

„Dein Entwurf für das Holzspielzeug ist super! Nur du kannst es schreinern!“

„Blödsinn."

Ich hörte, wie etwas zu Bruch ging und zuckte erschrocken zusammen. Dann wurde es kurz still. Ich machte einen kleinen Schritt zurück, weil ich Angst hatte, jemand würde mich sehen.

„Du bist ein toller Schreiner, Colin. Du bist besser als ich es je war. Und besser als es Charles je sein könnte!"

„Du hast es Charlie nie zugetraut, jetzt sollte er endlich seine Chance bekommen."

„Colin! Schluss damit! Er hat die Firma in den Ruin getrieben!"

Jemand schien auf den Tisch zu schlagen, danach wurde es einen kurzen Moment wieder ruhig.

„General! Ich habe die Firma in den Ruin getrieben! Ich war so lange im Krankenhaus, dass niemand hier war. Du hättest den Laden doch führen können!"

„Das war Charles' Aufgabe!"

„War es nicht, verdammt! Er war jeden beschissenen Tag bei mir im Krankenhaus und hat an meinem Bett gesessen. An manchen Tagen haben wir nicht mal sprechen können, weil ich zu schwach war. Aber er ist am nächsten Tag trotzdem wiedergekommen. Woher glaubst du, hatte ich den Mut genommen, jeden Tag weiterzukämpfen?"

Eigentlich sollte ich das nicht hören. Charlie sollte das hören, wenn er es nicht schon längst wusste. Jeder Idiot, also auch ich, konnte heraushören, wie sehr er seinen Bruder liebte und wie dankbar er ihm war. Aber General John schien sich weiterhin dagegen wehren zu wollen.

Kennen Sie diese Menschen, die einen Raum betreten und Sie wissen vom ersten Moment an, es handelt sich um einen guten Menschen? So ging es mir bei Charlie. Er war ein guter Mensch. Er hatte eine bessere Frau als mich verdient.

„Wieso hast du mich nie besucht ... Dad?"

Darum ging es also eigentlich. Sie schossen sich auf Charlie ein, benutzten ihn als Vorwand, um sich selbst nicht rechtfertigen zu müssen. Aber eigentlich war die Frage, die im Raum stand, doch ganz einfach: Warum, um alles in der Welt, hatte John seinen Sohn nie besucht?

„Ich hatte viel zu tun."

„Womit? Dich zu betrinken? Jeden Abend betrunken vor der Haustür zu sitzen?"

„Du hast keine Ahnung von dem, was ich durchgemacht habe!"

Und dann öffnete sich tatsächlich die Tür. Ich machte schnell einen Satz zurück und stand in Charlies Büro, das zum Glück leer war. Der General konnte mich nicht sehen, als er wütend an mir vorbeigerauscht kam. Ich wagte es nicht, mich zu bewegen, bis ich schließlich den Kopf vorsichtig um die Ecke schob. Colin lehnte an der Wand und sah zu mir rüber.

„Hi."

„Hallo."

Ich hatte hier nichts zu suchen. Vielleicht sollte ich uns allen einen Gefallen tun und für immer aus dem Leben der Gebrüder Shaw verschwinden, solange das noch möglich war.

„Ich habe ... ich wollte ... das nicht hören."

„Zu spät, Nicole."

„Tut mir leid."

Er zuckte nur die Schultern und ich musste meine ganze Energie aufbringen, um meinen ersten Impuls zu bekämpfen: Ich wollte ihn in den Arm nehmen und nie mehr loslassen. Er sah so unglücklich aus. Noch immer hörte ich die Maschine in der Werkstatt und traute mich, einen Schritt auf ihn zuzugehen. Er sah mich dabei genau an, als wollte er im letzten Moment einen Schritt vor mir zurückweichen. Aber er rührte sich auch nicht, als ich direkt vor ihm stand.

„Es tut mir so leid."

Wieso er sich bei mir entschuldigte, konnte ich nicht sagen. Vermutlich hatte er einfach nur das Gefühl, sich bei irgendwem entschuldigen zu müssen. Ich bot ihm diese Gelegenheit. Aber wieso wollte er sich überhaupt entschuldigen? Ich legte ihm meine Hand auf den Arm und streichelte mehr seinen Pulli als ihn.

„Dein Vater hat unrecht. Lass dir nichts einreden."

„Ein Mann ist wegen mir gestorben ..."

Ich verstand den Zusammenhang leider überhaupt nicht, aber ich versuchte, nicht ganz so überrascht zu sein. Seine Augen waren voller Tränen, als er meine Wange streichelte und etwas mehr Abstand zwischen uns brachte. Wieso interessierte mich dieser Mann so sehr? Wieso wollte ich alles über ihn wissen, und wieso wollte ich ständig seine Haut berühren?

„Ich muss ein bisschen spazieren gehen."

Und dann war er weg, bevor ich fragen konnte, um was es überhaupt ging und wie er das alles gemeint hatte. Inzwischen musste ich Charlie nicht mehr kommen hören – ich wusste einfach, wenn er da war. Und jetzt war er da! Ich hörte die Geräusche aus der

Schreinerei nicht mehr. Ich spürte förmlich, dass er hier war.

„Alles okay?"

Ich wusste nicht, wie viel er eben gesehen hatte, aber es spielte im Moment auch keine Rolle. Es ging hier nicht um mich, sondern nur um ihn und seinen Bruder. Langsam drehte ich mich um.

„Nicole?"

Offensichtlich gelang es mir nicht besonders gut, mich zu verstellen. Vor Charlie wollte mir das selten gelingen, er kannte mich zu gut.

„Irgendwas stimmt mit Colin nicht."

Er nickte und wischte sich die Hände an einem kleinen roten Tuch ab.

„Ich weiß. Tja, willkommen in der echten Welt, Nicole. In meiner Familie war es noch nie besonders leicht. Hier wird nicht gesagt, was man denkt oder fühlt. Hier versteckt man sich nur hinter alten Vorwürfen. Ich habe die Firma vernachlässigt ..."

„Er hat gesagt, dass ein Mann wegen ihm gestorben ist. Wie hat er das gemeint?"

Charlie atmete langsam aus und warf einen kurzen Blick über die Schulter, aber der General war nicht zu sehen.

„Lass uns rausgehen."

Noch immer begeisterte mich die Umgebung, in der die Shaws lebten. Hier hätte ich gerne gelebt, aber wenn ich jetzt das Haus hinter uns betrachtete, schien Charlie recht zu haben. Es sah ganz anders aus, als ich es zum ersten Mal in meiner Erinnerung gespeichert hatte. Es war viel düsterer und wirkte traurig, obwohl es eigentlich in einem hellen Licht stehen sollte. Was hätte ich dafür gegeben, Xander wieder bei mir zu haben, ihn zurück im Leben zu haben. Colin war, mehr oder weniger, von den Toten auferstanden. Aber sie freuten sich nicht so, wie ich es erwartet hatte.

„Colin hat das Gefühl, nicht leben zu dürfen."

Wir hatten auf der Ladefläche seines Pick-ups Platz genommen. Charlie sprach eine ganze Weile gar nicht, aber jetzt fing er langsam an, sich zu öffnen. Zumindest so weit, dass ich eine leise Ahnung von der Veränderung bekam, die in seinem Leben stattfand.

„Als wir die rettende Nachricht erhalten haben, wollte er es nicht glauben. Aber er hat eine zweite Chance bekommen. Ein Ticket für die letzten freien Plätze im Leben."

„Das ist doch wunderbar."

Er sah mich von der Seite an und schien einen kurzen Moment nachzudenken. Hier saßen wir jetzt, sprachen über Leben und Tod, über zweite Chancen und verlorene Kämpfe. Aber es fühlte sich komisch an, weil wir beide auf eine sehr merkwürdige Art und Weise das gleiche Schicksal teilten – ohne zu wissen, wie der andere damit umging.

„Ich habe jeden Abend in der Krankenhauskapelle gesessen und gebetet."

„Und es hat etwas gebracht, Charlie. Ist das nicht toll?"

„Nein, du verstehst nicht. Ich habe gebetet, dass jemand stirbt. Es war mir egal wer, es sollte nur verdammt noch mal jemand sterben. Ich wollte ein Herz für meinen Bruder, ohne den ich mir ein Leben nicht vorstellen kann."

Das klang vielleicht für andere unfair, aber ich hatte das Gefühl, er ging zu hart mit sich ins Gericht. Wenn man sich vorstellte, wie er in dieser kleinen Kapelle saß, die brennenden Kerzen ansah und zu Gott betete ... er war zu diesem Zeitpunkt vollkommen alleine, weil er sich von seinem Vater keine Unterstützung erhoffen konnte. Ich wusste, wie es sich anfühlte, alleine in dieser Kapelle zu sitzen. *Meine* Wünsche waren nicht erfüllt worden. Deswegen konnte ich Charlie seinen Wunsch trotzdem nicht übel nehmen.

„Als dann endlich das rettende Herz kam und Colin überlebte, wollte ich die ganze Welt umarmen. Colin erinnert sich nur daran, dass ein anderer Mensch sozusagen für ihn gestorben ist."

„Das darf er nicht. Gott sucht sich die Menschen mit Sicherheit genau aus. Er hätte Colin kein Herz geschenkt, wenn er kein guter Mensch wäre."

Charlie nickte und griff nach meiner Hand. In meinem Inneren schien ein ganzer Weltkrieg auszubrechen: Herz gegen Verstand, Charlie gegen Colin, Vernunft gegen Gefühl – in mir kämpfte gerade alles gegen nichts. Ich musste mich entscheiden und zwar jetzt. Sonst würde es zu spät sein.

„Nicole, würdest du mal mit Colin reden?"

Das durfte er nicht von mir verlangen. Das war einfach nicht fair: er schob mich seinem Bruder zur Seite, auch wenn ich ihm diesen Gefallen gerne getan hätte, ich konnte nicht.

„Das ist keine gute Idee."

„Mit mir kann er nicht reden, er will auch nicht an diesen Sitzungen teilnehmen. Da ist er ganz wie der General ..."

„Ich kann nicht mit ihm reden. Es tut mir leid. Und jetzt solltest du zu ihm gehen."

„Das klingt so einfach."

„Du hast selber gesagt, dass du ohne ihn nicht leben kannst. Geh hin und sag es ihm, er soll aufhören mit seinen Selbstvorwürfen."

Damit setzte ich mich etwas auf und ließ seine Hand los. Es war mir eigentlich nicht möglich, eine Entscheidung zu treffen, bei der ich mich nicht selbst belog. Ich rutschte von der Ladefläche und spürte, dass sich zwischen uns etwas verändert hatte.

„Nicole? Ist wirklich alles okay?"

„Charlie ... ich ..."

Langsam drehte ich mich zu ihm um und sah ihn da sitzen, alleine und mit einer Last auf seinen Schultern, die ich bisher nur bei Colin gesehen hatte. In dieser Familie war wirklich eine ganze Menge nicht in Ordnung, und ich machte mir Sorgen um die beiden Brüder. Aber bevor ich eine Wahl in meinem Inneren treffen konnte, mussten sie selbst vorher wissen, wer sie waren – und vor allem, wie es in ihrem Leben weitergehen sollte.

„Ihr müsst reden, es hilft nichts anderes."

„Kann ich dich nach Hause bringen?"

Um ehrlich zu sein, hatte ich mir eigentlich nichts anderes gewünscht. Wenn ich mehr Zeit mit ihm verbrachte als mit Colin, würde ich auch wieder wissen, dass meine Entscheidung, Charlie zu lieben, bestimmt die richtige war. Ein Lächeln zeigte sich auf meinem Gesicht, als ich ihm die Hand entgegenstreckte.

„Sehr gerne."

„Charlie!"

Scott war eigentlich nicht mehr zu halten, als er Charlie aus dem Wagen steigen sah. Sofort sprang er ihm in die Arme, ich rückte an die zweite Stelle. Aber das störte mich überhaupt nicht.

„Hi Scott!"

„Bleibst du zum Essen?"

Charlie sah über seine Schulter zu mir. Er schien von mir die Erlaubnis zu bekommen, aber er konnte doch wohl nicht wirklich erwarten, dass ich nach Scotts Reaktion auch nur den Anflug eines Zweifels hatte. Ich nickte lächelnd.

„Ich denke, dass ich bleibe."

„Cool. Ich habe mir ein neues Spiel ausgeliehen, das kann man zu zweit spielen."

Ich hatte Mitleid mit Charlie. Kein normaler Mensch hielt es länger als eine halbe Sekunde vor der Flimmerkiste aus, wenn kleine Männchen sich durch bunte Welten boxten. Dazu diese Musik und alles andere ... das reichte, um mich in den potenziellen Selbstmord zu treiben. Charlie konnte es da nicht anders gehen, aber er schlug sich tapfer mit einem Lächeln durch die drei Level.

„Scott, lass ihm doch bitte eine Minute Ruhe!"

Ich sah ihnen aus der Küche zu, wobei ich mich darauf konzentrieren musste, es ernst zu meinen. Wenn es nach mir ginge, konnten sie noch den Rest der

Nacht so dasitzen. Aber ich musste auch an Charlie denken.

„Mom, du hast ihn den ganzen Tag!"

„Das stimmt nicht. Ich muss ihn immer teilen."

Langsam kam ich näher und beobachtete, wie Charlie den Arm um meinen Sohn legte.

„Scott, das stimmt nicht. *Ich* muss deine Mom jeden Tag teilen."

Ich musste schlucken, weil er es nur im Spaß sagte ... aber wenn er wüsste, wie recht er damit hatte. Er grinste mich an und schien zu merken, dass er damit etwas getroffen hatte.

„Hab ich was Falsches gesagt?"

„Nein. Aber du hast recht. Wir arbeiten zwar Tag für Tag zusammen, aber wir sehen uns kaum."

„Ich bin in der Schreinerei."

„Ich im Büro."

Scott sah zwischen uns hin und her, schob seine Brille nach oben und legte das Joypad zu Seite. Er drehte sich in Charlies Armen so, dass er mich ansehen konnte, ohne dabei den Körperkontakt mit Charlie zu verlieren.

„Wann kann ich mal zu euch ins Büro kommen?"

Ich sah fragend zu Charlie. Zugegeben, Scott hatte mich schon eine ganze Weile mit dieser Frage genervt, aber ich habe nie wirklich gedacht, dass es ein ernster Wunsch war.

„Morgen?"

Scott sprang auf und jubelte vor Freude. Es war schon eine ganze Weile her, dass er sich über etwas wirklich und aus ganzem Herzen gefreut hatte. Das letzte Mal war es ein Fahrrad gewesen, Xander hatte es ihm geschenkt. Es war das gleiche Leuchten in seinem Blick. Charlie freute sich ebenfalls.

„Ich kann dir die Schreinerei zeigen."

„Und du kannst seinen Bruder kennenlernen."

Ich hatte es mehr so in den Raum gesagt, als ich mich umdrehte und zurück in die Küche gehen wollte. Charlie sah mir nach, ich konnte seinen Blick in meinem Rücken spüren. Aber ich wagte es nicht, stehen zu bleiben. Ich hatte Angst, er würde etwas merken oder mich durchschauen.

Später, er hatte das Essen diesmal deutlich besser überstanden, standen wir zusammen in der Küche und spülten das Geschirr. Scott war draußen, weil zwei seiner Freunde vorbeigekommen waren, um ihm die neuesten Sammelkarten zu zeigen. Solange sie bei uns im Garten blieben und ich sie sehen konnte, ließ ich sie alleine. Charlie wischte das Besteck ab und beobachtete mich dabei genau.

„Nicole ... Scott ist ein toller Junge."

„Das hast du schon mal gesagt."

Ich reichte ihm die nächste Gabel und lächelte. Ich musste immer lächeln, wenn mir jemand Komplimente über meinen Sohn machte.

„Mir gefällt deine Familie sehr."

Ich musste ihn wieder ansehen, um zu verstehen, was er mir damit sagen wollte.

„Welche Familie?"

„Du und Scott. Du gibst dir so viel Mühe, alles das für ihn zu sein, was er braucht."

„Was er braucht, ist ein Vater. Oder jemand, der ein guter Ersatz ist."

Charlie nickte, legte das Geschirrtuch zur Seite und griff stattdessen lieber nach meiner Hand. Mein Blick ging noch immer aus dem Fenster.

„Ich weiß."

Noch immer schien ich nicht so richtig zu verstehen, also zog er mich ein Stück an sich heran. Erst jetzt wurde ich wach und spürte ein Gefühl, als ob jemand in meinem Inneren eine Kerze anzündete.

„Niemand kann Xander ersetzen, Nicole."

„Das musst du mir nicht sagen."

„Aber ich würde es gerne versuchen."

Sein Blick war so ernst, dass es mir eigentlich Angst machen sollte, aber das tat es gar nicht. Im Gegenteil ... Verzeihen Sie, dass ich dieses Gefühl nicht wirklich beschreiben kann. So was erlebt man für gewöhnlich nur einmal im Leben – und zwar, wenn einem die Liebe seines Lebens den Heiratsantrag macht. Aber selbst damals, als Xander mich gefragt hatte, war das Gefühl anders.

„Wird das ein Antrag?"

Ich musste etwas sagen, um die Spannung von mir zu nehmen. Immerhin kannten wir uns nicht mal annähernd gut genug, um das ganze Leben zu planen. Aber heimlich wagte ich einen weiten Blick in die Zukunft ... Würde Charlie dann noch eine Rolle in meinem Leben spielen?

„Nicht wirklich. Viel mehr wollte ich wissen ... ob ... wir beide ... ob du denkst, das mit uns hätte Zukunft."

In diesem Moment versuchte ich Xander, Colin und alles andere so weit von mir zu schieben, wie nur möglich. Ich wollte versuchen, möglichst realistisch zu denken. Was sprach alles dafür, was alles dagegen? Ich sah Charlie wieder an und konnte das Lächeln auf seinem Gesicht nicht teilen. Er schien zu merken, dass meine Antwort nicht ganz so ausfallen würde, wie er es sich erhofft hatte. Da ließ er die Schultern unmerklich sinken.

„Verstehe ... tja ... jetzt stehe ich wie ein Idiot da."

„Nein. Nein, so war das nicht gemeint. Ich ... ich weiß nur nicht, ob ich ... ich weiß es einfach nicht, Charlie."

Er nickte und versuchte, sich die Enttäuschung nicht anmerken zu lassen. Ich kam mir wie eine männermordende Amazone vor, die ihm mit grausamer Gewalt das Herz aus der Brust riss und es ihm vor die Füße warf. Ich wollte wirklich kein schlechter Mensch sein, aber ich wollte ehrlich sein.

„Ich mag dich wirklich sehr, Charlie."

„Genau hier liegt das Problem. Ich befürchte, ich mag dich mehr, als du mich. Ich wäre eines Tages gerne das, was Xander für dich war."

Ich schlang meine Arme um ihn und drückte ihn fest an mich. Natürlich wussten wir beide, dass das nicht gehen würde. Nie im Leben würde jemand den Platz einnehmen können, den ich in meinem Herzen für Xander eingerichtet hatte.

„Das geht nicht, Charlie."

„Ich weiß, aber ich liebe dich."

Er schob mich ein bisschen von sich weg, um mich besser ansehen zu können. Zu gerne würde ich lächeln oder zumindest etwas sagen können, aber es ging einfach nicht. Ich hatte meine Sprache verloren.

„Ja, ich weiß, du liebst Xander. Du hast ihn noch lange nicht losgelassen ... Aber ich liebe dich!"

Wie, um alles in der Welt, konnte er mir das nur antun? Wie konnte sich ein Mann wie Charlie in mich verlieben? Ich hatte nichts weiter zu bieten, als einen Haufen Ärger im Gepäck. Wenn ich über ihn nachdachte, kam früher oder später das Wort „Liebe" ins Spiel, aber ich konnte es nicht aussprechen. Wenn es einmal ausgesprochen war, konnte ich es nicht mehr zurücknehmen. Es war dann für immer in seinem Kopf – und in seinem Herzen. Ich sah ihn an und versuchte, mit einem Blick mehr zu sagen, als mit allen Worten, aber es würde ihm heute nicht reichen. Langsam fuhr er mir über die Wange.

„Vielleicht kannst du es mir eines Tages doch sagen."

„Was sagen?"

„Was wirklich in dir vorgeht."

Er ließ mich wieder los und lächelte noch immer. Was mich an Charlie schon immer faszinierte, war die Tatsache, dass er wirklich warten konnte. So lange ich auch brauchen würde, nie hätte Charlie mir das Gefühl gegeben, die Geduld zu verlieren.

„Mom?"

Hinter uns wurde die Tür aufgerissen und Scott stand in der Küche. In seinem Gesicht konnte ich ablesen, dass er eine Bitte hatte und sie sofort mit Engelsaugen vortragen würde.

„Kann ich heute Nacht bei Tommy schlafen?"

„Unter der Woche?"

„Nur eine Ausnahme! Bitte! Seine Eltern haben es schon erlaubt."

„Und ich bin die böse Mutter?"

Ein Blick zu Charlie reichte, um die Antwort eigentlich schon zu erhalten, aber ich konnte ja nicht so tun, als ob es mir genau in den Kram passen würde. Ich wiegte nachdenklich den Kopf und stemmte die Hände in die Hüfte.

„Ich weiß nicht ... morgen ist Schule."

„Morgen ist Freitag! Da haben wir nur vier Stunden!"

Wieder sah ich zu Charlie.

„Charlie, was sagst du dazu?"

„Wo wohnt dieser Tommy denn?"

„Gegenüber."

Charlie grinste und zwinkerte Scott zu, der jubelte, bevor auch ich zustimmen konnte. Aber ich hatte tatsächlich nichts dagegen. Tommy war ein guter Freund, er hatte auch schon oft bei uns übernachtet. Ich kannte seine Eltern, manchmal feierten wir den 4. Juli zusammen. Ich konnte ihnen meinen Sohn getrost anvertrauen. Wenn es um solche Dinge ging, war Scott wirklich schnell mit dem Packen seiner Sachen. Bevor ich mich versah, stand er mit seinem Rucksack und dem Kissen unter dem Arm wieder vor mir und lächelte dankbar.

„Und morgen komme ich nach der Schule zu euch."

„Und wie willst du hinkommen?"

„Ich nehme den Bus."

Er wusste, wie die Welt funktionierte. Das machte mich stolz, als ich ihn umarmte und zusah, wie er mit seinen Jungs über die Straße zu Tommy nach Hause rannte. Charlie folgte meinem Blick und lächelte.

„Dein Kleiner wird erwachsen."

Ich verpasste ihm einen spielerischen Schubs gegen die Schulter und verdrehte die Augen. Aber tatsächlich wurde er jeden Tag ein bisschen selbstständiger. Ich musste ihn jeden Tag ein bisschen mehr loslassen. Wie so viele Dinge in meinem Leben. Langsam drehte ich mich zu Charlie um.

„Willst du heute Nacht hier schlafen?"

Diesmal nickte er.

Ich habe nicht mit Charlie geschlafen. Es ist nicht so, dass ich es nicht gewollt hätte, aber als er auf Xanders Seite lag und mich ansah, schienen wir beide zu wissen, dass es noch nicht sein sollte. Irgendwie kam ich mir ziemlich dämlich vor. Wie ein Teeanger, der nicht so recht wusste, was er wollte. Zu lange wollte ich ihn auch nicht hinhalten, ich wollte ihn nicht verlieren, aber irgendwie musste ich es ihm erklären.

„Charlie ..."

Er lag neben mir, hatte den Arm um mich gelegt und die Augen geschlossen. Ich liebte den Geruch seiner Haut schon jetzt. Sie fühlte sich warm und weich an, und mein Kopf passte so perfekt an seine Schulter, dass ich mich manchmal fragte, ob ich vielleicht dafür geboren war, um genau hier neben ihm zu liegen.

„Hm?"

„Das alles fühlt sich nach Zukunft an, findest du nicht?"

Er nickte und fuhr mir sanft über den Arm. Aber es gab in mir noch immer diesen Teil, der die Zukunft noch nicht zulassen wollte. Ich hatte versucht, die Kette mit Xanders Ehering abzunehmen, aber Charlie hatte mich davon abgehalten. Irgendwann würde das von ganz alleine passieren.

„Bist du enttäuscht?"

„Wieso? Ich darf hier neben dir liegen und dich die ganze Nacht in meinen Armen halten."

„Danke."

Mehr musste ich nicht sagen, mehr schien er nicht hören zu wollen. Die Nacht verbrachten wir damit, uns gegenseitig Geschichten aus unserer Jugend zu erzählen. In einigen Fällen ersetzte ich den Namen Xander durch den eines fiktiven Jungen. Ich wollte nicht, dass er sah, wie übermächtig Xander in meinem Leben gewesen war. Eigentlich hatte er die männliche Hauptrolle gespielt, aber manchmal musste man umbesetzen. In den meisten Fällen würde der Erfolg dann nicht eintreten, aber dieses Risiko nannte man wohl ... Leben.

Ich lernte eine Menge darüber, wie die Zeit mit seinem Bruder gewesen war. Wie sie zusammen aufwuchsen, welche Streiche sie zusammen ausheckten. Es war nicht besonders schwer zu erraten, wer die Hauptrolle in seinem Leben gespielt hatte. Wenn ich ihn fragte, was er mir über sich erzählen wollte, konnte er einfach nicht vermeiden, auch Colins Namen zu nennen. Ihre beiden Leben waren auf so vielfache Art und Weise miteinander verbunden, dass mir die Einschätzung schwerfiel, wo eigentlich seines anfing und Colins aufhörte. Es schien für ihn ein harter Brocken zu sein, jetzt nicht mehr zu wissen, wer sein Bruder eigentlich war. Das war ein schweres Stück Gefühlsarbeit für ihn, das er nur mühsam bewältigen konnte. Ich kam mir schuldig vor, weil ich seinen Bruder jetzt besser zu kennen schien, ohne zu wissen, woran das liegen konnte. Jetzt, mit einem gewissen Abstand, wurde es mir deutlich, dass ich damals blind und dumm gewesen war.

# Zwischen zwei Stühlen

Colin beobachtete uns beide, wie wir aus dem Wagen stiegen und in die Küche kamen. Der General saß da und musterte Charlie von oben bis unten. Aber Charlie ließ sich die gute Laune nicht verderben. Er hatte gestern Nacht einen Plan ausgesponnen und ich unterstützte ihn dabei, weil er seine Idee als die Lösung aller Probleme betrachtete.

„Guten Morgen."

„Morgen. Siehst so frisch aus."

Colin grinste in seine Tasse, während wir neben den beiden Platz nahmen. Sie malten sich bestimmt in bunten Farben aus, was wohl gestern Nacht alles passiert sein könnte. Die Wahrheit würde sie nur enttäuschen. Wenn Colin mich ansah und sich dabei unbeobachtet fühlte, dann konnte ich eine andere Art von Enttäuschung in seinen Augen sehen. Die Enttäuschung darüber, dass wir beide uns zu spät kennengelernt hatten.

„Ja, danke. Und nicht nur das, ich habe auch noch eine wunderbare Idee!"

General John grinste nur hämisch und murmelte etwas in seine Tasse, während Colin uns aus großen Augen ansah. Charlie grinste stolz und goss sich eine große Tasse Kaffee ein.

„Wir bauen das Spielzeug selbst!"

Die Stille, die in den nächsten zwei Minuten den Raum erfüllte, war richtig beängstigend. Nie im Leben hätte man gedacht, dass es sich bei diesen Menschen um eine Familie handelte. Sie hatten sich nichts zu diesem Thema zu sagen, sie sahen sich einfach nur an.

„Hörst du eigentlich nicht zu? Wir haben kein Geld. Kein Geld bedeutet: kein Holz. Kein Holz bedeutet: kein Spielzeug."

Ich musste Colin bis zu diesem Punkt recht geben, aber Charlie schien da noch immer eine Hoffnung zu sehen. Er stellte die Tasse zurück auf den Tisch und grinste seinen Bruder an.

„Kein Spielzeug bedeutet: kein Geld. Kein Geld bedeutet: keine Firma."

Er warf einen Seitenblick zu seinem Vater, widmete sich dann aber wieder Colin. Bisher konnte ich allen folgen, aber ich sah noch immer keinen Ausweg. Charlie hingegen schien schlauer als alle zusammen, oder er war vollkommen durchgedreht.

„Ich habe mit einigen Kunden telefoniert. Einige von ihnen haben Schränke, die sie nicht mehr brauchen. Andere wollen sogar einige ihrer Bäume opfern."

„Für uns?"

„Für uns."

„Das wird nie genug Holz sein."

„Für einige Prototypen sollte es reichen. Mit denen können wir Gelder an Land ziehen. Finanzierung für die kommenden Editionen."

Colin sah seinen Bruder überrascht an, nickte aber schließlich. General John sagte gar nichts mehr – und ich hielt einfach nur meine Hand auf Charlies. Bevor wir das Haus betreten hatten, bat er mich in einfachen Worten nur um meinen Beistand.

„Egal was ich da drinnen gleich erzählen werde, bitte, glaub an mich. Ich weiß, was ich mache."

Ich hatte genickt und jetzt wollte ich ihm zeigen, dass ich mein Versprechen halten wollte. Er zitterte unter meiner Hand, aber er blieb seiner Idee treu und ich fand sie gar nicht mal so verkehrt.

„Wir brauchen nur einen perfekten Entwurf!"

Colin und Charlie sahen sich genau an, alles um sie herum schien zu verschwinden. Der General sah zu mir, aber ich konnte nur die Schultern zucken. Ich wusste nicht, welche geheime Absprache sie trafen, aber egal wie die Entscheidung ausfallen würde, es wäre endgültig. Wenn Menschen sich so gut kannten, wie es bei Charlie und Colin der Fall war, dann reichten manchmal wirklich nur Blicke. Sie hatten ein ganzes Leben zusammen verbracht, waren durch gute und schlechte Momente gegangen. Ich wünschte ihnen, dass sie jetzt einen Weg fanden, um wieder als Brüder, Seite an Seite, gehen zu können. Wenn es jemand schaffte, diese Firma wieder erfolgreich zu führen, dann waren es beide zusammen. Einer alleine, ohne den anderen ... das wäre so ziemlich das Ende der Geschichte.

„Darf ich auch mal was sagen?"

Der General hatte bisher nicht viel Positives zur Lösung des Problems beigetragen, und ich war mir auch nicht sicher, ob er es diesmal tun würde. Aber man sollte sich doch zumindest anhören, was der Hausherr und Seniorchef der Firma zu sagen hatte.

„Holzspielzeug wird nicht mehr gebraucht. Es gibt PC-Spiele und Actionfiguren. Niemand wird Holzspielzeug brauchen. Ihr vergeudet eure Zeit."

„Toll, General ... Dann will ich jetzt von dir eine bessere Idee hören. Und zwar jetzt."

John funkelte seinen jüngeren Sohn an, und ich konnte an seinem Mund erkennen, dass er gleich keine netten Worte finden würde. Colin stand auf und schob seinen Stuhl dabei geräuschvoll zurück.

„Ich finde, wir haben eine gute Lösung. Wir sollten es versuchen."

„Colin, halte dich da raus. Es geht um Charles und mich. Diese Idee ist Schwachsinn! Er kann es nur bauen, wenn er eine perfekte Vorlage hat. Und die kannst du ihm nicht mehr bieten."

Ich wollte Charlies Hand festhalten, aber er zog sie so schnell weg, dass ich keine Chance hatte. Er drehte sich zum General – und alles, was sich in den letzten Jahren angestaut hatte, würde jetzt ein Ventil finden. Colin versuchte, das Schlimmste zu verhindern, aber es war zu spät.

„Was hast du denn die letzten Jahre gemacht? Whiskey in dich reingekippt und über mich geschimpft! Jetzt müssen wir zusammen eine Lösung finden, aber du stellst dich ja immer quer und widmest dich lieber dem Alkohol!"

„Wenn es dir nicht passt, dann kannst du ja gehen! Es ist nicht so, dass wir dich hier brauchen."

Das musste er nicht zweimal sagen. Charlie würde seine Sachen packen. Bevor er in ein Hotel zog, würde er bei mir wohnen. Ich hatte genug Platz und für ihn sowieso.

„Könnt ihr denn nie aufhören, euch zu streiten? Natürlich brauchen wir Charlie. Und vielleicht kann ich keine perfekte Zeichnung vorlegen, aber ich kann es versuchen!"

Dem General wurde es zu dumm. Er stand auf, nahm seine Tasse fest in die Hand und marschierte an uns allen vorbei nach draußen. Charlie sah ihm wütend nach.

„Ja, Dad, das hast du schon immer besonders gut gekonnt, weggehen, wenn man dich braucht! Wie bei Mom!"

Ich hatte den General und seine Reaktion unterschätzt. Zuerst flog die Tasse an die Wand, dann krachten John und Charlie auf den Tisch. Colin hatte die gleiche Schrecksekunde wie ich, sie dauerte nur nicht ganz so lange. Sofort versuchte er, die beiden Streithähne zu trennen. Ich war mehr Zuschauer als Mitspieler.

„Auseinander! Dad, lass ihn los!"

„Verschwinde aus meinem Haus!"

Charlie rappelte sich wieder auf, hatte Butter an der Wange und Kaffee auf dem T-Shirt, aber sein Gesicht war hart und finster. Ich erkannte ihn kaum noch, aber trotzdem stellte ich mich auf seine Seite.

„Das werde ich tun! Ich gehe!"

„Ja? Dann geh endlich! Raus! Und komm nie wieder!"

„Ich werde mich nicht mal umdrehen!"

Damit machte sich Charlie von Colin los und verschwand über die Treppe nach oben aus der Küche. John verließ die Küche durch die andere Tür auf die Veranda. Colin und ein zerstörter Frühstückstisch blieben schließlich allein zurück – ach ja, und ich war auch noch da.

„Tut mir leid, Nicole."

Er fing an, die Scherben vom Boden aufzuheben und die Essensreste aufzusammeln, aber das würde ihn auch nur bedingt ablenken. Ich ging neben ihm in die Hocke.

„Du solltest aufhören, dich bei mir zu entschuldigen."

„Es ist mir eigentlich nur peinlich. Ich hasse diesen Streit, er geht schon so lange."

Er ließ die Scherben wieder auf den Boden sinken und setzte sich mit dem Rücken an die Wand. Er sah mich aus leeren Augen an, die mir wieder einen Blick tief in seine Seele gestatteten. Auch wenn ich hätte wegsehen sollen, ich konnte es nicht. Meine Hand griff nach seiner, aber ich bekam nur zwei Finger zu fassen.

„Charlie hat Mom über alles geliebt und wird es Dad nie verzeihen, dass er sie alleine hat sterben lassen. Beinahe hätte mein Dad es mit mir ähnlich gemacht. Dann hätten die beiden wieder was Neues gehabt, worüber sie sich streiten konnten."

„Und was hältst du wirklich von der Idee?"

„Mit dem Spielzeug? Es könnte die letzte Chance sein. Wir sollten es versuchen."

„Das ist gut."

„Wer wird es schreinern, wenn nicht Charlie?"

Ich sah ihn an. Er war sich vielleicht noch nicht bewusst, dass genau er die Antwort auf die Frage war, aber wie lange wollte er sich noch verstecken? War er nicht hierfür geboren? Bevor wir weiterreden konnten, hörten wir Charlie auf der Treppe. Ich ließ Colin sofort los, auch wenn diese Geste nun wirklich nichts mit gegenseitiger Anziehung zu tun hatte.

„Okay, ich habe alles ... ich werde gehen."

Colin stand auf und schüttelte den Kopf. Es war fast schon süß, wie Colin versuchte, die Familie mit aller Kraft zusammenzuhalten. Es brachte nur leider nichts.

„Unsinn! Du bleibst hier."

„Hast du den General nicht gehört?"

„Und wo willst du wohnen?"

Ich stand ebenfalls auf und ergriff Charlies Hand. Colin wich meinem Blick aus. Ich wollte ihn nicht daran erinnern, wem mein Herz zu gehören schien, aber ich hatte versucht, mich zu entscheiden.

„Charlie zieht zu mir. Das ist kein Problem. Scott wird sich freuen."

Charlie drückte kurz meine Hand und ich nahm den Dank, den er mir damit ausdrücken wollte, auch gerne an. Colin hingegen schien nicht besonders glücklich mit dieser Version der Geschichte – aber was konnte er denn tun, um diese Entwicklung zu verhindern? Ich nahm den Haustürschlüssel von meinem Schlüsselbund und reichte ihn Charlie.

„Fühl dich wie zu Hause. Ich bleibe hier. Jemand muss arbeiten."

Charlie gab mir einen sanften Kuss, drückte kurz seinen Bruder und verließ dann das Haus. Ich war wieder alleine mit Colin. Ich sah ihn an und er sah zurück.

„Scheißtag."

Ich gab ihm recht.

„Hi Mom!"

Ich hatte Scott ganz vergessen. Jetzt war er plötzlich hier in meinem Büro, strahlte über das ganze Gesicht und wusste nicht mal, dass er ein ganz schlechtes Timing hatte. Ich versuchte zu lächeln, aber es fiel mir schwer.

„Ich hab es leicht gefunden. Und? Was ist heute hier so passiert?"

„Jede Menge, aber das meiste davon wird dir nicht gefallen. Charlie ist nämlich nicht mehr da."

Scott ließ seinen Rucksack neben den Tisch fallen und nahm mir gegenüber auf dem Stuhl Platz. Es wäre mir lieber gewesen, wenn er wieder gegangen wäre, ganz ehrlich gesagt. Hier konnte ich ihn jetzt nämlich gar nicht gebrauchen.

„Und wann kommt er wieder?"

„Ähm ... im Moment ... also ... er ..."

Hinter uns tauchte Colin in der Tür auf und grinste, als er Scott sah. Ich hatte ganz vergessen, dass die beiden sich noch nie begegnet waren. Aber ich war froh, Colin jetzt zu sehen, so musste ich Scott zumindest nicht erklären, warum er wieder gehen musste.

„Hi Colin. Komm rein. Scott, das ist Colin Shaw, Charlies Bruder."

Scott drehte sich um – und dann schien es plötzlich, als ob ein Blitz durch seine Augen gegangen wäre. Er sah Colin an, musterte ihn eine kleine Weile und streckte dann seine Hand aus.

„Hi, ich bin Scott."

„Hi Scott."

Colin nahm die Hand an und als sie sich berührten, schien Colin einen Augenblick verwirrt, fing sich aber erstaunlich schnell und sah wieder zu mir.

„Du hast nicht gesagt, dass wir heute Besucher haben."

„Das habe ich ganz vergessen."

Ich deutete auf die Blätter vor mir, die ich heute alle noch bearbeiten wollte, damit wir so schnell wie möglich mit der Produktion des Spielzeuges beginnen konnten. Ich wollte, dass General John sehen konnte, wie seine Jungs diese Firma retten konnten. Und wenn es etwas gab, das ich dazu beitragen konnte, würde ich es tun.

„Charlie wollte mir die Schreinerei zeigen."

Ich sah Colin entschuldigend an, aber er schien es gar nicht zu bemerken. Er lächelte noch immer und legte Scott die Hand auf die Schulter.

„Das kann ich doch machen."

„Ehrlich?"

Scott sprang sofort auf und griff, wie selbstverständlich, nach Colins Hand. Diesem schien das auch gar nicht unangenehm zu sein. Er ließ es gerne zu und zwinkerte mir kurz zu.

„Ich mach dann mal einen Rundgang mit Scott. Dir noch frohes Schaffen!"

Etwas sprachlos sah ich den beiden nach. Sicher, Scott fremdelte nicht mehr, aber es sah ihm auch nicht ähnlich, sich einfach so einem fremden Mann zu öffnen. Vielleicht war Colin für ihn auch kein Fremder mehr, weil er Charlies Bruder war. Aber trotzdem fand ich sein Verhalten mehr als verwirrend.

Zuerst versuchte ich, mich auf die Arbeit zu konzentrieren, aber immer wieder wanderten meine Gedanken zu dem Zwischenfall von heute Morgen zurück. Wie John sich voller Wut auf seinen Sohn warf – dieses Bild wollte sich in meinem Kopf festsetzen. Mir gefiel es nicht, wie diese Familie auseinanderzubrechen drohte. Wussten sie denn nicht, dass gerade die familiären Bindungen das Wertvollste waren, das man noch hatte? Hatten sie durch den Verlust der Mutter nicht gelernt, wie schnell das alles vorbei sein konnte?

Eigentlich wollte ich mir nur einen Kaffee holen, aber das laute Lachen aus der Werkstatt weckte meine Neugier und lockte mich an. Mit der leeren Tasse in der Hand schlich ich über den Gang bis zur Türe der Werkstatt und schob sie auf.

Scott saß mit Colin zusammen auf einem großen Tisch, und redete scheinbar ohne Luft zu holen. Colin lachte immer wieder, schlug ihm auf die Schulter und beobachtete meinen Sohn aus großen Augen.

„Was ist denn hier los?"

Sie hatten mich nicht kommen hören, keine Frage, denn dafür waren sie viel zu überrascht. Colin sah mich an und wischte sich die Freudentränen aus dem Gesicht

„Hi Nicole! Scott erzählt mir gerade was mit dir am 4. Juli passiert ist."

Ich erinnerte mich nur noch sehr ungern an den Zwischenfall, der für mich und meine Gäste mit einem Besuch der Feuerwehr endete. Ich hätte ahnen können, dass Scott mir mit dieser Geschichte in den Rücken fallen würde.

„Und du findest das witzig, ja?"

Scott nickte und musste schon wieder kichern.

Verzeihen Sie mir, dass ich jetzt nicht ausführlicher auf diese Geschichte eingehen möchte, aber ich habe mir all die Seiten Mühe gegeben, Sie von der Ernsthaftigkeit meiner Person zu überzeugen. Ich kann nicht zulassen, dass eine solche Episode alles ruiniert. Glauben Sie mir, wenn ich an dieser Stelle nur erwähne, dass es sich um eine der peinlichsten Situationen in meinem Leben handelt.

„Solche Geschichten sollte man nicht dem Chef seiner Mom erzählen, Scott."

Eigentlich hatte ich gedacht, er würde es niemandem erzählen, weil er solche Geschichten, in denen Xander noch ein aktiver Teil unserer Familie gewesen war, in der Regel für sich behielt. Er hatte scheinbar Angst, so manche Kleinigkeiten an seinem Vater zu vergessen, deswegen erzählte er auch nicht viel von ihm. Jetzt schien er aber keinerlei Hemmungen zu haben. Colin drehte sich auf dem Tisch zu mir um und lächelte charmant.

„Nicole, solche Dinge können doch jedem mal passieren. Mein Gott, wer hat es nicht schon mal hingekriegt, die halbe Nachbarschaft abzufackeln? Ist halt schlecht für die Frisur, wenn man die Feuerwerkskörper an der falschen Stelle anzündet!"

Wieder brach er in schallendes Gelächter aus und ich warf Scott einen vernichtenden Blick zu. Natürlich war ich nicht sauer, aber es wunderte mich eben sehr.

„Scott hat mir eine Menge über dich erzählt."

„Ja, und jetzt bin ich in deiner Sicht bestimmt meilenweit gesunken."

„Nein, ich habe nur das Gefühl, dich noch länger zu kennen."

Er sollte aufhören, solche Dinge zu sagen, vor allem vor unserem Sohn. Was erzählte ich denn da? Vor meinem Sohn.

„Colin ... ich würde Scott gerne nach Hause fahren."

„Mom! Ich habe den See noch nicht gesehen!"

„Den See?"

Colin rutschte vom Tisch und kam auf mich zu. Zu viel Nähe empfand ich im Moment nicht als besonders hilfreich, aber ich konnte auch nicht ängstlich einen Schritt zurückmachen.

„Nicole, er stört mich nicht. Er lenkt mich ab. Ich hab ihn gern."

„Du kennst ihn nicht."

„Genau das will ich ändern."

Er hatte mich inzwischen erreicht und legte die Arme auf meine Schultern.

„Du willst nicht nach Hause, du willst zu Charlie, hab ich recht?"

Er kannte mich vermutlich tatsächlich so gut, oder ich war einfach nur leicht zu durchschauen. Aber was er da gerade sah, gefiel ihm natürlich nicht. Trotzdem nickte ich und wich seinem Blick aus.

„Fahr nach Hause, ich bringe Scott heute Abend vorbei."

„Ist das kein Problem für dich?"

Ich wagte es, ihn wieder anzusehen. Er lächelte und schüttelte den Kopf.

„Ich bring ihn heim. Geh zu Charlie ... Er braucht dich jetzt ... mehr als ich."

Genau das war der Punkt! Colin brauchte mich auch, und ich wollte ihm so gerne helfen – aber Charlie war der Mann, für den ich mich entschieden hatte. Warum war das alles eigentlich so furchtbar kompliziert? Ich warf einen Blick zu Scott.

„Willst du mit? Zu Charlie?"

Ich ging davon aus, dass ich ihn mit der Erwähnung dieses Namens dazu überredet hatte, mich zu begleiten. Sonst war es immer das Größte für ihn gewesen, in Charlies Nähe zu sein. Aber diesmal schüttelte er nur den Kopf und griff nach Colins Hand.

„Ich bleibe lieber bei Colin."

Charlie lag im Bett, als ich das Schlafzimmer betrat, die Augen fest geschlossen, ein Kissen im Arm. Seine Tasche stand auf dem Boden, er hatte nicht ausgepackt, er war einfach nur fertig. Ich setzte mich leise neben ihn und beobachtete ihn. Oft hatte ich hier gesessen und Xander beobachtet, Minuten bevor ich ihn wecken musste. Xander hatte den entspanntesten Schlaf, den ich je bei einem Mann gesehen habe. Charlie hatte die Stirn in Falten gelegt, seine Hände hielten das Kissen fest umklammert. Ruhiger Schlaf sah anders aus. Aber als ich meine Hand auf seinen Unterarm legte, schien er sich zumindest ein bisschen zu entspannen. Er öffnete die Augen und sah mich müde an.

„Hi."

Er lächelte nur und schloss die Augen wieder. Seine Hand griff nach meiner und ich lächelte ebenfalls.

„Wieso bist du schon da? Haben Sie dich gefeuert?"

„Ich habe mir den Nachmittag freigenommen."

„Wo ist Scott?"

Ich rollte mich unaufdringlich neben ihn und wartete, bis er die Arme um mich legte.

„Bei Colin. Er zeigt ihm das Haus und den See. Die beiden scheinen sich gut zu verstehen."

„Jeder mag Colin. Du magst Colin."

„Ich mag dich."

„Und du magst Colin auch."

„Was willst du damit sagen?"

Ich war froh, dass wir uns nicht ansehen konnten, sonst würde er es in meinen Augen sehen können. Er legte sein Kinn auf meine Schulter und sprach leiser, so als ob nur ich ihn hören sollte.

„Ich habe Angst, dass du ihn wirklich mögen könntest. Angst, dass ich nicht nur gegen Xander, sondern auch noch gegen Colin ankämpfen muss."

„Du musst gegen niemanden ankämpfen."

„Auch nicht gegen Xander?"

Ich drehte mich in seinen Armen so, dass ich ihn ansehen konnte. Für mich war Xander und die Lücke, die er hinterlassen hatte, in jeder Sekunde meines Tages präsent. Aber ich hatte mir nie überlegt, dass es ihm auch so gehen könnte.

„Wenn ich einen Blick zurückwerfe, dann sehe ich Xander ... Ihn werde ich immer sehen ... Wenn ich nach vorne schaue, sehe ich dich."

„Und wen siehst du im Moment?"

Zu gerne hätte ich ihm eine vernünftige Antwort gegeben, aber das war gar nicht so einfach. Wenn ich die Augen schloss und nachdachte, dann mischten sich zwei Bilder: Ich sah Colin *und* Charlie. Er schien zu merken, dass er auf diese Frage keine Antwort bekommen würde, und schloss ebenfalls die Augen.

„Meinst du es ist okay, wenn wir einfach hier liegen bleiben und auf die Zukunft warten?"

„Einen Versuch ist es wert."

Und so blieben wir liegen. Bis es draußen dunkel wurde. Wir schliefen nicht, wir sprachen nicht. Wir genossen einfach nur die Zeit. Wenn ich meine Augen schloss, dann konnte ich mir vielleicht einbilden, dass es Xander war. Aber wenn ich die Augen dann wieder für einen kurzen, schüchternen Moment öffnete, war es wieder Charlie, der mich in den Armen hielt. Langsam schien ich mich daran zu gewöhnen. Irgendwann, als ich die Augen wieder schloss, wusste ich, dass es Charlie war. Und es fühlte sich gut an. So sollte sie sein, die Zukunft.

Scott sprach den ganzen Abend nur darüber, wie toll das Haus und der See waren, dass es ganz unglaublich war, was man aus Holz alles machen konnte. Und die Zeichnungen an der Wand von Colins Büro wären der Hammer! Was mich aber wunderte, das waren die Blicke, die Scott Colin zuwarf. Mein Sohnemann hatte ihn überredet, zum Essen dazubleiben. Charlie schien das ebenfalls nichts auszumachen. Also saß Colin beim Essen neben Scott, der ihn mit großen Augen anstrahlte. Immer wieder erzählte er etwas, das die beiden heute zusammen erlebt hatten. Charlie war plötzlich nicht mal mehr so wichtig. Er war fast schon zur Randfigur geworden. Das war ich von Scott nicht gewöhnt. Eigentlich schob er Freunde nicht so leicht zur Seite und ersetzte sie durch neue. Ich musste ein Gespräch mit ihm führen, wenn wir wieder alleine waren.

„Scott, sollen wir eine Runde zocken gehen?"

Dass Charlie so etwas wirklich tun wollte, konnte ich noch immer nicht verstehen, aber Scott schüttelte den Kopf und sah wieder zu Colin.

„Colin hat gesagt, dass Holzspielzeug bald richtig im Kommen sein wird. Videospiele sind sowieso nicht gut für meine Augen. Stimmt's, Mom?"

Ich sah überrascht zu Colin, der schüchtern einen Schluck Wasser nahm. Scott schien auf meine Antwort zu warten; natürlich war ich froh, wenn er endlich mal die Konsole zur Seite legte.

„Ja Schatz, das stimmt."

Aber das bedeutete auch, dass er Charlie gerade eine ziemlich harte Abfuhr erteilt hatte. Kurz warf ich ihm einen Blick zu, aber er grinste und nickte nur. Seine Augen verrieten seine wahren Gefühle dennoch. Es hatte ihn getroffen. Schnell sah ich wieder zu Colin, der ebenfalls zufrieden grinste.

„Colin, wie auch immer du das gemacht hast, danke."

Aber mir hatte das Bild von Charlie und Scott zusammen trotzdem ausgesprochen gut gefallen. Konnte ich mir meinen Sohn wirklich mit dem klassischen Holzspielzeug vorstellen? Nur weil Colin es so toll fand?

„Colin hat auch gesagt, dass ich morgen zum Schwimmen kommen kann."

„Schwimmen?"

Mein Sohn war alles, nur kein Naturbursche. Wann genau hatte er sich in eine brillentragende Version von Bud aus *Flipper* verwandelt?

„Natürlich nur, wenn es euch nichts ausmacht. Ich kann verstehen, wenn ihr erst mal kein Interesse habt, mich zu besuchen."

Charlie zuckte die Schultern und sah zu mir. Ich saß zwischen zwei Stühlen – und zwar im wahrsten Sinne des Wortes.

„Mal sehen ... Ich überlege mir das noch, okay?"

Scott nickte und schien schon einen Plan zu haben, wie er mich überreden wollte. Und es würde ihm vermutlich sogar gelingen. Ich musste vorher nur kurz mit Charlie sprechen. Langsam aber sicher wollte ich ihm mehr Platz in meinem Leben einräumen. Er sollte etwas zurückbekommen, für all das, was er für mich tat.

„Heute war der Tag echt der Hammer! Danke, Colin."

„Gern geschehen."

Colin warf einen Seitenblick zu seinem Bruder, aber Charlie ließ sich nichts anmerken. Er war ein erstaunlich guter Schauspieler. Beim besten Willen konnte ich mir nicht vorstellen, dass dieses Abendessen so spurlos an ihm vorbeiging. Allerdings vermied er es, mir in die Augen zu sehen.

„Will noch jemand Eis?"

Natürlich waren alle dabei und ich verschwand in die Küche, um sage und schreibe fünf verschiedene Eissorten aus dem Kühlschrank zu suchen. Wenn man mit Scott Eis einkaufen ging, sollte man auf alles vorbereitet sein. Er war da übrigens ganz wie sein Vater.

Weil er sich nicht entscheiden konnte, entschied er sich dafür, lieber alle bekannten Eissorten in den Einkaufswagen zu werfen. Da es immer recht zeitaufwendig war, das Eis zu schaufeln, schaltete ich das Radio ein und sang ein oder zwei Lieder mit. Wie ich es immer tat. Scott war allerdings der Meinung, ich sollte lieber draußen mit den Katzen singen, aber ich hörte mich gerne singen. Keine Sorge, deswegen hielt ich mich noch lange nicht für Barbra Streisand.

„Kann ich helfen?"

Colin schlich sich hinter mich in die Küche und warf einen flüchtigen Blick über seine Schulter, aber niemand folgte ihm.

„Das schaffe ich gerade noch alleine. Danke."

„Scott scheint es sich anders überlegt zu haben. Er braucht ein Opfer und Charlie hat das Angebot angenommen."

„Sie spielen Playstation?"

Colin nickte und stellte sich neben mich, wobei er interessiert auf die Eissorten sah. Scott hatte den Geschmack seines Vaters übernommen, sonst hätten wir nur zwei Sorten im Haus. Jetzt konnte ich entspannt abwarten; bisher hatte ich noch keinen Gast, der unzufrieden über unsere Eisauswahl war.

„Cookie and Cream. Ich liebe diese Sorte."

Bevor ich es verhindern konnte, nahm er sich ein bisschen Eis vom Rand mit dem Zeigefinger und schleckte ihn ab. Ein rügender Blick sollte reichen, aber er grinste nur. Diese Situation kam mir so bekannt vor, dass ich eine leichte Gänsehaut am ganzen Körper spürte.

„Sorry."

Ich konnte sehen, dass es ihm nicht leidtat. Sein Blick wanderte durch die Küche, während ich versuchte, möglichst gleichgroße Kugeln zu formen.

„Gefällt mir."

„Ach ja? Natürlich hättest du schönere Möbel entworfen."

„Früher vielleicht."

Ich sah wieder zu ihm und schleckte jetzt selber ein bisschen Eis von meinem Finger. Wie schaffte es dieser Mann nur, so verletzlich und gleichzeitig so unheimlich stark zu wirken? Und wieso reichte nur ein Blick aus diesen Augen, um mein Herz schneller schlagen zu lassen?

„Das kannst du immer noch."

Er winkte ab und somit war meine Chance für ein Gespräch dahin. Aber eigentlich hatte ich nichts dagegen, immerhin reichte es mir, ihn ansehen zu dürfen. Im Radio hinter uns lief ein mir wohlbekanntes Lied. Es weckte Erinnerungen und machte mich ein bisschen nervös, aber ich riss mich zusammen und versuchte mich selber davon zu überzeugen, dass es ein ganz gewöhnliches Lied war. Nichts Besonderes. Nur ein Lied.

„Ich liebe diesen Song."

Die Gänsehaut überzog inzwischen meinen ganzen Körper, Colin stand ganz in meiner Nähe und seine Hand streichelte meinen Unterarm. War er sich denn nicht bewusst, in welche Gefahr er uns mit dieser Aktion brachte? Ich hatte mich entschieden! Musste ich es ihm denn noch deutlicher zeigen?

„Würdest du mit mir tanzen?"

„Sehr gerne."

Was redete ich denn da? Ich wollte mit einem fremden Mann zu *unserem* Lied tanzen? Dieses Lied sollte für sämtliche Tänze mit einem anderen Mann für immer tabu sein. Oder zumindest noch für eine kleine Weile. Und wenn ich dann wieder dazu tanzte, dann doch wohl mit Charlie. Wieso kam überhaupt noch ein Mann dafür in Frage? Xander konnte es ja nicht mehr sein ... Doch meine Hand legte sich wie selbstverständlich in seine, er trat einen Schritt näher an mich heran. Ich lehnte meine Wange an seine, atmete den Duft seiner Haut ein und spürte seine Hand knapp unterhalb meines BHs. Ich hätte gerne etwas unheimlich Geistreiches gesagt, wollte humorvoll die Situation entschärfen, aber jetzt hielt ich ihn nur so fest an mich gedrückt, als wollte ich ihn überall spüren. Es war ganz einfach, mir vorzustellen, dass es Xander war. Alles passte zusammen, diese ganze Situation gehörte in ein anderes Universum ... Vielleicht war hier und jetzt die Golden Gate Bridge, grün oder blau, und der Mann in meinen Armen war Xander. So sollte es sein ... Und mit genug Fantasie war es auch so. *„Time After Time“* .... Dieses Lied hatte ich so oft mit Xander gehört, und auch wenn er nicht da war, wanderten meine Gedanken wieder zu ihm. Wir hatten es ein letztes Mal zusammen gehört. Als ich ihn losgelassen habe. Nein! Als ich ihn hätte loslassen müssen, es aber nicht getan habe. Vielleicht fühlte er sich jetzt betrogen, aber das konnte nicht sein. Man sollte immer auf seine Gefühle hören. Meines sagte mir, dass es absolut richtig war.

Langsam lösten wir uns voneinander und ich sah Colin an, als wäre er wirklich Xander. Ich legte meine Hände an sein Gesicht und küsste ihn sanft auf die

Lippen. Natürlich war er überrascht, ich war es auch, aber er erwiderte meinen Kuss trotzdem.

„Danke."

„Wofür?"

„Für ein Stück Erinnerung."

Er schien langsam zu verstehen und nickte langsam. Meine Hand hielt seine noch immer fest, ich wollte ihn einfach noch nicht loslassen. Wenn ich seine Hand wieder freigeben würde, dann wäre er vielleicht wieder einfach nur Colin. Aber die Frage war doch, ob er überhaupt wieder einfach *nur* Colin sein könnte. Wir sahen uns eine Weile an, wussten vermutlich nicht, wie wir je wieder mit der Welt außerhalb dieser Küche umgehen sollten ... Dann ließ ich seine Hand los.

„Charlie ist mein Bruder."

„Das weiß ich."

„Aber ich weiß nicht, ob ich das hier für ihn aufgeben kann."

Seine Geste umschloss nicht unbedingt die Küche, viel mehr umschloss sie mich und mein Leben. Ich machte einen kleinen Schritt von ihm weg, brachte Abstand zwischen uns.

„Ich weiß es auch nicht."

Dann löffelte ich das Eis in die Schalen und drückte ihm zwei davon in die Hand. Er schien sich noch immer nicht so recht erholt zu haben, vor allem hatte ich das Gefühl, dass er noch etwas sagen wollte, aber ich schob ihn in Richtung Tür. Ich wollte jetzt nichts mehr hören, weil der Lärm in meinem Kopf mich ohnehin schon überforderte. Charlie lehnte neben dem Tisch und ich konnte nur hoffen, dass er keinen Blick in die Küche geworfen hatte. Aber die Hoffnung wurde schnell in Grund und Boden gestampft. Sein Verhalten hatte sich verändert, und das lag wohl kaum an seiner Niederlage beim Videospiel. Er sah seinen Bruder kaum noch an und auch meinen Blicken wich er weitestgehend aus. Mir wäre es lieber gewesen, er hätte mich angeschrieen, oder seinem Bruder eine Faust ins Gesicht geschlagen. Aber er saß einfach nur da und lächelte Scott an. Ganz so, als würde er sich verabschieden wollen.

Colin fuhr später an diesem Abend nach Hause und Scott brachte ihn zum Wagen. Dort unterhielten sie sich noch einige Minuten darüber, was sie morgen alles anstellen wollten. Mein Sohn wollte unbedingt im See schwimmen und noch mehr über die große Kunst der Schreinerei lernen. Ich hielt das alles für einen kurzen, vorübergehenden Moment; aber wenn ich länger darüber nachdachte, passte alles so wunderbar zusammen: Scott mochte Colin, weil er Xander so ähnlich war. Nicht oberflächlich ähnlich, aber doch sehr ähnlich. Hatte ich mich vielleicht doch für den Falschen entschieden? Charlie saß neben mir auf der Couch und starrte vor sich auf den Fernseher, der allerdings nicht eingeschaltet war.

„Charlie?“

„Hm?“

„Alles okay?“

Nichts war okay, das wussten wir beide.

„Soll ich lieber woanders schlafen?“

„Auf der Couch?“

Er schüttelte langsam den Kopf und drehte seinen Körper, um mich besser sehen zu können.

„In einem anderen Haus."

Worte schossen durch meinen Kopf, aber ich brachte sie nicht über die Lippen. Ich wollte mich entschuldigen – für das, was er ohne Zweifel gesehen hatte. Aber es wollte mir einfach nicht gelingen. Ich sah ihn einfach nur an. Was zum Teufel war nur los mit mir?

„Ich gehöre hier nicht hin."

„Wie meinst du das?"

Zumindest hatte ich meine Sprache wiedergefunden. Er rückte ein bisschen von mir weg und griff langsam nach meiner Hand. Diesmal fühlte sich seine Hand ganz anders an. Mein Herz tat weh. Es zog sich schmerzhaft zusammen und ich fühlte mich schlagartig elend.

„Wie meine ich es wohl? Du willst, dass ich es ausspreche – ja?"

Tatsächlich wollte ich es. Mir wäre es nämlich nie über die Lippen gekommen. Wie könnte ich es wagen, jemanden wie Charlie darum zu bitten? Wie konnte ich ihm nur so wehtun?

„Okay, dann werde ich es sagen. Du liebst mich nicht."

Gott, das war wie ein rechter Haken in die Nierengegend. Und es war gelogen. Ich liebte ihn. Wirklich. Nur ... noch nicht.

„Ich habe gehofft ... geglaubt ... wenn ich dich nur genug lieben würde, dann würde das Gegenliebe erzeugen. Aber das geht nicht. Du liebst jemand anderen."

„Ich liebe Colin nicht."

Wieso konnte ich mir eigentlich nicht lieber die Zunge abbeißen und runterschlucken? Er lächelte matt und sah mich aus traurigen Augen an.

„Das habe ich auch nicht gesagt. Aber du liebst mich auch nicht. Du liebst Xander und jeden, der dich an ihn erinnert."

„Nein."

„Ihr habt getanzt."

„Das war nur ... es war Xander und mein Lied ..."

Er hatte vollkommen recht und er konnte sehen, dass ich langsam aber sicher verstand. Zu gerne hätte ich das alles zu begreifen, und vor allem in Worte zu fassen versucht, aber es fiel mir schon schwer genug, meine Gedanken zu verstehen.

„Genau das meine ich ..."

Ich war mir nicht sicher, vielleicht waren es Tränen – oder es war Enttäuschung. Das wollte ich gar nicht so genau wissen. Mir reichte es zu wissen, dass ich ihm so sehr wehgetan hatte.

„Es tut mir leid ..."

„Nein. Als ich euch drei heute beobachtet habe, den ganzen Abend, hatte ich das Gefühl, in einer echten Familie zu sein. Colin passt so viel besser an Xanders Platz."

„Das ist nicht wahr."

Und doch hatte er recht. Colin schien so gut an Xanders Platz zu passen, dass es sich so anfühlte, als wäre Xander noch hier.

„Nicole, ich habe im Laufe der Zeit eine ganze Menge für Colin aufgegeben. Wieso sollte es diesmal anders sein?"

Ich konnte die Bitterkeit in seiner Stimme hören und verstand es sogar. Er hatte allen Grund, sauer auf uns beide zu sein. Auch wenn er sich Mühe gab, das Gefühl von Wut oder Enttäuschung zu unterdrücken, konnte ich es an jeder seiner Bewegungen sehen. Er wollte am liebsten schreien, rennen oder jemanden verprügeln. Ich musste ihn gehen lassen.

„Ich gehe jetzt."

Jetzt waren es meine Tränen, die über meine Wange liefen, als Charlie meine Hand losließ. Meinem Herzen drohte der Stillstand, aber wenn ich ihn gebeten hätte, noch mal zu bleiben, dann hätte ich ihm nur noch mehr wehgetan. Ich konnte ihm einfach nichts geben, ich tat ihm immer nur weh und belog ihn bei jeder Gelegenheit.

„Gute Nacht, Nicole."

Er stand auf. Ich weinte still und leise vor mich hin, weil ich nicht in der Lage war, etwas zu sagen. Alles in meinem Kopf drehte sich, als Scott wieder im Wohnzimmer auftauchte. Er sah mich erschrocken an.

„Mom? Was ist passiert?"

Ich sah ihn an und fühlte mich miserabel. Egal, ob er Charlie weniger mochte als Colin, er mochte ihn, und ich hatte es vermasselt. Scott sah zu Charlie, der mit seiner Tasche in der Hand wieder zu uns kam.

„Wo gehst du hin?"

Zum Glück war Scott da, sonst hätte ich ihn fragen müssen. Mir wäre es nur schwerer gefallen. Meine Stimme hatte ich irgendwo verloren.

„Erst mal spazieren, dann suche ich mir ein Hotel."

„Du bleibst nicht hier?"

Jetzt hatte ich das Gefühl, etwas sagen zu müssen. Ich hob meinen Blick und sah Charlie direkt an.

„Noch nicht."

Er schenkte mir ein trauriges Lächeln und drückte Scott dann kurz, bevor er aus der Tür ging. Er ließ vielleicht kein leeres Wohnzimmer zurück, aber er hinterließ eine Lücke, die ich erst einmal wieder füllen musste. Ohne es zu wissen, hatte ich ihm einen großen Teil meines Inneren geschenkt, aber ich war mir darüber nicht klar. Jetzt, kaum war er gegangen, spürte ich schon, dass er mir fehlte. Scott kam zu mir und sah mich traurig an. Wie sollte ich ihm das alles nur erklären? Er würde es auch nicht besser verstehen als ich. Und ich verstand im Moment gar nichts mehr.

# Selbstmitleid

„Hi Xander."

Sein Grab sah nicht mehr so schön aus, wie ich es in Erinnerung hatte. Das lag vor allem daran, dass ich eine ganze Weile nicht mehr hier gewesen war. Während ich in die Knie ging, zupfte ich einige verwelkte Blüten ab und wischte über den Grabstein.

„Schon eine ganze Weile her, oder?"

Ein kurzer Blick über meine Schulter ließ mich wissen, dass ich jetzt alleine war. Wieso ich ausgerechnet hier war, wusste ich nicht. Aber es erschien mir nur logisch. Als hätte er mich gerufen. Uns hielt noch immer eine Verbindung zusammen, die stärker war als Liebe oder Freundschaft.

„Ich habe in letzter Zeit eine Menge falsch gemacht ... und jetzt weiß ich einfach nicht mehr weiter ... Du fehlst mir sehr. Und du fehlst Scott."

Wieso konnte er mir eigentlich nicht antworten? Es wäre um einiges leichter, wenn ich ein Gesicht hätte, in das ich schauen könnte.

„Manchmal frage ich mich, ob wir dir auch nur ein bisschen fehlen? Immerhin kannst du uns von da oben zusehen, oder? Ich muss wie ein dummes, kleines Kind aussehen. Ich stolpere mehr durch das Leben, als dass ich aufrecht gehe. Oder?"

„Du übertreibst."

Ich drehte mich erschrocken um – aber natürlich war es nicht Xander, auch wenn ich es einen kurzen Augenblick geglaubt hatte. Es war Colin. Wieso überraschte es mich nicht, ihn hier zu sehen? Ich stand auf und vergrub meine Hände in den Taschen.

„Colin. Hallo."

„Wenn du noch einen Moment alleine bleiben möchtest, gehe ich wieder."

„Nein, ich bin ganz froh, dass du hier bist. Ich möchte dir gerne jemanden vorstellen."

Ich zeigte auf das Grab hinter mir und Colin kam langsam auf uns zu. Er winkte dem Grabstein zu, während ich ihm lächelnd meinen Mann vorstellte.

„Ihr seid euch sehr ähnlich."

Erst jetzt bemerkte ich, dass Colin nicht ganz aufrecht stand. Er hatte Schlagseite, wie man so schön sagte.

„Bist du betrunken?"

„Das will ich hoffen."

Er hatte die letzte Nacht offensichtlich nicht besonders gut geschlafen.

„Was hast du gemacht?"

„Tja ... was habe ich gemacht?"

Er lallte ein bisschen. Meine Hand griff nach seinem Arm, aber er schien meine Hilfe nicht zu wollen.

„Ich war zu Hause, dort habe ich mich mit dem General gestritten, von dem ich die Flasche Whiskey übrigens habe, und dann bin ich losgezogen ..."

„Kneipentour."

„Yep. Und dann habe ich Charlie getroffen ..."

„Charlie?"

„Er hat auch getrunken. Eine Familientradition. Aber wir haben endlich reinen Tisch gemacht. Er hasst mich. Und ich hasse ihn."

Ich griff wieder nach seinem Unterarm, weil ich Angst hatte, er würde hinfallen. Vielleicht wollte ich ihn auch einfach nur berühren, aber das schien ihm auch nicht recht zu sein. Er schubste mich forsch zur Seite.

„Ich kann alleine stehen."

Als ob er es mir demonstrieren wollte, ging er ein paar Schritte von mir weg und kam dadurch nur noch mehr ins Straucheln. Irgendwie fand er dann doch noch das Gleichgewicht.

„Wir sollten ein paar Schritte gehen. Ich wollte nicht, dass Xander dich so kennenlernt."

„Oh, ich hatte eine lange Unterhaltung mit Mr Alexander Jackson."

Mir gefiel nicht, was er sagte und noch weniger gefiel mir, wie er es sagte. Sofort hob er abwehrend die Hände und versuchte, unschuldig dreinzublicken. So recht wollte ihm das nicht gelingen.

„Colin, was ist passiert?"

„Ich habe mich in dich verliebt. In dem Moment, als ich dich gesehen habe. Es hat nicht mal *zoom!* gemacht. Es war mehr ein *klick!* Und dann war mir klar, dass ich in Teufels Küche geraten bin."

Vermutlich wäre er in einem nüchternen Zustand nie in der Lage gewesen, mir all das zu sagen, aber ich hörte ihm trotzdem zu.

„Ich hätte nie gedacht, dass mir so was in meinem Leben passieren kann. Es tut mir leid, dass Charlie sich auch in dich verliebt hat. Er hat schon so viel für mich aufgeben müssen. Ich wäre an der Reihe, dass ich mal zurückstecke ...."

Ich hatte das Gefühl, er wollte noch was sagen, aber entweder schien ihm nichts mehr einzufallen oder er hatte nicht den Mut, es auszusprechen. Aber ich wartete, während mein Herz schneller schlug und mein Blick immer wieder zu Xanders Grabstein wanderte.

„Aber ich habe Angst, es für immer zu bereuen, wenn ich es ausgerechnet diesmal tue."

„Colin, du kennst mich doch überhaupt nicht. Vielleicht enttäusche ich dich ja nur."

Er griff jetzt doch nach meiner Hand, aber ich wich ihm aus und vergrub meine Hände wieder in den Hosentaschen.

„Oh, ja richtig, dein Mann schaut zu ... Komisch, Charlie hat gestern gesagt, dass ich mir lieber keine zu großen Hoffnungen machen sollte. Du hättest dich nämlich noch nicht von Xander verabschiedet. Vielleicht solltest du es langsam mal tun."

„Das willst du gar nicht."

Ich wusste nicht, wie ich ihm klarmachen sollte, dass gerade Xander es war, der uns beide zusammenhielt. Aber das würde er bestimmt nicht verstehen, ich verstand es ja selber kaum.

„Doch, das will ich. Ich will dich nämlich nicht teilen. Weder mit meinem Bruder, noch mit deinem toten Mann."

Er hatte also wirklich keine Ahnung! Jetzt schaffte er es auch noch, dass ich wütend wurde. Irgendwie gefiel mir die ganze Situation nicht. Ich entschied mich, jetzt lieber zu gehen, bevor ich noch etwas sagte, was mir leid täte.

„Auf Wiedersehen, Colin!"

„Es muss heißen: auf Wiedersehen, Xander!"

Ich stieß ihn wütend und ziemlich heftig vor die Brust, was ihn das Gleichgewicht verlieren ließ. Er machte einige Bewegungen, die an die Landung eines jungen Albatros' erinnerten, fiel dann nach hinten um, wobei er direkt neben Xanders Grab zum Liegen kam.

„Sag du mir nicht, von wem ich mich verabschieden muss! Du hast keine Ahnung, wie es ist, jemanden gehen lassen zu müssen!"

Ich hatte ihn angeschrien und fühlte mich damit auch noch wirklich gut. Als würde sich eine Kette lösen, die fest um mein Inneres gezogen war. Dabei war ich mir nicht mal sicher, ob ich den Richtigen erwischt hatte. Es musste nur überhaupt mal gesagt werden – und er hatte mir die Chance gegeben, es zu sagen. Er lag da, gelehnt an den Grabstein meines Mannes, und blickte aus glasigen Augen zu mir hoch. Ob es der Alkohol oder Tränen waren, das konnte ich nicht sagen.

„Doch Nicole, ich weiß es. Ich habe meine Mutter losgelassen, meinen Vater. Und vor drei Stunden habe ich meinen Bruder losgelassen."

So hatte ich das Ganze noch nie gesehen. Es war irgendwie fast schon komisch, wie man auf sehr bodenständige Art und Weise daran erinnert wurde, dass es nicht nur das persönliche Drama gab. Auf der ganzen Welt torkelten Menschen durch ihr Leben, manchmal mit mehr Erfolg, meistens aber mit weniger.

„Und weißt du was, Nicole? Gerade lerne ich, wie es sich anfühlt, dich loszulassen."

Ich wollte ihn in den Arm nehmen, wollte ihn wegschubsen, ihn anschreien und küssen. Es war einfach zu viel für mich. Ich wusste, dass es für Colin und Charlie nicht gerade leicht war. Aber wenn wir drei zusammen in einem Raum waren, vermutlich sogar auf einem Planeten, dann verursachte das womöglich nur Chaos und Ärger.

„Colin ... ich gehe jetzt ..."

Er nickte und schien zu verstehen, dass ich jetzt nicht darüber nachdenken konnte, was er mir bedeutete – und wen ich loslassen musste. Ich hatte nur ein paar Schritte geschafft, als ich schon wieder stehen blieb und mich umdrehte. Colin kauerte noch immer neben dem Grabstein und starrte ins Leere. Wieso ich nicht stark genug war, um wegzugehen? Ich wusste es nicht.

„Wie wäre es mit einem Kaffee?"

Sam's Kneipe war eigentlich immer voll und deswegen hatten wir auch Glück, ganz hinten noch einen Tisch zu finden. Ich bestellte, weil ich vermeiden wollte, dass jemand Colins lallende Stimme hörte. Durch dieses Lallen erinnerte er mich an den General. Kaum hatte er einen Schluck Kaffee genommen, lehnte ich mich zurück und starrte ihn an. Ich war noch immer ziemlich wütend, aber auch neugierig.

„Wieso hast du dich mit Charlie gestritten?"

Er holte tief Luft und sah scheinbar durch mich hindurch. Ich griff nach seinem Kinn und zwang ihn, mir direkt in die Augen zu sehen. Ich hasste betrunkene Menschen.

„Weil ich dich liebe ... weil er dich liebt ... weil ich nicht mehr zeichnen kann ... weil wir die Firma verlieren ... weil ... weil ... ich einen Menschen umgebracht habe."

„Wie meinst du das?"

„Wie? Ganz einfach. Ich wollte gesund werden, weil ich diesen Beruf liebe. Weil ich meine Familie liebe. Ich konnte sie nicht alleine lassen. Also starb ein anderer Mensch, dessen Herz ich jetzt habe. Und wofür starb dieser andere Mensch?"

„Um dich zu retten."

„Ja, aber ich bin nicht mehr ich ... Ich bin vollkommen nutzlos."

Langsam schien ich zu verstehen, was er sich selbst vorwarf. Aber ich konnte ihm da nicht helfen und er sich auch nicht. Wenn er nicht bald den Mut fand, sich seinen Dämonen zu stellen, würde er daran zugrunde gehen. Er stützte den Kopf in beide Hände.

„Ich kann nicht mehr zeichnen."

Seine Stimme hatte diesen zerbrechlichen Unterton, den ich inzwischen sehr gut kannte. Ich hatte ihn selber eine ganze Weile benutzt. Aber irgendwann musste man doch aufwachen und einsehen, dass das Leben weiterging. Ob es uns nun gefiel oder nicht.

„Das kommt wieder. Du bist nur ein bisschen aus der Übung."

„Nein. Ich kann es nicht mehr. Ich kann mich noch so sehr konzentrieren, es klappt nicht mehr. Ich scheine es ... verloren zu haben."

Er sah mich an und lächelte traurig. Ich wollte mir nicht vorstellen, wie es sich anfühlte, seine Leidenschaft aufgeben zu müssen, weil man sie, im wahrsten Sinne des Wortes, auf dem Weg irgendwo an einer Tür abgeben musste. Durch seine Krankheit hatte er eine Menge aufgeben müssen. Das Zeichnen, so erschien es mir zumindest im Moment, hatte ihm vielleicht doch mehr bedeutet als seine Familie.

„Ich weiß eigentlich gar nicht mehr, was ich hier mache."

„Du lebst. Und was ist mit deinem Holzspielzeug?"

„Das habe ich im Krankenhaus entworfen. Deswegen will Charlie es nicht verkaufen. Es ist die letzte Erinnerung an die Topzeit der Shaw Brothers. Alles was danach kam, ist nur noch Bullshit."

„Das kommt alles wieder."

„Nicole, nimm mir das nicht übel, aber du hast keine Ahnung von mir und meinem Leben vorher. Ich bin jetzt ein anderer Mensch und ich mag diesen Menschen nicht mal besonders."

„Ich mag diesen Menschen aber."

Obwohl ich das nicht sagen wollte, kam es über meine Lippen. Tief in mir wusste ich es die ganze Zeit. Vielleicht hätte mir der alte Colin auch gefallen; aber um ehrlich zu sein, reichte mir schon dieser Colin, der gerade zusammengesunken vor mir saß.

„Ändert aber nichts daran, dass ein Mensch wegen mir gestorben ist."

„Es gibt nichts Schlimmeres als Selbstmitleid."

Ich durfte das sagen, weil ich ganze Monate darin gebadet hatte. Aber es ging tatsächlich irgendwie weiter.

Wir fragen uns dann plötzlich, wie wir es geschafft haben und woher wir diese Kraft haben? So stelle ich es mir vor, wenn Menschen wieder gehen lernen müssen, und sie es tatsächlich schaffen!

Bevor Colin hier in seinem Selbstmitleid ertrank, war es meine Aufgabe, ihn zu wecken. Mein Blick wurde ernster und vermutlich auch trauriger. Heimlich trat ich eine kleine Zeitreise an und fühlte die Schmerzen von damals genau jetzt in meinem Herzen.

„Willst du wissen, wie es sich anfühlt, einen Menschen wirklich umzubringen?"

Er nickte müde und wischte sich kurz über das Gesicht. Ich war mir nicht sicher, ob es klappte; aber wenn ich meine Geschichte richtig erzählte, würde er sehr schnell wieder nüchtern werden.

„Xander, mein Mann ... Er ist gestorben, weil ich ihn habe sterben lassen. Fast jede Nacht wache ich auf und frage mich, ob ich die Geräte vielleicht eine Woche zu früh abgeschaltet habe."

Er wich meinem durchbohrenden Blick nicht wie erwartet aus, er hielt ihm stand.

„Ich habe die Geräte abgestellt, die Xander am Leben erhalten haben. Eine Entscheidung, die ich jeden Tag bereue."

Bisher hatte ich noch nicht das Bedürfnis verspürt, es jemandem zu zeigen, aber jetzt hob ich die Kette unter meinem Pulli hervor und zeigte sie ihm. Xanders Ehering hing noch immer daran.

„Ich vermisse ihn, ich konnte ihm nie auf Wiedersehen sagen. Ich weiß, wie du dich fühlst. Du glaubst, ein Mensch wäre wegen dir gestorben."

„Ja."

Seine Antwort klang dünn und mir war seine Stimme plötzlich fremd. Ich wusste genau, welche Vorwürfe er sich machte.

„Ich habe wirklich jemanden sterben lassen. Eine solche Entscheidung will ich nie wieder treffen müssen."

Jetzt kämpfte ich mit den Tränen. Ich wollte, dass er mich in den Arm nahm, mich festhielt. Aber er sah mich einfach nur an, was ihn noch mehr Überwindung kosten musste. In meinem Kopf hämmerte es wieder, aber ich musste es diesmal ignorieren.

„Unsere Entscheidungen sind keine Zufälle. Sie sind Schicksal. Nichts passiert ohne Grund."

„Leicht gesagt."

„Ja. Leider müssen wir das nur auch bei den schlechten Dingen akzeptieren."

„So wie du es sagst, klingt es harmlos."

Er lehnte sich ein bisschen zurück und schloss die Augen. Wann er das letzte Mal ruhig geschlafen hatte, konnte ich nicht sagen. Er vermutlich auch nicht.

„Es ist nicht so, dass wir uns aussuchen können, wie das Leben so spielt. Weißt du, was helfen könnte?"

„Hm?"

„Vielleicht solltest du rausfinden, wessen Herz du jetzt hast."

„Und was soll das bringen?"

„Vielleicht weißt du dann, was du in deinem neuen Leben wieder tun kannst. Vielleicht weißt du dann auch wieder, was du mit dir selbst anfangen kannst."

Der folgende Blickwechsel dauerte in meiner Erinnerung fast zehn Minuten, aber vermutlich war er nach nur drei Sekunden vorbei. Irgendwann zuckte er die Schultern und richtete sich ein bisschen auf. Er wirkte jetzt deutlich nüchterner als vorher. Wenn ich ihn jetzt so ansah, dann merkte ich, dass er all seine Gefühle in den Augen trug. Er beugte sich ein bisschen zu mir und ich wollte kurz ausweichen, aber ich konnte es nicht. Ich legte meinen Arm um ihn und hielt ihn fest.

Nach der dritten Tasse Kaffee entschloss ich mich dazu, einen kurzen Blick in den Spiegel zu werfen. Andere Menschen werden wach, wenn sie eimerweise Kaffee tranken, ich bekam Augenringe die an einen ausgetrockneten See erinnerten. Während ich mich an den anderen Tischen in Sam's Kneipe vorbeischob, blieb ich an einem Stuhl hängen.

„Verzeihung."

Aber so schnell war das nicht abgetan. Denn – Charlie sah mich überrascht an, und ich erkannte in seinem Gesicht ebenfalls zwei ausgetrocknete Seen.

„Nicole! Was machst du hier?"

Ich konnte natürlich die Wahrheit sagen, aber es fiel mir schwer zu erwähnen, dass ich mit seinem Bruder in Xanders Stammkneipe einen Kaffee trank. Also entschied ich mich zu einer taktisch unklugen Aktion: ich stellte eine Gegenfrage.

„Ich dachte, du gehst nicht in die Stadt, um etwas zu trinken."

Er zuckte die Schultern und schob den Stuhl neben sich einladend ein bisschen zu Seite. Wenn ich zu lange blieb, würde Colin sich auf die Suche machen und mich hier finden. Aber das Risiko musste ich eingehen. Kaum hatte ich mich gesetzt, schon lächelte Charlie ein bisschen.

„Du siehst müde aus, Charlie."

„Der Kaffee hält wach."

„Wo warst du diese Nacht?"

„Überall und nirgends."

Ich hasste solche Antworten, weil sie so abgedroschen klangen. Es sei denn, Clint Eastwood sagte es in verstaubten Western-Klamotten und mit einem Zigarillo im Mundwinkel.

„Ich habe mich mit Colin gestritten. Zum ersten Mal in meinem ganzen Leben habe ich ihm all das gesagt, was ich schon immer sagen wollte. Danke."

„Du bedankst dich dafür bei mir?"

„Sicher. Immerhin hast du uns einen Grund dafür gegeben. Ich hätte nie etwas gesagt, wenn er sich nicht ausgerechnet in dich verliebt hätte."

„Charlie, kannst du mir ein bisschen was über den alten Colin erzählen?"

Ich bemerkte den verwirrten Blick der Bedienung. Leider konnte ich ihr nicht erklären, was ich jetzt an diesem Tisch zu suchen hatte, obwohl ein bisschen weiter hinten in einer kuscheligen Ecke meine Tasse Kaffee wartete – und ein anderer Mann.

„Über Colin?"

Es war nicht fair, das von ihm zu erwarten, aber ich wusste einfach nicht, wen ich sonst fragen sollte. Wenn ich Charlie ansah, dann konnte ich ihn als jungen Mann sehen, wie er in der Schreinerei arbeitete, wie er Holz vom Wagen hob. Noch mehr sogar: ich konnte ihn als kleinen Jungen sehen, wie er eine Steinschleuder in seiner Hosentasche hatte, während er von Baum zu Baum kletterte und kleine Figuren aus Holz schnitzte. Aber wie war Colin? Was war er für ein Mensch, bevor er plötzlich zu diesem Menschen wurde, der mir jetzt so nah war? Wenn ich Colin ansah, wusste ich, wer er war, vermutlich sogar besser als er selbst;

aber ich hatte nicht die leiseste Ahnung, was für ein Mensch er wirklich gewesen war.

Charlie nahm einen kräftigen Schluck Kaffee und beobachtete mich dabei genau. Er sah ein bisschen aus wie ein Sportler, der genau wusste, dass er verloren hatte – der aber trotzdem weiterkämpfte, weil sein Gegner vielleicht noch auf der Zielgeraden strauchelte.

„Er war mein Bruder, der einzige Mensch, der mich verstanden hat. Aber das habe ich dir alles schon mal erzählt."

„Stimmt."

Ich warf einen unauffälligen Blick in die Ecke, wo Colin saß, aber ich konnte ihn von hier nicht sehen. Also konnte er uns auch nicht sehen, und das war vermutlich auch besser so. Schon sah ich Colin und Charlie, wie sie sich prügelten und über Tische und Stühle fielen. Das wollte ich uns allen ersparen.

„Charlie, wenn du kein Hotel willst, du kannst gerne trotzdem bei mir wohnen."

Ob dieses Angebot wirklich ernst gemeint war, wusste ich nicht. Ich bot es ihm an, weil ich genau wusste, dass er es ablehnen würde. Es würde uns nicht helfen, wenn wir uns jetzt auch noch ein Haus teilen mussten. Er warf einige Geldscheine auf den Tisch und schüttelte den Kopf, während er den letzten Rest Kaffee aus der Tasse trank.

„Danke, aber ich bin im Moment ganz gerne alleine."

Er stand auf, nahm seine Jacke vom Stuhl und lächelte mich an. Ich wusste nicht, was er mir damit sagen wollte, aber ich lächelte zurück.

„Du solltest ihn nicht zu lange da hinten sitzen lassen."

Mein Lächeln verschwand sofort wieder von meinem Gesicht, aber Charlie lächelte noch immer.

„Ich habe euch gesehen, als ihr reinkamt."

„Und es macht dir nichts aus?"

Wieso stellte ich eigentlich so dämliche Fragen? Wollte ich ihm wirklich noch mehr wehtun? Zu gerne hätte ich mich geohrfeigt!

„Doch. Es tut weh. Deswegen bin ich ja so gerne alleine."

„Charlie, es ist alles nicht so einfach ... ich ..."

„Ich weiß. Du magst mich. Aber du liebst ihn. Oder vielmehr: was du in ihm zu sehen glaubst."

„Ich habe dir wehgetan. Das tut mir leid."

„Weißt du, was meine Mutter immer gesagt hat? Die Menschen, die sich am meisten lieben, die tun sich auch am meisten weh. Schönen Tag noch, Nicole."

Eigentlich musste ich Charlie hassen, weil er mir immer das Gefühl gab, als würde er meine Gedanken kennen und sie genau verstehen. Das tat er wirklich. Auch wenn ich ihm furchtbar wehtat, wie jetzt gerade, lächelte er noch immer und zuckte die Achseln – als würde es ihm nichts ausmachen, weil er auf bessere Tage wartete. Charlie war mit letzter Sicherheit der netteste Mensch, den ich je kennengelernt habe. Er hatte eine unendliche Geduld und so viel Wärme in seinem Blick. So sehr ich mir wünschte, für ihn das zu empfinden, was er für mich empfand, es wäre doch nur eine Lüge. Im Moment hatte ich nicht die Kraft, um ihn zu lieben.

Also ging ich auf die Toilette, wusch mir die Hände und kehrte zu Colin zurück.

„Alles okay?"

Er musterte mich kurz. Ich glaubte nicht, dass er wirklich wusste oder auch nur ahnen konnte, was gerade passiert war. Ich lächelte und nahm wieder Platz.

„Ja."

# „Ich liebe dich!"

Die nächste Woche war für mich sehr merkwürdig. Ich hörte nichts von Charlie und sah ihn auch nicht. Colin fragte manchmal nach ihm, aber leider hatte auch ich keinen Kontakt zu ihm. General John schien gar nicht zu bemerken, dass sein Sohn fehlte, oder er wollte es sich nicht anmerken lassen. Ich behandelte ihn absichtlich etwas kühler. Scott schien zwar zu merken, dass Charlie fehlte, immerhin fragte auch er, aber er schien vollkommen vergessen, sobald Colin in der Nähe war. Die beiden verstanden sich so gut, dass ich plötzlich etwas mehr Zeit für mich hatte. Während Colin und Scott eines Abends zusammen bei einem Modellbootwettbewerb waren, genoss ich die Ruhe in meinem Haus, zumindest teilweise. Ich hatte ein Abendessen mit Sally arrangiert, und sie konnte kaum kauen vor lauter Neugier.

„Er hat dich verlassen?"

Ich hatte den gesamten Hauptgang gebraucht, um sie auf den neusten Stand zu bringen. Jetzt war ich ihren Fragen ausgeliefert.

„Wir haben uns getrennt."

„Aber er ist gegangen. Und du bist jetzt mit seinem Bruder zusammen?"

„Nein."

„Aber du liebst ihn."

„Wen?"

„Gute Frage."

„Sally, bitte. Das nervt echt."

„Na, dann erkläre es mir. Dann nerve ich auch nicht mehr."

Ich nahm erst mal einen großen Schluck Eistee und sah sie dann wieder an. Leider hatte mir die kleine Pause nicht dabei geholfen, eine gute Erklärung zu finden.

„Ich mag Charlie, weil er Charlie ist."

„Aha."

„Und ich mag Colin, weil er …"

Ich wusste nicht, was ich sagen sollte. Sally meinte wohl, meine Gedanken zu kennen, also beendete sie den Satz für mich.

„… Colin ist."

Langsam schüttelte ich den Kopf. Sally verstand nicht und beugte sich etwas weiter zu mir. Ich versuchte, das in Worte zu fassen, was in meinem Kopf hallte.

„Ich mag Colin, weil er wie Xander ist."

Sally nickte und streichelte langsam meine Hand. Es war schön zu wissen, dass sie mich verstand, auch wenn ich genau wusste, dass sie niemals in einer solchen Situation sein würde. Das fing damit an, dass ihr Mann Jason noch am Leben war. Sie würde ihn nicht länger als ein Wochenende vermissen müssen. Niemals in ihrem Leben.

„Du bist noch nicht über Xanders Tod hinweg, Kleines. Das ist dein Problem."

„Ich habe ihm noch nicht Lebewohl gesagt."

Sie drückte kurz meine Hand, aber ich war damit beschäftigt, die Eiswürfel in meinem Glas zu bewegen. Mein Leben war genauso wie dieses Glas: immer wieder stießen die Eiswürfel aneinander, so wie mein Leben immer an Charlies oder Colins Leben stieß. Dabei verdrängten wir Wasser. Ich verdrängte Xander. Ich hätte alles dafür gegeben, um nur noch einen Moment mit ihm zu haben.

„Wenn ich nachts aufwache, ist das Bett neben mir leer. Als Charlie dort lag, war es schön, weil es Charlie war. Er hat mir durch eine schwere Zeit in meinem Leben geholfen ... Aber als Colin gestern dort lag, da war es wie früher."

Sally sah mir die ganze Zeit über in die Augen. Ich gab ihr einen freien Blick auf meine Seele, auf mein Leben ohne Xander – und doch mit ihm. Sein Schatten schwebte so dicht über meinem Kopf, dass ich manchmal glaubte, ihn sehen zu können.

„Scott und Colin, sie gehen zusammen einkaufen, er überprüft seine Hausaufgaben ..."

„Er hat den freien Platz eingenommen."

„Die ganze Zeit habe ich mir gewünscht, dass es wieder so ist wie früher."

„Als Xander noch am Leben war?"

„Ja. Ich wollte die Uhr zurückdrehen, wollte alles ungeschehen machen. Und jetzt ist es irgendwie passiert."

„Und das freut dich nicht?"

„Doch. Sehr sogar! Colin und ich, wir müssen nicht mal alles in Worte fassen. Wir verstehen uns einfach blind. Und ich bin glücklich."

Sally drückte wieder meine Hand und lächelte. Es hatte lange gedauert, das zuzugeben, aber es war nun mal so. Es war alles noch immer unglaublich kompliziert, aber das war auch gut so. Oder zumindest wusste ich, dass es eines Tages gut sein würde.

„Ich freue mich für dich, Nicole. Wirklich. Du hast eine zweite Chance verdient. Colin ist sehr nett."

Ich wusste, dass sie es jetzt ernst meinte, auch wenn sie das bei Charlie auch gesagt hatte. Damals hat sie es auch ernst gemeint. Jeder Mann, der mich aufheiterte, war in Sallys Augen nett und anständig. Sie war schon so etwas wie meine Mutter – nur hatte sie einen besseren Kleidergeschmack.

Hinter uns ging die Tür auf und wir konnten die beiden schon reden hören. Jedes zweite Wort hatte etwas mit Modellbau zu tun. Scott schien gar nicht mehr zu bremsen. Er stürmte in die Küche, winkte Sally nur flüchtig zu, und hielt einen scheinbar unendlichen Monolog über die Wasserlager von einem Kielzugvogel. Gott weiß, was er mir damit sagen wollte. Als er eine kurze Pause machte, nur um Luft zu holen, fiel Colin ein.

„Und den Rest erzählen wir euch gerne ein anderes Mal, und dann etwas undetaillierter."

Scott grinste frech und schob seine Brille nach oben, während er nickte.

„Also gut."

„Du solltest jetzt auch schon längst im Bett sein. Ihr habt gesagt, es wird nicht später als neun."

Mein strafender Blick ging auch in Richtung Colin, der es mir versprochen hatte, aber natürlich war ich nicht sauer. Scott wäre auch unter normalen Umständen nicht um neun Uhr im Bett gewesen. Jungs in seinem Alter hatten doch hundert verschiedene Tricks drauf, um noch eine halbe Stunde, und noch eine halbe Stunde rauszuschlagen. Oder ich war als Mutter einfach viel zu dämlich.

„Ich bin ja schon weg. Aber morgen erzähle ich euch alles!"

Er drückte mich kurz, winkte Sally wieder nur zu und sauste an uns allen vorbei nach draußen. In meinem Kopf fühlte es sich an, als ob ein Wirbelwind durchgezogen wäre.

„Tut mir leid, dass es später geworden ist, aber er wollte sich noch ein paar Modelle ansehen."

„Kein Problem. Hat es dir denn auch ein bisschen Spaß gemacht?"

Colin nahm neben mir Platz und legte den Schlüssel neben mich auf den Tisch. Er nickte und lächelte.

„War toll. Ich habe einen Jungen kennengelernt, der wirklich Ahnung hat."

„Ahnung von Modellen?"

„Ahnung vom Schreinern."

Sally sah mir an, dass ich etwas verwirrt war und warf einen Alibiblick auf ihre Uhr. Ich starrte noch immer zu Colin, der meinem Blick aber auswich.

„Oh, schon so spät. Ich müsste schon längst zu Hause sein."

Sie schob ihren Stuhl zurück und stand auf. Ich hätte gerne noch etwas länger mit ihr gesprochen, aber das würde ich spätestens morgen am Telefon tun.

„Wir können morgen zusammen frühstücken."

Das war ein sehr guter Vorschlag. Ich nahm ihn dankend an und versprach, kurz nach acht in Sam's Kneipe zu sein, weil ich Scott in die Schule bringen musste. Fast unbemerkt verschwand Sally aus der Küche. Erst als ich die Tür ins Schloss fallen hörte, wandte ich mich wieder Colin zu, der damit beschäftigt schien, das Muster meiner Küchentischdecke auswendig zu lernen.

„Ein Schreiner?"

„Nicole, bitte ... reg dich nicht auf."

„Du willst Charlie ersetzen?"

War es nicht schlimm genug, dass ich ihn ersetzt hatte? Er sah mich endlich wieder an, sein Blick war entschlossen, aber trotzdem erschien er mir ein bisschen unsicher.

„Ich will ihn nicht ersetzen. Ich muss ihn ersetzen. Arbeitest du nicht jeden Tag in der Firma? Wir stehen vor dem Aus, wenn wir das nicht schon hinter uns haben. Irgendwann müssen wir dieses Spielzeug machen, es war immerhin seine Idee."

„Vollkommen richtig. Es war *seine* Idee! Du kannst das nicht mit jemand anderem machen. Ihr zwei seid ein Team, ihr funktioniert nur zusammen."

„Nicole ..."

Ich wusste, dass er bestimmt ein sehr gutes Argument hatte, aber ich ließ ihn nicht zu Wort kommen.

„Nein. Du kannst ihn nicht einfach ersetzen. Er ist dein Bruder!"

Als ob ich ihm das wirklich sagen musste. Er verbrachte Stunden in Charlies Büro, wenn er dachte, dass niemand es bemerken würde. Aber ich hatte ihn gesehen, er saß dann einfach am Schreibtisch, blätterte durch alte Skizzen oder Fotos. Wie konnte er es jetzt überhaupt in Betracht ziehen, seinen Bruder zu ersetzen?

„Wer soll es denn dann schreinern?"

„Du!"

Es kam mir so leicht über die Lippen, dass es mich wunderte, wieso ich noch nicht früher darauf gekommen war. Aber er lächelte nur und schüttelte den Kopf.

„Wieso denn nicht?“

„Weil ich es nicht kann. Das konnte ich nie. Wir waren ein Team. Ich habe es gezeichnet, er hat es geschreinert. So hat das immer funktioniert. Und zwar nur so!“

Wieso er mich anschrie, wusste ich auch nicht, aber vielleicht fühlte er sich dann ja besser. Was er konnte, das konnte ich schon lange, deshalb legte ich auch an Lautstärke zu.

„Du sagst es! Dann erzähl mir nicht, dass du Charlie austauschen willst!“

Wir sahen uns an, die Stille klang in meinen Ohren wie ein Rauschen. Schließlich wandte er seinen Blick ab.

„Du hast recht.“

Wieso ich so für Charlie kämpfte, das wusste ich auch nicht, aber ich fand es schon schlimm genug, dass ich ihn einfach so ersetzt hatte – wie konnte es Colin da wagen, mir das nachzumachen. Ich griff über den Tisch nach seiner Hand.

„Du musst mit Charlie reden, Xander.“

Colin sah mich langsam an. Sein Gesicht ließ mich diesmal nicht erahnen, was er dachte. Ich streichelte langsam seine Hand, aber er entzog sich meiner Zärtlichkeit.

„Was ist?“

„Ich heiße Colin. Nicht Xander.“

In manchen Momenten verschwimmen Erinnerungen von früher mit Ereignissen von gerade eben.

Das nennen die Menschen dann Alzheimer – aber das war es hier wohl nicht. Es war eher ein Cocktail aus Wunschdenken und Realität, mit ein bisschen zu viel Alkohol; also verlor ich die Übersicht und verwechselte die Personen. Der Streit zwischen Colin und mir kam mir bekannt vor. Die Art und Weise, wie wir gestritten hatten, nicht worüber. Damals war mein Streitpartner aber Xander – und nicht Colin. Jetzt war mir *sein* Name herausgerutscht! Ich sah ihn entschuldigend an.

„Muss dir nicht leid tun. Schon okay. Ehrlich."

Während ich meinen Schockmoment noch lange nicht überwunden hatte, griff er wieder nach meiner Hand und küsste sie sanft. Dann stand er auf.

„Sehen wir uns morgen im Büro?"

„Nein, warte ... es tut mir wirklich leid."

Ich stand ebenfalls auf und griff wieder nach seiner Hand, was er diesmal auch zuließ. Ob ich ihn an mich zog oder er mich, ich wusste es nicht. Jedenfalls schlang ich meine Arme um ihn und hielt ihn fest.

„Du musst dich nicht entschuldigen, weil du deinen Mann nicht vergessen hast."

Auch wenn ich ihm glauben mochte, wusste ich, dass dieser Ausrutscher mit letzter Sicherheit einen Schmerz in der Nähe seines Herzens verursacht hatte.

„Es macht mir gar nicht so viel aus."

Während er das sagte, schob er mich ein bisschen von sich weg, um mich besser ansehen zu können. Er lächelte mich liebevoll an.

„Wenn du mich mit Xander verwechselt hast, wenn auch nur für den Bruchteil einer Sekunde, dann ist das doch ein Kompliment – oder nicht? Wenn ich dich an den Mann erinnere, den du so sehr geliebt hast …"

Er nahm mein Gesicht sanft in seine Hände und sah mich direkt an. Inzwischen konnte auch ich wieder ein bisschen lächeln, weil ich es von dieser Seite noch nie gesehen hatte. Ich werde Xander nicht wieder zurückbekommen, das hatte ich begriffen; aber ich hatte jemanden gefunden, der ihm so ähnlich war, dass es nicht mehr so wehtat.

Ich streckte mich ein bisschen und küsste ihn zärtlich.

„Danke."

So standen wir in der Küche und sahen uns an. Es war eigentlich nur ein Blickwechsel, aber ich wusste, dass es nun soweit war. Inzwischen wusste ich nicht mehr ganz genau, wie lange es her war, dass Xander den Unfall hatte. Aber es war schon eine ganze Weile. Bisher hatte ich nicht wieder das Bedürfnis, mich einem Mann unendlich nah fühlen zu wollen. Heute, in der Küche, in Colins Armen, da wurde mir klar, dass ich wieder soweit war. Ich wollte mit ihm schlafen. Und er wollte mit mir schlafen. Ich fühlte mich fast wie vor dem ersten Mal, weil ich nie gedacht hatte, jemals wieder mit einem anderen Mann zu schlafen. Es war vielleicht eine romantische Vorstellung, aber als ich Xander mein Ja-Wort gegeben hatte, meinte ich es ernst. Er sollte der Mann an meiner Seite sein … bis dass der Tod uns scheidet. Aber diesen Gedanken wischte ich jetzt zur Seite. Und mir gefiel das Bild, das ich sah. Colin, wie er mir den BH öffnete und dabei zärtlich meine Schulter küsste. Das Kribbeln im Bauch fühlte sich an, als ob eine Fliegerstaffel Kurs auf meinen Magen genommen hätte, von der Gänsehaut am ganzen Körper ganz zu schweigen.

Ich drehte mich wieder zu ihm und sah sie zum ersten Mal. Er hatte es bisher vermieden, in meiner Anwesenheit das T-Shirt auszuziehen. Sie war größer, als ich es mir vorgestellt hatte. Ich wollte mit dem Zeigefinger langsam über die Narbe an seiner Brust fahren. Er griff nach meiner Hand und hielt sie fest, bevor ich sie berühren konnte. Es schien ihm unangenehm und so trat ich noch ein Stück näher an ihn heran.

„Tut sie noch weh?“

Er schüttelte den Kopf.

„Sie ist einfach nur ...“

Damit wich er meinem Blick aus. Er wollte sie mit absoluter Sicherheit am liebsten verschwinden lassen. Ich küsste ihn und befreite meine Hand aus seiner.

„Ich finde sie nicht schlimm.“

Langsam fuhr ich mit dem Finger über seinen Brustkorb. Zuerst zuckte er fast ein bisschen zusammen, aber dann entspannte er sich. Mir wurde bewusst, dass es auch für ihn keine leichte Situation war. Auch wenn diese Narbe ihm das Leben gerettet hatte, einfach war es nicht. Und der lange Weg an das ersehnte Ziel erschien ihm unendlich. Aber hier waren wir. Zusammen ... Er sah mich wieder an und seine Hände griffen an die Kette, die noch immer um meinen Hals baumelte. Xanders Ehering.

„Darf ich?“

Da ich nicht zum Sprechen in der Lage war, nickte ich einfach und sah zu, wie er sie mir langsam abnahm. Bevor er sie zur Seite legte, schien er einen kurzen Moment zu warten, als würde er sicher gehen wollen, dass ich das auch wirklich wollte. Ich starrte auf den Ring und die Gravur, die nur Xander und mir etwas bedeutete. Bevor ich von den Erinnerungen übermannt werden konnte, nickte ich erneut und Colin legte die Kette in die Schublade des Nachtkästchens. Langsam drehte er sich wieder zu mir, ich lächelte, streckte meine Hand aus und endlich war wieder jemand da, der sie annahm.

Als ich am nächsten Morgen wach wurde, weil der Wecker mir auf eindeutige Weise klarmachte, dass es Zeit für den Tagesbeginn war, schien ich einen kurzen Moment verwirrt. Wieso ich Xander neben mir erwartet hatte – das in Worte zu fassen, war mir nicht möglich. Aber als ich in Colins Gesicht sah, war es einen kurzen Moment lang wie ein Schock. Ein winzig kleiner Moment, dann waren die Erinnerungen wieder da. Wie er mich berührt und geküsst hat, wie es sich angefühlt hat. Und schon hatte ich die Erklärung, wieso ich eigentlich Xander erwartete. Wenn man zum ersten Mal mit einem Mann schlief, dann war es nicht unbedingt immer vertraut. Es war vielmehr eine erotische Art des Kennenlernens, nach einer Weile war es dann Vertrautheit. Diesen Zeitraum schienen Colin und ich auf mystische Weise übersprungen zu haben. Seine Hände fühlten sich auf meiner Haut so vertraut an, als wären es schon immer seine Hände gewesen, die mich berührt hatten.

Er war schon wach und lächelte, während ich mich noch ein bisschen streckte. Es war schön, neben ihm aufzuwachen.

„Hi."

„Guten Morgen."

Ich rollte mich auf die Seite und ließ mich von ihm in den Arm nehmen. Der Wecker störte uns noch immer. Aber ich war zu faul, um ihn auszuschalten. Das war ich morgens eigentlich immer, so verhinderte ich auch, dass ich wieder einschlief. Dazu neigte ich nämlich auch. Vor allem heute.

„Ich muss Scott aufwecken."

„Wenn du den Wecker noch ein bisschen länger klingeln lässt, dann weckst du die ganze Straße."

War es eigentlich erlaubt, dass ein Mann so gut roch? Ich lehnte an seinem Hals und roch seine Haut. Er müsste kein Aftershave benutzen, wenn es nach mir ginge.

„Ich will noch nicht aufstehen."

Er küsste meine Wange und ließ mich los, während er sich von mir wegrollte. Dabei hielt ich möglichst lange seine Hand. Bei Xander wusste ich genau, wie lange das ging. Er war ziemlich groß und hatte kräftige und lange Arme. Er konnte meine Hand auch dann noch halten, wenn er schon am Bettrand saß. Bei Colin klappte das fast; während er sich aufsetzte, hielt ich immer noch zwei Finger.

„Wenn du willst, fahre ich ihn zu Schule, dann kannst du noch ein bisschen schlafen."

„Das ist nett, aber ich treffe mich doch mit Sally zum Frühstück."

Er sah über seine Schulter zu mir, das Klingeln des Weckers nahm ich inzwischen nicht mehr wahr – was hauptsächlich daran lag, dass ich in seine blauen Augen schaute. Ein merkwürdiges Lächeln lag auf seinem Gesicht. Gerne hätte ich mir eingebildet, es gälte nur mir, aber da war noch mehr. Ich setzte mich etwas auf und betrachtete ihn genauer. Die Narbe auf seiner Brust erschien mir heute nicht mehr ganz so groß.

„Ist alles okay mit dir, Colin?"

Er nickte und lehnte sich über das Bett zu mir rüber, um mir einen zärtlichen Kuss zu geben. Xander hatte das auch gemacht.

„Es geht mir wunderbar. Ich fühle mich fantastisch. Und mir sind gestern Nacht zwei Sachen klar geworden."

Er machte eine kleine Pause, aber ich wollte nicht fragen. Außerdem wollte ich ihm diesen Moment nicht kaputt machen, es schien ihm nämlich wichtig.

„Erstens weiß ich jetzt, dass wir dieses Spielzeug bauen müssen."

Er lächelte jetzt noch etwas breiter und ich wartete auf die zweite Sache. Aber er drückte mir nur noch einen Kuss auf und stand dann auf.

„Und zweitens?"

Er zuckte die Schultern und verschwand im Bad. Bevor ich ihm folgte, schlug ich mit der flachen Hand auf den Wecker, der nur noch ein absterbendes Piepen hören ließ, und dann in bester Filmtodmanier vollends den Geist aufgab.

Colin zog sich ein T-Shirt an und sah mich fragend an, als wüsste er nicht, auf was ich wartete.

„Du hast zwei Sachen gesagt."

„Ja."

„Und?"

„Geduld."

„Ich bin einer dieser Menschen, die keine Geduld haben. Bei mir hat das der liebe Gott wohl vergessen."

„Grüß Sally von mir. Ich muss los. Wir sehen uns dann im Büro."

Er ging an mir vorbei und mir blieb nichts anderes übrig, als die gewünschte Geduld aufzubringen. Was auch immer ihm klar geworden sein mochte, es gefiel mir, sein Lächeln zu sehen. Und es gefiel mir zu sehen, dass ich lächelte.

Nachdem ich Scott geweckt hatte, sprang ich nur schnell unter die Dusche, wobei mir zum ersten Mal bewusst auffiel, dass ich die Kette mit Xanders Ring nicht mehr um den Hals hatte. Für gewöhnlich hatte ich sie immer vor dem Duschen abgenommen, aber als ich diesmal an meinen Hals griff, war sie nicht mehr da. Während das warme Wasser über meinen Körper lief, fragte ich mich, ob ich Xander losgelassen hatte – aber mir fiel keine eindeutige Antwort ein. Also beschloss ich, die Frage zu verschieben und drehte das Wasser ab. Als ich nach draußen stieg und ein Handtuch um mich wickelte, war der Spiegel voll beschlagen. Oder zumindest fast ... Langsam kam ich näher und sah mir die Streifen auf dem Spiegel etwas genauer an, die jetzt Buchstaben ergaben:

*2. Ich liebe dich! C*

# Unfall

„Du hast mit ihm geschlafen?"

Zumindest war Sally so nett und nahm sich bei ihrer Reaktion in der Lautstärke ein bisschen zurück, auch wenn ich sicher war, dass es die Herrschaften am Nebentisch trotzdem verstanden hatten.

„Das ist der Wahnsinn!"

„Ist es das? Ich habe gedacht, Menschen tun das auch heute noch hin und wieder."

Es fiel mir gar nicht so schwer, darüber zu sprechen. Ich hatte angenommen, ich würde vor Scham im Boden versinken, wenn ich mit jemandem darüber reden müsste. Aber jetzt erschien mir alles völlig normal.

„Wow!"

„Sally, bitte, es ist keine unendlich große Sache. Wir hatten nur Sex."

Schon ausgesprochen klang es wie eine Lüge, und Sally war offensichtlich der gleichen Meinung. Sie musste nur den Kopf schief legen und ich wusste, dass meine Lüge durchschaut war.

„Ich bitte dich, es ist doch nicht nur Sex. Ich meine ... es ist Sex."

Als hätte ich in der Highschool mit meiner besten Freundin auf der Mädchentoilette über Sex mit Jungs gesprochen! Dass wir erwachsene Frauen waren, schien zumindest Sally vergessen zu haben.

„Meine Worte."

„Und was war das mit der Nachricht an dem Spiegel?"

„Die war für mich."

„Schon klar, aber liebst du ihn auch?"

Wie konnte man mir solche Fragen an so einem Morgen stellen, während meine Kaffeetasse noch halb voll war? Ich hatte versucht, diese Frage möglichst weit von mir zu schieben, aber jetzt stand sie da, und ich dachte einen kurzen Moment darüber nach.

„Ich weiß es nicht."

„Du weißt es nicht? Wie fühlt es sich denn an, wenn du nachts nach seiner Hand greifst?"

„Gut."

„Gut – oder sehr gut?"

Sally war schon immer gut in diesem Spiel. Sie hatte mir auch immer die gemeinsten Fragen bei „Wahrheit oder Pflicht" gestellt. Ich kam mir dann wie in einer FBI-Verhörzelle vor.

„So gut, dass er nicht mehr weggehen soll."

Diese Antwort war die ehrlichste, die mir einfiel; mehr konnte sie von mir auch nicht erwarten, aber das tat sie offensichtlich auch nicht. Sie sah mich aus ihren großen Augen an und lächelte.

„So was nennt man Liebe, Nicole. Willkommen zurück im Leben!"

In meiner Tasche klingelte das Handy und ich griff geistesgegenwärtig danach, während ich Sally überrascht ansah.

„Wer kann das sein?"

Ich erkannte die Nummer auf dem Display nicht und drückte auf die grüne Taste. Sally nahm einen Schluck Kaffee und lächelte noch immer.

„Hallo?"

„Nicole? Hi, hier ist John."

Der General! Ich spürte, wie jeder Muskel meines Körpers sich verkrampfte und ich gleichzeitig in panischer Angst zu Sally sah. Sie setzte die Tasse ab, die Panik in meinen Augen erkannte sie sofort. Das war jetzt bestimmt verrückt, aber ich malte mir ein Horrorszenario aus, wenn ich seine Stimme hörte. Tag für Tag war ich in Johns Haus, aber der General sprach kaum mit mir. Wieso sollte er mich anrufen, wenn nicht, um etwas sehr Ernstes zu besprechen? Es ging vielleicht um Charlie?

„John. Ist was passiert?"

„Ja ... ähm ... eigentlich sollte ich jetzt ins Krankenhaus fahren ..."

„Krankenhaus?"

Mein Herz wollte aufhören zu schlagen. Wieso, um alles in der Welt, fingen meine Telefonate immer mit dem Wort „Krankenhaus" an und endeten mit: „Es tut mir wirklich unendlich leid ..."

„Ja, Colin ..."

Sally schien in meinem Gesicht lesen zu können wie in einem aufgeschlagenen Buch. Sie stand auf und holte unsere Jacken, während ich das Telefon etwas fester umklammerte.

„Soll ich Sie abholen?"

„Nein, fahren Sie bitte direkt hin ... Ich komme nach ... wenn ich wieder nüchtern bin."

Eigentlich war ich höflich genug, um mich vor dem Auflegen zu verabschieden, aber diesmal reichte meine Kraft nur, um das Handy in die Tasche fallen zu lassen. Sally stand schon mit den Autoschlüsseln neben mir und warf einen Haufen Geldscheine auf den Tisch.

„Ich fahre dich."

Was vermutlich auch besser war – denn ich war nicht mal in der Lage, ordentlich durch die Tür zu gehen. Alles um mich herum drehte sich. Ich brauchte meine ganze Energie, um nicht durchzudrehen.

An der ersten roten Ampel sah Sally zum ersten Mal zu mir, seitdem wir das Lokal verlassen haben.

„Was hat er denn?“

„Keine Ahnung ... vielleicht was mit seinem Herz ...“

„Bestimmt nicht.“

„Ach nein? Was ist es dann?“

Aber darauf hatte sie keine Antwort. In meinem Kopf spielten sich alle möglichen und unmöglichen Szenarien ab. Diese Fahrt erinnerte mich sehr daran, wie es damals war, als ich mit Scott auf dem Rücksitz ins Krankenhaus gefahren war. Ich hörte die Ärzte sagen, dass sein Herz wieder schlechter geworden war, und er vielleicht nicht überleben würde. Ob Charlie auch im Krankenhaus war, wusste ich nicht – also noch ein Mittel, das meine Kopfschmerzen vermehrte. An jeder roten Ampel verfluchte ich die Verkehrszeichen. Wieso mussten auf dem Weg zum Krankenhaus so viele Ampeln stehen? Sally fuhr die gleiche Strecke, die ich damals gewählt hatte. Inzwischen lag es auch schon wieder eine ganze Weile zurück, dass ich das letzte Mal dort gewesen war. Damals hatte ich die letzten persönlichen Sachen von Xander abgeholt. Jetzt fuhr ich hin, um einen anderen Mann zu besuchen, den ich in mein Herz geschlossen hatte – in dem ich noch das Bild von Xander trug. Die Vorstellung, dass Colin im Sterben liegen könnte, traf mich wie ein spitzer Speer direkt ins Herz. Wie konnte man nur in der Lage sein, einen Menschen, den man erst so kurze Zeit kannte, auf eine ganz besondere Art und Weise so sehr zu ... zu lieben!? Dieses Gefühl machte mir Angst. Ich dachte nämlich nicht nur an Colin, sondern auch an Charlie. Was würde aus ihm werden, wenn sein Bruder jetzt doch noch sterben würde? Wie würde er mit einem solchen Verlust klarkommen? Meine Gefühle für Charlie hatten sich nicht verändert, ich mochte ihn unheimlich. Ich wollte ihn nicht verlieren – und die Vorstellung, ihn nur als Freund zu haben, verunsicherte mich nach wie vor. Ich hatte einen Platz für ihn in meinem Herzen gefunden, an dem noch nie ein anderer gewesen war. Nicht Xander und auch nicht Colin. Was zum Henker war nur los mit mir ? Was war los mit dieser Welt?

„Mrs Jackson? Was machen Sie denn hier?"

Ein Wunder, dass sich die Schwestern hier noch an mich erinnerten. Ich war schon lange nicht mehr hier gewesen, habe auch niemanden vermisst, wenn ich ganz ehrlich bin. Außerdem hatte ich angenommen, sie würden mich vergessen. Ich war doch nichts weiter als die Frau eines ehemaligen Patienten.

„Ich hatte gehofft, Sie hier nicht mehr sehen zu müssen."

Das war doch wenigstens ehrlich und ich musste lächeln. Diese Schwester hatte mir damals einige Male Mut gemacht und mich nachts mit Schokolade versorgt, als ich nicht schlafen konnte. Damals hatte ich die Abende damit verbracht, Xander anzusehen. Ich wollte mir jede Kleinigkeit an ihm merken. Wenn er aufwachte, wollte ich bei ihm sein. Das war nur leider nie passiert.

„Ich wollte Mr Shaw besuchen. Er ist gerade eingeliefert worden."

Sie runzelte kurz die Stirn und sah mich nachdenklich an. Ich hoffte sehr, dass sie mir jetzt nicht sagen musste, dass Colin gestorben war. Meine Hand griff nach der Theke vor mir, mein Herz fing an zu rasen. Sally legte beruhigend den Arm um mich. Sie war genau die Stütze, die ich jetzt brauchte.

„Lebt er noch?"

Die Frage stellte ich sehr leise, weil ich eigentlich keine Antwort darauf wollte. Aber ich würde auch nicht länger hier stehen können, ohne es zu wissen. Wenn das eine Art Heimsuchung war, dann würde ich sie nicht überstehen.

„Natürlich. Es wundert mich nur, dass Sie hier sind. Wegen ihm, meine ich."

„Wieso überrascht Sie das?"

„Na, aus naheliegenden Gründen."

Sie nickte auf eine Tür in unserer Nähe und lächelte matt.

„Er ist da drinnen."

Nachdem ich mich bedankt hatte, machte ich mich auf dem Weg. Vor der Tür nickte mir Sally noch mal zu und lächelte.

„Alles wird gut, hörst du? Ich warte hier auf dich."

Sie klang so optimistisch und ich versuchte, mir etwas Zuversicht von ihr zu leihen. Bevor ich die Tür aufschob, stellte ich mich auf ein mir nur allzu bekanntes Bild ein: ein Mann in einem Krankenbett, angeschlossen an unzählige Schläuche. Aber kaum hatte ich den Raum betreten, wurde ich mal wieder überrascht.

Colin saß auf dem Bett und hatte eine Bandage um die rechte Hand gelegt. Er hatte wohl stark geblutet, das konnte ich sehen. Er sah mich überrascht an und wusste ganz offensichtlich nicht, was er sagen sollte. Mir ging es nicht anders. Ich starrte ihn an.

„Was machst du denn hier?“

Wie sollte ich das in Worte fassen, was in den letzten paar Minuten mit mir passiert war? Ich entschloss mich einfach, ehrlich zu sein.

„Ich habe gedacht, du stirbst!“

Wieso ihm mein Ausspruch ein Lächeln auf das Gesicht zauberte, wusste ich nicht. Er schüttelte den Kopf und nickte in Richtung seiner Hand.

„Es geht nicht um mein Herz. Es geht um meine Hand.“

Ich wusste nicht, was ich sagen sollte. Ich wollte lachen und weinen, ihn umarmen und ihn ohrfeigen, weil er mich dazu gebracht hatte, die Kontrolle über mich zu verlieren.

„Wer hat dich angerufen?“

„Der General.“

„Oh. Würdest du mich endlich in den Arm nehmen?“

Und genau das tat ich, bedacht darauf, seine Hand nicht zu berühren, weil ich glaubte, dass er noch Schmerzen haben musste. Weswegen wäre er sonst in ein Krankenhaus eingeliefert worden?

„Ich habe mir wirklich Sorgen um dich gemacht. Ich habe gedacht du ... du gehst weg.“

Ich konnte die Worte Tod und Colin nicht in einem Satz unterbringen, ohne in Tränen auszubrechen. Ich kam mir unglaublich albern vor, aber ich hatte beschlossen, ehrlich zu sein. Er strich sanft über meine Wange und lächelte.

„Aber ich bin noch da."

Und ich war unglaublich froh darüber. Eine andere Version dieser Geschichte wollte ich mir gar nicht mehr vorstellen. Ich hielt seine gesunde Hand fest in meiner.

„Colin, ich muss dir was sagen. Ich habe gelesen, was du an den Spiegel geschrieben hast."

„Es hat funktioniert?"

Er lächelte wie ein Schuljunge, dessen Streich funktioniert und bei allen Freunden für offen stehende Mundwerke gesorgt hatte.

„Und ich ..."

Wieso stellte ich mich so an? Es waren nur drei Wörter. Nur drei dämliche Wörter, die mir so unglaublich schwer über die Lippen kommen wollten.

„Ich liebe dich auch. Und ich will diese zweite Chance, die ich bekommen habe, nicht verlieren."

„Soll das heißen, ich darf dir morgen wieder was an den Spiegel schreiben?"

Während mir die erste Träne über die Wange lief, lächelte ich glücklich und drückte sanft seine gesunde Hand.

„Und übermorgen und die Tage danach."

Er beugte sich zu mir und küsste mich. Ich wusste noch immer nicht, wie das mit seiner Hand passiert war, ich wusste nicht wie groß die Schmerzen waren oder ob er unter Schmerzmitteln stand – aber ich durfte ihn in meinem Arm halten und das war wunderbar.

„Weißt du, ob der General auch Charlie angerufen hat?"

„Keine Ahnung."

„Selbst wenn, er würde wohl nicht kommen, oder?"

Ich schüttelte traurig den Kopf und sah kurz in eine andere Richtung. Auch ich hatte gehofft, ihn hier zu treffen. Colins Schultern sanken noch ein bisschen tiefer, während er sich auf seine Hand konzentrierte.

„Ihr solltet aufhören, mich zu unterschätzen."

Ich hatte nicht gehört, wie hinter uns die Tür geöffnet worden war, und ich hatte keine Ahnung, dass er uns zugehört hatte. Eigentlich hätte ich es aber spüren müssen. Ich drehte mich zu ihm um und sah ihn in der Tür stehen, vollkommen übernächtigt. Er sah mich an und gleich verschwand ein bisschen Traurigkeit aus seinen Augen.

„Hi ihr beiden."

„Charlie, hi."

„Was ist passiert, Colin?"

Colin hob die Hand und versuchte zu grinsen, was ihm aber gar nicht so leichtzufallen schien.

„Ich habe versucht, das Holzspielzeug zu bauen."

Charlie schüttelte mitleidig den Kopf und nahm auf einem Stuhl mitten im Raum Platz, während er sich die bandagierte Hand seines Bruders ansah.

„Das hast du noch nie gekonnt. Unsere Rollen waren doch ganz gut verteilt. Du hast es gezeichnet, ich habe es geschreinert."

„Der Fantast und der Realist."

„Und wieso musst du es dann ändern?“

Colin zuckte die Schultern und sah seinen Bruder nachdenklich an. Das war doch verrückt: Sie hatten wirklich die Rollen getauscht! Charlie war ganz offensichtlich der ältere Bruder, auch wenn die Geburtsurkunden etwas anderes behaupteten.

„Weil ich nicht mehr zeichnen kann ...“

Colin hatte es geflüstert und Charlie beugte sich ein bisschen vor, um seinen Bruder besser ansehen zu können. Ich war nur noch eine Randfigur, eigentlich war ich gar nicht mehr da.

„Das ist egal. Vielleicht ist die alte Zeit vorbei. Endlich.“

„Ja, jetzt klaue *ich* dir dein Mädchen.“

Charlie lächelte verletzt und sah endlich zu mir. Es zerriss mir fast das Herz, ihn so sehen zu müssen. Ich wollte keinen von beiden verletzen. Charlie versuchte tatsächlich, mir ein Lächeln zu schenken, aber es fiel ihm unendlich schwer.

„Vielleicht. Vielleicht auch nicht.“

Ich versuchte, mir nichts anmerken zu lassen, aber er hatte es genau getroffen. Er hatte es so gut getroffen, dass es mir Angst machte.

„Das werden wir erst noch sehen.“

Ich konnte nicht anders. Ich musste aufstehen und ihn umarmen. Zuerst fühlte es sich an, als hielt ich einen Eisblock in den Armen, doch dann legte auch er langsam die Arme um mich und hielt mich fest.

Als der Arzt durch die Tür kam, um sich Colins Wunde anzusehen und zu behandeln, verließen Charlie und ich den Raum. Wir wollten uns eine Tasse Kaffee gönnen. Nun saßen wir wieder zusammen im Warteraum und fühlten uns an Dinge erinnert, die wir vergessen wollten.

„Charlie ... ich wollte dir nicht wehtun."

„Hast du aber."

„Ich weiß."

Er sah mich wieder an. Ich musste dieses Gespräch führen, sonst würde ich nicht weiterleben können. Aber auch er schien etwas sagen zu wollen. Und ich würde zuhören.

„Als ich heute gehört habe, dass Colin wieder ins Krankenhaus gebracht wurde, habe ich mir das Schlimmste ausgemalt. Ich wollte dieses Gefühl nie wieder haben. Aber es war plötzlich wieder da. Und es hat mir Angst gemacht. Ich hatte mir fest vorgenommen, ihn zu hassen, weil er dich mir weggenommen hat. Aber ihn zu verlieren ... das tut weh."

Ich konnte meinen Blick nicht von ihm nehmen, weil plötzlich wieder all das an ihm war, was ihn damals so anziehend gemacht hatte.

„Aber ich will nicht, dass wir beide, du und ich..."

Ich nickte nur, weil ich wusste, was er sagen wollte, ich es aber nicht ausgesprochen hören wollte. Er nickte ebenfalls.

„Ich habe nicht gewusst, dass es mit dir so kompliziert werden kann."

„War es doch gar nicht."

„Bis mein toter Bruder aufgetaucht ist."

Ich musste tatsächlich ein bisschen lachen, weil er recht hatte. Bevor Colin in unser Leben getreten war, hatte ich nicht die leiseste Ahnung, wie das alles werden würde.

Manchmal spielt uns das Leben absurde Streiche, die wir nicht verstehen, von denen wir uns betrogen fühlen. Aber vielleicht hat alles einen Sinn.

„Du musst Colin dankbar sein."

Ich verstand nicht, was er mir damit sagen wollte.

„Sonst hättest du erst viel später erfahren, dass ich nicht der Richtige für dich bin."

„Das stimmt nicht."

„Aber du liebst Colin. Nicht mich."

Ich könnte ihn anlügen, könnte versuchen, meine Gefühle für Colin herunterzuspielen, aber es würde uns allen nichts bringen. Ich hatte eine Entscheidung getroffen. Jetzt musste ich dazu stehen. Dennoch fiel mir die Aussage unglaublich schwer, ich hätte keine ernsten Gefühle für Charlie. Zwar versuchte ich seit einer langen Zeit, gar nicht an dieses schmerzende Gefühl in meinem Inneren zu denken, aber wann immer Charlie in meiner Nähe war, fiel es mir schwer.

„Ja und nein."

Charlie sah mich zweifelnd an, aber es war die Wahrheit. Zumindest kam es der Wahrheit am nächsten. Es tat mir weh, ihn so zu sehen. Es tat mir weh, ihm nicht mehr geben zu können.

„Das ist doch schön. Verwirrend aber schön. Er ist ein netter Kerl. Ich wünsche euch, dass ihr glücklich werdet."

Er versuchte, es so ehrlich klingen zu lassen, wie es gemeint war, was nicht ganz so einfach war. Besonders lange konnte er meinem Blick auch nicht standhalten, also sah er weg und beobachtete seine Schuhe. Ich sah ihn von der Seite an, musste noch etwas sagen und griff wieder nach seiner Hand.

„Charlie, eins solltest du wissen ... Als Xander gestorben ist, warst du für mich da, und das werde ich dir nie vergessen. Als ich gedacht habe, es würde nie wieder einen Mann in meinem Leben geben dürfen, warst du da und hast mir gezeigt, dass es in meinem Herzen noch immer Platz für jemanden gibt."

„Nur leider nicht für mich."

„Das ist nicht wahr. Ich habe einen Platz für dich. Hier drinnen. Nur für dich. Den musst du nicht teilen."

Anders als Colin, wollte ich noch dranhängen, aber ich verkniff es mir, denn es tat nichts zur Sache. Es würde weder Colin noch Charlie helfen. Er lächelte und streichelte kurz meine Hand.

„Gut zu wissen."

Ich spürte eine Wärme in mir aufsteigen und lächelte auch. Vielleicht würde ich irgendwann alles wieder in den Griff bekommen. Vielleicht würde ich eines Tages auch verstehen, welche Rolle Charlie in meinem Leben spielen sollte. Wenn dieses Chaos in mir und um mich herum irgendwann wieder übersichtlicher wurde, wenn ich mir und meinen Gefühlen wieder trauen durfte. Nur schien dieser Zustand noch unglaublich weit weg.

„Mr Shaw?"

Ein Arzt, den ich nicht kannte, tauchte plötzlich vor uns auf und reichte Charlie einen dicken Umschlag.

„Der hier ist für Ihren Bruder."

„Was ist das?"

„Informationen, die er angefordert hat."

Charlie nahm den Umschlag und dankte ihm, aber es war deutlich zu sehen, dass er keine Ahnung hatte, was in dem Umschlag wirklich war. Er sah zu mir, aber auch ich zuckte nur die Schultern.

„Willst du es lieber nehmen? Er wird dich bestimmt vor mir sehen."

„Willst du nicht zurück nach Hause kommen?"

„Nein. Noch nicht. Der General und ich … das geht irgendwie nicht gut."

Sally kam mit zwei Kaffees um die Ecke und drückte sie uns in die Hand. Sie warf einen kurzen Blick auf die Uhr. Es war schon später, als ich angenommen hatte.

„Tut mir leid, Nicole, aber ich muss zur Arbeit, sonst gibt es Ärger. Kann ich noch was für euch tun?"

„Nein. Ich bleibe hier, bis Colin fertig ist, dann fahre ich."

„Soll ich vielleicht Scott von der Schule abholen?"

An Scott hatte ich in der ganzen Aufregung gar nicht mehr gedacht! Charlie war schneller.

„Ich kann das doch machen. Hab ihn schon eine Weile nicht mehr gesehen."

„Ist das denn kein Problem für dich?"

Er winkte nur ab und zog seine Jacke an, während er mir den Umschlag reichte. Auch wenn ich mir wünschte, dass er noch ein bisschen neben mir sitzen würde, konnte ich verstehen, dass er gehen wollte.

„Danke, Charlie."

Wie, um alles in der Welt, konnte Charlie nur so unglaublich nett sein? Wie war es möglich, dass es Menschen wie ihn gab? Wieso konnte ich ihn nicht in mein Leben lassen? Als er ging, starrte ich noch eine Weile auf seinen Rücken, der in einer dunkelblauen

Jeansjacke steckte. Sally sah zu mir runter und hatte wieder diesen nachdenklichen Blick in den Augen.

„Was ist?“

„Entscheide dich endlich. Du hast dich immerhin gerade in seinen Bruder verliebt.“

„Ich weiß.“

„Tust du nicht. Und je länger du dir damit Zeit lässt, desto mehr wirst du ihnen wehtun.“

Von Sally hatte ich mir mehr Unterstützung erwartet, aber sie war einfach nur ehrlich. Das wusste ich. Dennoch fühlte es sich wie eine Standpauke meiner Mutter an. Und Sally hatte auch recht, wie die meisten Mütter.

„Okay.“

„Gut. Ich muss los. Ich ruf dich an.“

Mit dem Kaffee in der Hand saß ich im Warteraum und fühlte mich kein bisschen mehr wie damals. Diesmal würde ich dieses Krankenhaus mit einem Happy End in der Tasche verlassen. Damals hätte ich es mir auch gewünscht.

Aber nur wenn man die Türen der Vergangenheit schließt, kann man neue Türen der Zukunft öffnen. Diese zweite Chance musste ich nutzen!

Colin kam bald danach aus dem Behandlungszimmer. Der Verband um seine Hand war noch größer geworden. Etwas in seinem Blick gefiel mir nicht, als er zu mir kam und müde lächelte.

„Alles okay?“

„Klar. Das sind die besten Schmerzmittel, die ich je bekommen habe.“

Ich griff nach seinem Arm und führte ihn langsam über den Gang nach draußen, wo irgendwo mein Auto stand. Wo genau Sally es geparkt hatte, wusste ich nicht mehr.

„Was haben die Ärzte gesagt?"

„Ich habe auch ein paar Nerven erwischt. Sie wissen noch nicht, ob ich die Hand wieder ganz bewegen kann ... Wie haben die sich ausgedrückt? Sie wissen nicht, ob ich sie wieder hundertprozentig nutzen kann."

„Das heißt ...?"

Ich wusste, dass er Rechtshänder war. Er schrieb mit rechts und – was viel wichtiger war – er zeichnete mit rechts. Jetzt konnte ich mir auch seinen Gesichtsausdruck besser erklären. Das lag nicht an den Schmerzmitteln.

„Ich werde vielleicht bald mit links schreiben müssen."

„Und das Zeichnen?"

Wir hatten mein Auto gefunden und Colin lehnte sich daran, während ich zur Fahrerseite ging. Ich ließ ihn keinen Moment aus den Augen, aber er schien in einer anderen Welt zu sein.

„Kannst du mich nach Hause fahren? Ich bin müde und würde gerne etwas schlafen."

Das war deutlich. Er wollte nicht darüber reden und erst recht nicht darüber nachdenken. Als wir einstiegen, reichte ich ihm den Umschlag.

„Vom Krankenhaus."

„Ein Geschenk, weil ich ihr bester Kunde bin?"

„Keine Ahnung. Infos, die du angefordert hast."

Jetzt schien zumindest er zu wissen, um welchen Inhalt es sich handelte; aber das schien nicht zu reichen, um jetzt seine Aufmerksamkeit zu gewinnen. Er sah wieder einfach nur aus dem Autofenster.

An einer Kreuzung drehte er sich zu mir.

„Ich werde nicht mehr zeichnen können."

Da ihm im Moment wohl nichts helfen konnte, beschloss ich, besser nichts zu sagen, sondern ihn nur anzusehen. Ein bisschen war es so, als nahm man ihm langsam alles, was ihn zu dem Colin machte, den Charlie stolz seinen großen Bruder nannte. Keine Worte der Welt hätten ihm jetzt geholfen, mit der Situation besser klarzukommen.

„Haben die Ärzte gesagt."

„Tut mir leid."

Er nickte und griff nach dem Umschlag, den er unbeachtet auf seinem Schoß hatte liegen lassen.

„Aber ich habe das gemacht, was du mir geraten hast. Ich werde rausfinden, was ich stattdessen noch kann."

# Schock

General John war froh, Colin wieder im Haus zu haben. Aber meiner Meinung nach zeigte er seine Freude nicht in angemessener Weise, ganz im Gegensatz zu mir. Er nickte seinem Sohn zu, als wir zusammen durch die Tür kamen und widmete sich dann wieder seiner Tasse. Colin schien nicht mehr erwartet zu haben. Ich aber war zumindest in der Lage, John einen bösen Blick zuzuwerfen. Ob er ihn wahrnahm oder nicht, war mir egal. Wieso er nicht ebenfalls ins Krankenhaus gekommen war, wieso er nicht unendlich erleichtert war, dass der Aufenthalt seines Sohnes diesmal so harmlos geendet hatte ... Ich konnte ihn nicht verstehen. Aber stand es mir zu, ihm meine Ansicht zu sagen?

Colin wollte sich einfach nur ein bisschen hinlegen, wollte schlafen und über nichts nachdenken müssen, wenn das möglich war. Ich dachte dagegen die ganze Zeit nach und konnte es auch nicht vermeiden, mal einen Blick in die Schreinerei zu werfen. Es war wie mit diesen schrecklichen Autounfällen: man wollte nicht hinsehen, aber man musste einfach, weil es auch diesen Teil in uns gab, der uns zum Anschauen des Films *„Das Schweigen der Lämmer“* zwang.

John hatte sich nicht die Mühe gemacht, aufzuräumen. Ich konnte noch immer das Blut auf dem Boden und an dem Gerät sehen. Ich hatte auch noch immer keine Ahnung, wie man diese Geräte hier nannte, aber es sah aus wie eine überdimensionale Säge, oder zumindest so was in der Art. Ich erinnerte mich auch, dass *Siegfried und Roy* so ein Gerät auf der Bühne benutzten, aber vielleicht irrte ich mich auch. Blutflecken waren auch auf den Zeichnungen, die noch immer auf dem Tisch lagen. Es waren Skizzen, die Colin im Krankenhaus gezeichnet hatte, und die an die große Zeit der Shaw Brüder erinnerte. Aber wenn ich diese Geschichte so verfolgte, war diese Zeit wirklich endgültig vorbei. Ich würde mir also bald einen neuen Job suchen dürfen. Was Colin, Charlie und John dann tun würden, konnte ich mir gar nicht vorstellen. Eine Firma, die schon immer das Leben einer gesamten Familie bestimmt hatte ... die Firma wäre dann plötzlich weg – und *puff!* würden alle mit leeren Händen dastehen.

„Hässliche Flecken. Werde sie nachher wegwischen."

General John gesellte sich neben mich und folgte meinem Blick über die Skizzen, die eine letzte Hoffnung für seine Firma hätten bedeuten können. Für mich sah es nach allem möglichen aus, aber nicht nach Spielzeug. Vermutlich reichte mein Blick nicht, um das Ausmaß des Genies zu erkennen.

„Colin hat unheimliches Talent."

„Ja."

„Und Charlie erst. Er ist besser, als ich damals."

Ich roch den Alkohol. Unwillkürlich stellte ich mir den General als Feuerspucker auf der Straße vor. Er müsste nur seinen Atem anzünden. Aber meine Wut verpuffte teilweise, als ich ihn von der Seite ansah und bemerkte, dass es ihm nicht leicht fiel, hier zu stehen. Er wirkte plötzlich so viel älter und verletzlicher. Ich konnte mich nicht daran erinnern, ihn jemals hier in der Werkstatt gesehen zu haben. Welche Dämonen ihn auch verfolgten, hier schienen sie präsenter, als sonst irgendwo in diesem Haus.

„Sie loben Charlie nicht besonders oft."

„Ich weiß. Ich dachte, das macht die beiden stark."

Die folgende Pause war länger, als ich angenommen hatte, aber mir stand es einfach nicht zu, etwas zu sagen. Wenn man mich als Mutter mal etwas genauer unter die Lupe genommen hätte, dann würde jeder Idiot erkennen, dass ich eigentlich keine Ahnung hatte, was ich da tat. Ich versuchte, einfach nur einen Weg für meinen Sohn zu finden, der möglichst wenige Steine für ihn bereithielt.

„Und es hat die beiden stark gemacht. Sie haben zusammengehalten wie Pech und Schwefel. Wissen Sie, was der Trick ist?"

Ich hatte nicht die leiseste Ahnung und ließ es ihn durch ein Kopfschütteln wissen. Er lächelte und schien in seinen Gedanken in eine andere Zeit zu reisen, als alles noch etwas einfacher war.

„Die meisten Partner werden mit der Zeit immer schwächer, weil sie den Erfolg des anderen beneiden. Meine Jungs sind immer stärker geworden, weil sie wie eine gut geölte Maschine funktioniert haben."

„Ziemlich schwer, sich den einen ohne den anderen vorzustellen."

John nickte, nahm einen Schluck aus der Tasse und versuchte dann vorsichtig, das Blut von der Skizze vor uns zu entfernen. Ich konnte sehen, dass seine Hand zitterte.

„Wie war Colin früher?"

Vielleicht konnte er mir endlich ein bisschen was über Colin erzählen? Charlie war dazu nicht in der Lage, und auch wenn es mir vielleicht egal sein sollte, wollte ich mehr über den Mann erfahren, den ich liebte.

„Er war schwierig. Nett. Hartnäckig und stolz. Wenn er etwas zeichnete, dann vergrub er sich und verschwand in einer anderen Welt. Er war mir sehr ähnlich ..."

Wieder machte er eine Pause und diesmal erschien er mir etwas klarer, als er mich anlächelte.

„An meinen nüchternen Tagen."

Auch wenn das nicht komisch war, spürte ich ein Lächeln auf meinem Gesicht.

„Hätte ich den anderen Colin gemocht?"

„Vermutlich. Keine Ahnung. Sie hätten Charlie genommen."

Jetzt fiel mir erst so richtig auf, dass er nicht mehr „*Charles*" sagte. Das verwirrte mich ein bisschen, weil ich immer der Meinung war, Johns Liebling wäre Colin – wenn er denn einen hatte. Charlie kam in seinen Erzählungen bisher nicht besonders gut weg. Außerdem hatte ich ihn nicht danach gefragt, welche Wahl ich getroffen hätte. Abgesehen davon war eine Aussage auch nicht besonders hilfreich.

„Aber vielleicht irre ich mich auch."

Er streichelte kurz meinen Arm, als wollte er mich nicht weiter verunsichern, rollte die Zeichnung vorsichtig zusammen und klemmte sie unter seinen Arm.

„Es war schön, eine Frau im Haus zu haben. Danke, Nicole."

Dann marschierte er aus der Werkstatt, in der er früher selber gearbeitet hatte, und die bald nichts mehr wert sein würde. Vielleicht konnten sie den Raum als Lagerhalle vermieten. Wenn er noch kein gebrochener Mann gewesen wäre, spätestens mit diesem Kapitel in seinem Leben wäre es soweit.

Colin verkroch sich den ganzen Tag in seinem Zimmer und antwortete auf all meine Fragen sehr einsilbig. Obwohl ich mir ziemlich nutzlos vorkam, weil er mich nicht reinließ, versuchte ich, Verständnis für ihn aufzubringen. Er ließ mich nicht in seine Gedanken, erzählte mir nicht was in ihm vorging. Plötzlich kam ich mir vor wie eine Fremde. Und weil ich mir nicht länger selbst wehtun wollte, packte ich ziemlich früh meine Sachen und verschwand nach Hause.

Es war fast wie der Eintritt in ein anderes Leben. Hier, bei mir im Wohnzimmer, sah ich Scott und Charlie vor dem TV-Gerät, wie sie sich beim Playstationspiel gegenseitig die Punkte abjagten.

„Hallo ihr beiden."

Ich hatte Charlie in meinem Haus schon eine Weile nicht mehr gesehen, deswegen brauchte ich einen kurzen Moment, um über diesen positiven Schock hinwegzukommen. Sofort fühlte es sich gut, warm und schön an. Beide Brüder konnten dieses Gefühl in mir wecken, jeder auf eine andere Art und Weise. Hilfreich waren diese verwirrenden Emotionen dennoch nicht.

„Hi Mom! Wie geht es Colin?"

„Gut. Hoffe ich zumindest."

Ich legte die Autoschlüssel neben meine Tasche und beobachtete die beiden noch immer genau. Charlie schien sich plötzlich gar nicht mehr so wohl zu fühlen, er legte das Joypad zur Seite und sah Scott an.

„Jetzt kann ich dich ja ruhig alleine lassen. Deine Mom will bestimmt, dass du Hausaufgaben machst."

Obwohl Scott etwas dagegen hatte, dass Charlie sich schon wieder verdrückte, sagte er nichts und nickte nur traurig. Natürlich ging Charlie aus einem einzigen Grund: wegen mir.

„Du musst wirklich noch nicht gehen."

Es klang lächerlich, aber ich meinte es ernst. Er stand trotzdem auf und schüttelte energisch den Kopf. Natürlich, immerhin hatten wir beide noch immer einige „Probleme", ein kurzes Gespräch im Krankenhaus räumte das nicht einfach so zur Seite.

„Ist aber besser, wenn ich es tue."

„Was hast du denn jetzt noch vor?"

Er blieb direkt vor mir stehen und sah mich aus seinen klaren Augen an. Ich wusste einfach nicht, was ich fühlen sollte, wenn er in meiner Nähe war. Ich wollte ihn als guten Freund sehen, aber das war leider nicht so einfach, wenn man sich trotz allem zu einem Menschen noch mehr hingezogen fühlte. Die Vorstellung, er wäre irgendwann nicht mal mehr ein Freund, machte mir Angst. Menschen wie Charlie traf man nicht besonders häufig, deswegen wollte ich ihn nicht so einfach gehen lassen.

„Nichts für ungut. Aber ich glaube, das geht dich nichts an."

Autsch! Aber ehrlich. Deswegen nickte ich schnell, als wollte ich ihm zeigen, dass er mich damit nicht verletzt hatte. Ich begriff auch, dass ich zu weit gegangen war. Er musste mir nicht erklären, was er tat – und vor allem nicht, mit wem ... Komisch, bisher hatte ich mich nie gefragt, wie es wohl wäre, wenn er eine neue Frau kennenlernen würde.

„Ich weiß, was du von mir erwartest, Nicole ... Aber ich kann nicht."

„Was ich erwarte?"

„Du willst, dass ich das Spielzeug baue."

Daran hatte ich nicht mal gedacht, weil ich nie geglaubt hätte, dass er sich darauf einlassen würde. Zumindest nicht zum jetzigen Zeitpunkt. Irgendwann hätte ich vielleicht den Mut gehabt, aber nicht momentan.

„Das stimmt nicht."

Er zog eine Augenbraue nach oben und hielt meinem Blick stand.

„Und wieso glaube ich dann, dass du das von mir erwartest?"

„Vielleicht, weil du es selber von dir erwartest."

Er hielt den Blick noch einen kurzen Moment, aber nicht länger. Er fasste an mir vorbei nach seiner Jacke, versuchte Körperkontakt zu vermeiden, aber ich konnte nicht anders, ich griff nach seinem Arm.

„Überlege es dir trotzdem mal, Charlie."

„Ich überlege in letzter Zeit ein bisschen zu viel, Nicole."

Damit ließ er mich stehen und verschwand durch die Tür. Langsam drehte ich mich wieder zu Scott, der mit dem Spiel aufgehört hatte und stumm dasaß.

„Geht es Colin wirklich gut?"

„Ja. Er braucht nur ein bisschen Ruhe."

„Er hat sich in die Hand geschnitten?"

„Ja."

Ich nahm neben ihm Platz und fuhr ihm kurz durch die Haare, auch wenn ich langsam das Gefühl hatte, er wurde für solche Zärtlichkeiten zu alt. Seitdem Xander nicht mehr bei uns war, wurde Scott unheimlich schnell erwachsen.

„Als Charlie mich heute abgeholt hat, habe ich sofort an was Schlimmes gedacht."

Natürlich hatte auch er das Trauma. Manchmal zögerte er, bevor er den Hörer vom Telefon abnahm. Als hätte er Angst vor der Nachricht, die vom anderen Ende der Leitung kam. Aber ich versuchte, nicht darüber nachzudenken, redete mir mit großem Erfolg ein, er würde den Tod seines Vaters überstanden haben. Nur in solchen Momenten wurde mir klar, dass das nicht stimmte.

„Ich meine, dass was Schlimmes mit dir passiert ist. Oder mit Colin."

Es wunderte mich, dass er Colin in diese Aufzählung hereinnahm. Immerhin war er noch nicht besonders lange Bestandteil unserer kleinen Familie. Wieder streckte ich meine Hand aus und Scott nahm sie an.

„Wie damals mit Daddy ... Ich will nämlich nicht, dass so was noch mal passiert."

„Ich auch nicht."

„Ich hab Colin nämlich wirklich gerne. Sehr sogar."

„Ich auch."

„Glaubst du, Daddy denkt, ich hätte ihn vergessen?"

Mein Gott, wieso machte sich mein Sohn die gleichen Sorgen wie ich? Waren wir uns denn so ähnlich?

Oder hatten wir beide die gleiche persönliche Hölle durchlebt?

„Daddy denkt das sicher nicht. Er freut sich bestimmt für uns. Und ich verspreche dir, dass mir nichts passieren wird."

„Versprochen?"

Ich nickte und versuchte die Tränen runterzuschlucken. Aber das Schlucken gestaltete sich schwerer, als von mir angenommen; immerhin hatte ich einen Kloß in meinem Hals, der so groß war wie der Ayers Rock.

„Versprochen."

Colin wollte auch am nächsten Tag nicht besonders viel reden, er wollte mich eigentlich auch nicht sehen. General John war die meiste Zeit irgendwo am See, zumindest hatte ich ihn da gesehen, als ich ankam. Wenn Colin doch plötzlich in der Küche auftauchte, holte er sich nur etwas aus dem Kühlschrank und belegte sich ein Sandwich. Er erledigte das alles mit einer Hand und ich war überrascht, wie geschickt er das machte. Er wusste, dass ich ihn beobachtete, aber es war ihm heute egal. Mir hätte irgendeine menschliche Reaktion gereicht, um zu wissen, dass er noch lebte. Dass er mich noch hier haben wollte. Seit dem Krankenhaus hatte sich zwischen uns sehr viel verändert. Aber man hatte vergessen, mich zu informieren. Was hatte ich falsch gemacht? Aber ich konnte ihn nicht einfach fragen, immerhin hatte ich das in der letzten Stunde schon versucht. Kauend nickte er mir zu, während er sich aufmachte, die Küche zu verlassen.

„Geht es dir wenigstens gut? Kannst du mir diese Frage beantworten?“

Er war schon durch die Tür, als ich ihm die Frage nachrief. Wie konnte er von mir erwarten, dass ich mich nicht ständig fragte, was er wohl gerade fühlte und was er durchmachte?

„Es geht mir gut.“

Ich hörte die Antwort und sie klang ehrlich, aber wenn ich dabei sein Gesicht sehen würde, hätte mich das viel mehr beruhigt. Es fiel ihm schwerer, mich zu belügen, wenn er mir dabei in die Augen sehen musste.

„Toll, es geht dir also gut. Das ist wirklich toll. Wieso fragt eigentlich niemand, wie es mir geht!?“

Es war nicht geplant, dass er das alles zu hören bekam, aber ich konnte meine Stimme nicht mehr kontrollieren. Erwartete ich wirklich zu viel, wenn er einmal am Tag fragen würde, wie es mir ginge? Hatte Charlie das nicht auch so gemacht? Obwohl ich ihn praktisch angeschrieen hatte, tauchte er nicht wieder auf. Er bat nicht um Entschuldigung, schrie mich nicht an. Nichts. Er war einfach nicht da.

„Wie geht es dir denn?“

Ich zuckte tatsächlich zusammen, als ich seine Stimme hörte. Ich musste es zugeben: ich freute mich jedes Mal, ihn zu sehen. Ich vermisste ihn manchmal. Charlie lehnte in der Tür, Jacke an, Tasche in der Hand.

„Charlie!“

„Also?“

Er ließ die Tasche direkt an der Tür stehen, kam rüber und nahm auf der Arbeitsfläche neben der Spüle Platz.

„Geht so. Was machst du hier?“

„Zuerst willst du, dass man nach dir fragt, dann verweigerst du die Antwort."

„Ich bin nur überrascht, dich hier zu sehen. Ich meine, gerade hier."

„Wäsche waschen."

„Ach so. Ich habe gedacht ..."

„Ich würde das Spielzeug bauen?"

„Vermutlich schon."

Er schüttelte den Kopf und sprang von der Arbeitsplatte, kam zu mir, nahm meine Hand und zog mich von meinem Stuhl.

„Komm, gehen wir spazieren."

„Willst du nicht nach Colin sehen?"

„Nein. Ich will wissen, wie es dir geht."

Damit zog er mich hinter sich her, bis wir draußen waren. Ich warf immer wieder einen Blick über meine Schulter, weil ich mir nicht ausmalen wollte, was passieren würde, wenn Colin uns sah.

„Also, wie geht es dir?"

„Ich weiß nicht."

Zumindest war ich ehrlich. Wenn Colin mich gefragt hätte, wie es mir gehen würde, hätte ich vermutlich behauptet, dass es mir gut ging. Oder schlecht. Aber beides wäre eine Lüge gewesen. Ich glaubte einfach nicht, dass ich ihm wirklich, wirklich sagen konnte, was ich fühlte. Ich wollte das fühlen, was ich zu fühlen hoffte. Aber ich wusste es einfach nicht – vermutlich machte ich mir darüber zu viele Gedanken.

„Du weißt es nicht?"

Wir saßen am Ufer des Sees, starrten auf das Wasser und vermieden es, zu eng beisammenzusitzen. Bis wir am See waren, hatte er meine Hand gehalten und es hatte mir gefallen, weil ich mich nicht mehr so alleine fühlte.

„Mal geht es mir gut, dann geht es mir schlecht, dann meine ich, Colin zu lieben, dann bin ich mir nicht mehr so sicher ... es dreht sich alles."

Er sah mich lächelnd von der Seite an.

„Dreht sich schnell, hm?"

Ich wusste, dass er aus Erfahrung sprach. In seinem Leben gab es ungefähr genauso viel Fragen und genauso viele schnelle Drehungen.

„Weißt du, welche Frage, ich mir immer stelle? Wieso musste Xander sterben? Wenn er nämlich noch hier wäre, dann müsste ich mir nicht so viel Sorgen machen. Dann würde ich mich einfach an ihn anlehnen und alles wäre gut."

„Du kannst dich an Colin anlehnen."

„Ja. Das fühlt sich erstaunlich ähnlich an, aber es ist ... als würde ich mich krampfhaft an etwas festhalten, was gar nicht mehr da ist, was schon vorbei ist. Es ist wie... ich hänge ... in der Warteschleife fest."

„Leg auf."

„Zu einfach. Wieso gefällt mir das Gefühl, wenn ich mit Colin zusammen bin? Wieso gefällt es mir, wenn ich ihn mit Scott zusammen sehe?"

„Weil du ihn liebst."

Schön, dass Charlie auf all meine Fragen immer eine simpel klingende Antwort parat hatte, die mir selbst aber nicht einfallen wollte. Langsam nickte ich, weil es schön gewesen wäre, das zu glauben.

„Es wäre mir lieber, wenn er mit mir reden würde."

„Oh, das wird er nicht. Noch nicht. Er wird noch ein paar Tage in seinem Zimmer sitzen und hoffen, dass die böse, böse Welt da draußen ihn endlich in Ruhe lässt. Dann merkt er, dass genau das nicht passieren wird – und kommt wieder raus."

„Woher weißt du das so genau?"

Er lachte kurz, griff neben sich und warf den Stein in einem hohen Bogen ins Wasser. Ich wartete, bis die kleinen Wellen verebbten und sah wieder zu ihm.

„Weil das der Teil in ihm ist, der zu meinem Bruder gehört. So war er schon immer und er wird sich nicht ändern. Auch wenn er noch zehn neue Herzen bekommen würde."

„Er gefällt mir so aber nicht."

„So ist er aber."

Wieder packte er einen Stein und warf ihn, diesmal mit noch mehr Schwung oder Ärger. Ich konnte die Wellen diesmal nicht beobachten, weil sie zu weit in der Ferne ihre Kreise zogen.

„Ich habe mit Colin geschlafen."

Wieso konnte ich nicht einfach den Mund halten? Es interessierte ihn bestimmt nicht. Vermutlich hätte er es lieber nie erfahren sollen, aber ich musste es ihm sagen. Wie, um alles in der Welt, sollte ich ihn anlügen? Aber wenn ich inzwischen eines beherrschte, dann war es das: ihm wehzutun. Er sah mich nicht an, sagte nichts und ließ den nächsten Stein einfach nur vor uns ins Wasser fallen.

„Schade."

Das war alles und ich konnte damit nicht wirklich etwas anfangen. Er stand auf und wischte sich die Hände an seinen Jeans ab. Wenn ich Colin und Charlie verglich, dann kam ich auf so viele Unterschiede: Colin war der geschäftliche Typ, der gerne Hemden trug, und den ich mir auch besser im Büro vorstellen konnte; Charlie war locker, trug gerne Jeans und er passte zu Holz. Das mochte jetzt merkwürdig klingen, es war aber so.

„Weißt du Nicole, der General hat mich vor dir gewarnt, aber ich habe ihm nicht geglaubt. Er hat gesagt, die ist viel zu hübsch und zu clever für dich. Die wird dir eines Tages das Herz brechen."

Was konnte man auf so etwas sagen? Eigentlich konnte ich nur dumm dasitzen und versuchen, nicht zu weinen. Ich war ein kompletter Idiot und merkte es immer wieder, wenn er in meiner Nähe war.

„Ich habe immer noch gehofft, ich wäre der Mann nach Xander in deinem Leben."

„Charlie ..."

„Ich gehe dann mal Wäsche waschen."

Natürlich sagte er das, aber eigentlich wollte er nur weg von mir. Ich wäre auch weggerannt, wenn ich es gekonnt hätte. Wenn ich morgens in den Spiegel sah, dann gefiel mir das Gegenüber nicht besonders. Ich sah nicht mich. Natürlich erinnerte das Gesicht noch immer an die Frau, die Xander damals zum Altar geführt hatte – aber ich sah nicht mich. Ich sah Scott, wie er manchmal mit mir redete. Dann konnte ich ihm nicht zuhören, weil meine Gedanken so weit weg waren, und ich daran zweifelte, ihm eine gute Mutter und gleichzeitig ein guter Vaterersatz sein zu können. Ich sah Charlie, wie ich ihm immer wieder wehtat und ihm das Herz brach, das er dennoch liebevoll und unbeirrt immer wieder zusammensetzte. Ich sah Colin und wie ich versuchte, das aus ihm zu machen, was ich in ihm sah. Aber ich sah nicht mehr mich! Und wenn ich mich sehen würde, dann hätte ich mir nicht gefallen.

Charlies Schritte entfernten sich. Sobald ich mich unbeobachtet fühlte und wusste, dass er mich nicht mehr hören konnte, fing ich leise an zu weinen. Mein Leben war ein völliges Chaos geworden. Und ich musste aufhören, Xander dafür die Schuld zu geben.

Bevor ich am Abend nach Hause ging, klopfte ich noch mal an Colins Zimmertür. Wieso war ich eigentlich noch nie hier oben in diesem Haus, wo ich doch nichts mehr wollte, als ein Teil dieser Familie zu sein. An den Wänden hingen nur wenig Fotos. Sie reichten aus, um mir zu zeigen, wie hübsch ihre Mutter gewesen war. Sie sah nett aus und ich hätte sie gerne kennengelernt. Ihr sanftes Lächeln musste die Portion Liebe in dieses Haus gezaubert haben, die inzwischen so sehr fehlte.

„Colin? Ich gehe jetzt nach Hause ..."

Eigentlich hätte das reichen sollen, aber ich hörte nichts.

„Colin? Bist du da?"

Aber noch immer bekam ich keine Antwort, also drückte ich langsam die Klinke nach unten und spürte ein komisches Gefühl in meinem Magen. Als wollte mir mein Körper sagen, dass es keine besonders gute Idee war, jetzt in diesen Raum zu gehen. Aber ich konnte nicht anders. Ich schob die Tür auf und stand plötzlich in Colins Zimmer. Es war geschmackvoll und schick eingerichtet, so wie ich es mir vorgestellt hatte. Vielleicht noch ein bisschen schöner. Nur das Bett schien nicht so richtig zu passen. Es war nicht gemacht und es standen zwei Teller mit Brotresten darauf. Das Fenster war offen, aber keine Spur von Colin war zu sehen.

„Hallo? Jemand da?"

Er war also getürmt, weil er vermutlich nicht mehr mit mir oder sonst jemandem unter einem Dach sein wollte. Zu meiner Überraschung lagen einige Skizzen auf dem Boden, ältere, keine Frage, aber es überraschte mich trotzdem. Dann noch ein Umschlag, den er aufgerissen hatte, daneben der dazugehörige Inhalt: einige lose Blätter, medizinische Werte und Fachlatein, das ich nicht verstand. Bis ich plötzlich einen Namen las, der mir nur allzu bekannt war – und der mir blitzartig eine Gänsehaut über den Körper jagte. Ich setzte mich auf die Kante des Betts und griff mit zitternden Händen nach dem Blatt Papier, welches mein Leben nun von Grund auf veränderte. Zumindest das Stückchen Leben, welches ich mir wieder aufgebaut hatte ...

*„Alexander Jackson."*

Da stand Xanders Name! Mein Mann!

Ich überflog den Text nur, weil ich nicht genug Konzentration hatte, um ihn wirklich zu lesen. Es tat einfach nur weh, es verwirrte mich und es war so ... so ... unglaublich! Konnte ich wirklich so dumm gewesen sein? Wieso war ich nicht schon früher darauf gekommen? War es denn nicht so offensichtlich?

Langsam versuchte ich, mich auf meine Atmung zu konzentrieren. Ich wusste nicht mehr, was ich tun sollte. Alles drehte sich, ich spürte ein Gefühl der Übelkeit in mir aufsteigen. War das fair? Wie hätte ich denn mit so was umgehen sollen? Wieso wurde man nicht gewarnt? Meine Hände ließen das Blatt los und ich stand wieder auf. Jeder Schritt tat weh, jeder Moment in diesem Haus fühlte sich an, als ob Messerstiche meinen ganzen Körper folterten. Wie ich die Treppe nach unten gekommen war, wusste ich nicht mehr, aber irgendwann saß ich wieder in meinem Wagen und fuhr durch die Stadt. Ohne festes Ziel, ohne Plan – und ohne wirklich Herrin über meinen Körper zu sein. Aber als ich den Motor wieder abschaltete, wusste ich, dass ich am Ziel war.

Mia Newman

# Zerbrochener Spiegel

„Hi Xander ..."

Merkwürdig, plötzlich hatte ich wieder das Gefühl, er würde noch gar keinen Grabstein verdienen. Ich meinte, verdient hätte er ihn natürlich überhaupt nicht! Es wäre schöner, wenn er noch immer am Leben und bei mir wäre. Aber was da im Grab lag, war eigentlich nicht mein Mann. Es waren nur Teile von ihm. Das machte die Geschichte für mich so traurig. Noch schwerer zu begreifen und zu akzeptieren. Wie konnten die Leute einen toten Körper beerdigen, der nicht mal dem Mann ähnelte, den ich geliebt hatte? Was hatte Xander zu dem gemacht, was ich jetzt in meinem Leben so sehr vermisste? Es war vor allem sein großes Herz! Aber wenn ich jetzt an diesen Ort kam, konnte ich ihn auch hier nicht mehr erreichen. Hier lag nur sein Körper. Es hatte sich die ganze Zeit immer so angefühlt, als würde er noch hier sein. Und jetzt wusste ich, dass es so war. Obwohl ich die Freude in mir aufsteigen fühlte, erdrückte ich sie mit der Wut, die wie ein olympischer Ringer alle anderen Gefühle zu Boden presste.

„Es tut mir so leid ..."

Während ich neben seinem Grabstein in die Hocke ging, starrte ich noch immer auf seinen Namen, der plötzlich so viele Leben miteinander verband. Nicht nur Scotts Leben mit meinem, sondern auch mein Leben mit dem von Colin und Charlie. Bisher hatte ich gedacht, das Leben zeitweise durchschaut zu haben. Als hätte ich ahnen können, wohin es mit mir laufen würde; aber jetzt war ich mir da gar nicht mehr so sicher. Jetzt fühlte es sich an, als wollte es so viele unerwartete Kurven wie nur möglich fahren, mit mir als bevorzugter Beifahrerin.

Ich konnte die Gefühle nicht sortieren. Ich war froh, weil Xander mir nicht so endgültig genommen worden war, wie ich angenommen hatte – und doch war ich wütend, weil *sie* einfach ein Menschenleben mit einem anderen ausgetauscht hatten. Wer? Sie! Die Mächte, die sich entschlossen hatten, mir Xander wegzunehmen. Colin war plötzlich gar nicht mehr Colin. Er war eine schlechte Kopie von Xander. Er war aber nicht Xander. Wie, um alles in der Welt, konnte jemand von mir erwarten, dass ich ihn so sehr wie Xander liebte? Eigentlich musste ich das tun, immerhin wusste ich jetzt wieder, wieso er ihm so ähnlich war. Aber dann war ich wiederum sehr wütend, weil mein Leben doch keine schlechte TV-Soap war. Wie konnte man die männliche Hauptrolle einfach umbesetzen und dann erwarten, dass ich einfach so weitermachte? Das war aber leider nicht möglich, mein Leben war nicht der *Denver Clan.*

„Eigentlich solltest du bei mir sein ..."

Ich stellte mir die Frage, die ich so lange verdrängt hatte, die aber immer wieder aufzutauchen drohte: Was wäre wohl passiert, wenn ich doch noch eine kleine Weile gewartet hätte? Was, wenn er doch zwei Wochen später wieder aufgewacht wäre? Zwei Tage später? Zwei Stunden? Aber ich hatte diese Entscheidung getroffen und jemand anderer hatte davon profitiert. Sollte ich glücklich sein, weil Colin noch lebte? Ich hörte wieder, was Charlie mir gesagt hatte. Er hatte gebetet, dass ein Herz frei würde. Er hatte gebetet, dass ein anderer Mensch sterben würde. Er hatte gebetet, dass Xander starb! Sie hatten sich gegen mich und meine Gebete verschworen. Ich war wütend auf Colin, auf Charlie – und auf mich!

Ich hatte keine Ahnung, wieso ich das Handy ausschaltete, wieso ich durch die Stadt gefahren bin, bis es keinen Ort mehr gab, an dem ich nicht gewesen war. Irgendwann stellte ich meinen Wagen ab und ging spazieren. Hier waren die Straßen, in denen ich meine Kindheit verbracht hatte; Orte an denen ich während meiner Highschoolzeit Partys gefeiert hatte, Häuser in denen Freunde gewohnt hatten. Es war verrückt, es drehte sich alles in Blue Cove, dieser kleinen Stadt, die ich vor kurzem noch voller Stolz „mein Leben“ genannt hatte. Blue Cove war nicht so klein, dass man sich eingeengt fühlte, und nicht so groß, als dass ich meinen Sohn nicht mehr alleine auf die Straße lassen konnte. Aber heute kam es mir viel zu eng vor, als ob ich nicht atmen könnte, ohne zu platzen. In solchen Momenten war ich schrecklich egoistisch, dachte außer an mich an niemanden mehr. Ich vergaß, dass ich Mutter war. Scott war eigentlich nichts weiter als ein Junge, der zufällig in meinem Haus lebte.

Manche Ereignisse passieren so schnell, dass man selber nicht mehr weiß, wie dieses oder jenes geschehen konnte. Aber, das können Sie mir ruhig glauben, selbst jetzt noch fühlen sich diese Szenen so an, als ob sie in der Gegenwart passieren ...

Als ich jetzt um diese Uhrzeit, bestimmt so etwa gegen Sonnenaufgang, die Tür zu meinem Haus aufschieben will, wird sie mir fast aus der Hand gerissen. Ich sehe in Sallys Gesicht, ihre Augen sind rot, die Haare sehen verwirrt aus und ihre Stimme ist viel zu schrill für diese Uhrzeit. Sie reißt mich an sich und drückt mich.

„Wo zum Teufel warst du?"

Ich komme zu keiner Antwort, weil Scott im Schlafanzug um die Ecke geschossen kommt, mich ansieht und stehen bleibt. Ich versuche zu lächeln, aber es will mir nicht gelingen. Außerdem ist Scotts Gesichtsausdruck deutlich genug. Er ist wütend. Auf mich?

„Hi Scott."

Er nickt nur und verschränkt die Arme vor der Brust. Als Sally mich loslässt, kommt Charlie ebenfalls auf den Flur. Ich kämpfe mit meinen Gefühlen für ihn. Auf wen soll ich die Schuld schieben? Es bietet sich mir niemand freiwillig an, aber irgendjemand muss schließlich schuld sein. Jetzt, da ich ihn hier stehen sehe, entscheide ich mich spontan, ihn zu wählen. Er kommt auf mich zu, sieht mich dabei ernst an und will mich in den Arm nehmen. Was ich nicht zulassen werde! Ob er es auch schon weiß?

„Geht es dir gut?"

Ich nicke und wische mir über die Augen. Sie sollen nicht sehen, wie sehr ich in den letzten Stunden geweint habe. Ich lasse seine Hand los und schiebe ihn einfach nur zur Seite. Ich will jetzt zu meinem Sohn, ich will ihm sagen, wie sehr es mir leid tut, dass ich ihn die ganze Nacht alleine gelassen habe. Aber er scheint nicht besonders viel Wert darauf zu legen.

„Scott, ich möchte dir das erklären."

„Du warst nicht bei Colin."

Wie er um alles in der Welt auf Colin kommt, weiß ich nicht, aber das spielt auch keine Rolle, ich will im Moment nur nicht an Colin denken müssen. Er sollte nicht an ihn denken, sondern an seinen Vater. Langsam gehe ich vor ihm in die Hocke.

„Ich war bei Daddy. Dann war ich ein bisschen spazieren."

„Es ist kurz nach fünf! Ich habe gedacht, es wäre was passiert!"

Muss er mich anschreien? Vermutlich habe ich das verdient. Charlie legt ihm die Hand auf die Schulter und versucht, ihn zu beruhigen, aber ich kann das nicht zulassen. Ich schiebe seine Hand von der Schulter meines Sohnes.

„Fass ihn nicht an, Charlie!"

Ich kann die Blicke nicht verstehen, die mich fragend ansehen. Wissen sie noch immer nicht, was hier los ist? Sind sie denn so blind?!

„Nicole, ist alles okay mit dir?"

Ich stehe auf und sehe Charlie mit bösen Augen an. Er scheint nicht zu verstehen und vermutlich weiß er es nicht mal, aber ich kann nicht anders, ich muss es loswerden.

„Glaubst du, ich habe meinen Verstand verloren?"

„Zumindest benimmst du dich so. Was ist nur los mit dir?"

„Was mit mir los ist? Das werde ich dir sagen!"

Ich greife nach Scotts Arm und ziehe ihn etwas mehr zu mir. Scott sieht ängstlich von mir zu Charlie.

„Mommy …"

„Also Charlie, willst du es ihm nicht direkt ins Gesicht sagen? Willst du ihm nicht sagen, wie sehr du gebetet hast, dass sein Vater stirbt? Willst du ihm nicht sagen, wie glücklich du warst, als ich die Geräte abgeschaltet habe?"

„Was? Ich weiß nicht, was du meinst? Wieso soll ich glücklich gewesen sein?"

„Weil du deinen Bruder zurückbekommen hast, verdammt noch mal! Xander ist uns weggenommen worden, damit du deinen Bruder behalten konntest!"

Jetzt schreie ich, und ich schreie so laut, dass keiner von uns hört, wie die Tür hinter uns geöffnet wird und Colin den Raum betritt. Endlich jemand, der versteht, wovon ich rede. Ich wirbele zu ihm herum und meine Wut kennt keine Grenzen mehr.

„Du! Bist du stolz auf dich, Colin?"

Colin kommt langsam auf mich zu. Er versucht, mich zu beruhigen, aber es wird ihm nicht gelingen, weil ich mich nicht beruhigen lassen will. Ich will, dass er das zu hören bekommt, was mir die ganze Zeit im Kopf rumgeht. Er soll das hören, was in meinem Inneren tobt. Und er muss die Schuld von mir nehmen.

„Nicole, du redest Unsinn."

„Nein, das tue ich nicht! Ich bin noch nie so klar gewesen. Bist du stolz auf dich?"

„Stolz wohl kaum … es tut mir leid …"

„So, es tut dir leid! Es tut dir leid, dass du meinen Mann getötet hast?"

Sally greift nach meiner Hand, sieht mich besorgt an. Natürlich, ich führe mich auf wie eine Verrückte, aber das passt zu meinen Gefühlen. Zu gerne würde ich sagen, dass ich verrückt geworden bin, dass ich mir alles nur einbilde. Aber es steht da, schwarz auf weiß. Es ist die verdammte Realität, und sie wirft mich komplett aus der emotionalen Bahn.

„Nicole, beruhige dich, wir verstehen nicht ..."

Ich mache mich los, greife nach Colins Hemdkragen und reiße die ersten Knöpfe auf. Jetzt können alle seine Narbe sehen, die sich über seinen Brustkorb streckt. Er wehrt sich nicht, steht einfach nur da.

„Sein neues Herz! Es ist Xanders Herz!!"

Vermutlich hat es bei meiner Lautstärke die ganze Straße gehört, aber das ist mir egal. Von mir aus kann die ganze Welt hören, was ich zu sagen habe. Ich drehe mich wieder zu Charlie, der nicht weiß, was hier passiert. Ich sehe es in seinen Augen, diese Situation überfordert ihn. Einen kurzen Moment gerate ich ins Wanken, will ihm verzeihen und ihn zu mir herziehen. Aber das Gefühl, von aller Welt belogen und betrogen worden zu sein, ist stärker.

„Verstehst du jetzt? Dein Bruder lebt nur, weil mein Mann tot ist! Ihr habt mich beschissen! Ihr alle beide!! Ich bin jede Nacht mit dem Gedanken eingeschlafen, dass ich meinen Mann umgebracht habe. Ich habe die ganze Zeit gedacht, ich hätte ihn getötet! Und wisst ihr was? Ich war es gar nicht! Ihr wart es! Die Shaw-Brürder!!"

„Das ist Blödsinn ..."

Sallys Versuch, an diesem Gespräch teilzunehmen, ist armselig – und ich habe auch keine Zeit, jemand anderen reden zu lassen. Ich drehe mich wieder zu Colin.

„Du hast ihn mir weggenommen! Du bist nicht Xander, du solltest sein Herz nicht haben!"

„Meinst du das ernst?"

„Ja. Ich wünschte mir, du wärst tot!"

Das ist hart, und es fühlt sich an, als wäre jegliche Temperatur aus diesem Raum verschwunden. Es fühlt sich an, als wäre ich gar nicht da.

„Das meinst du nicht so."

Colins Augen sind glasig, seine Hände zittern, er kommt mir gar nicht mehr so groß vor. Alles, was ich an Xander geliebt habe, ist nicht mehr da, und Colin kann es mir auch nicht zurückbringen. Ich starre ihn an.

„Verschwinde aus diesem Haus, verschwinde aus meinem Leben. Ich will dich nie mehr sehen!"

„Nicole …"

„Wie konntest du es wagen, dich in mein Herz zu schleichen?"

Colin sieht mich noch einen Moment an, ich kann nichts mehr sagen, ich kann mich nicht mal mehr bewegen. Aber das muss ich auch nicht, denn er dreht sich um und geht. Inständig hoffe ich, für immer. Somit habe ich nur noch ein Problem. Langsam drehe ich mich wieder zu Charlie, der noch immer neben meinem Sohn steht. Er scheint das alles nicht begreifen zu können.

„Das gilt auch für dich. Verschwinde von hier."

„Nicole …"

„Verschwinde!"

„Hör mir zu!"

Natürlich, Charlie lässt sich nicht so einfach abfertigen, sonst wäre er ja auch nicht Charlie. Er packt mich an der Schulter, tut mir dabei ein bisschen weh und versucht, mich wieder in die reale Welt zu ziehen – raus aus meiner Wut. Aber ich lasse das nicht zu, schubse ihn wütend weg.

„Wieso sollte ich?"

„Weil ich dir sagen will, wie leid es mir tut. Aber eines werde ich nicht zulassen ..."

„Was denn?"

„Dass du dich kaputt machst. Du hast Xander nicht umgebracht. Niemand hat das getan."

„Doch! Du hast nur noch keinen Mut, in den Spiegel zu sehen."

Er nickt, schiebt sich an mir vorbei, bleibt kurz stehen und sieht zu mir runter. Ich versuche seinem Blick standzuhalten, aber das ist alles gar nicht so einfach.

„Hast du nicht gesagt, du wolltest dich noch verabschieden? Willst du ihn so gehen lassen?"

Bevor ich etwas erwidern kann, hat er mein Haus und damit hoffentlich mein Leben verlassen. Sally, Scott und ich stehen da in unserem Chaos. Niemand sagt etwas, aber das muss auch niemand, weil es nichts mehr zu sagen gibt. Ich habe alle Worte verbraucht.

Scott sprach die nächsten Tage kein Wort mit mir oder jemand anderem. Er war die meiste Zeit in seinem Zimmer – und ich hasste mich dafür. Ich hätte das nicht in seiner Anwesenheit tun sollen. Er war nur ein Werkzeug, um die Schmerzen zu verdeutlichen, die

Colin und Charlie meinem Leben zugefügt hatten. Sally versuchte mehrmals, mit mir über meine Gefühle zu sprechen, aber ich wollte nicht reden. Ich wollte nicht mal denken. Also schloss ich mich in meinem Zimmer ein, lag die ganze Zeit im Bett und verfluchte alles.

Ich bin ein schlechter Mensch und eine schlechte Mutter! Wie soll ich da einfach weitermachen? Zuerst habe ich geglaubt, mein Leben im Griff zu haben. Aber das hatte ich nie! Ohne Xander bin ich nicht besonders gut in diesen Dingen. Das Schlimme in diesen Momenten ist die Tatsache, dass die Träume, die einen sonst nur nachts überfallen, jetzt immer da sind. Egal, an welche Wand ich starre, irgendwelche Bilder erscheinen immer vor meinem geistigen Auge. Ich denke an Xander, denke an Colin und Charlie, manchmal sogar an John. Einmal habe ich mir sogar überlegt, was wohl aus der Firma werden soll? Sally ist oft bei mir zu Hause, kümmert sich um Scott, klopft an meine Tür und will wissen, ob es mir gut geht. Aber ich antworte selten. Wie es sich wohl anfühlt, wenn man stirbt? Ob man dann die Schmerzen mitnimmt? Man tritt über eine Schwelle und ist plötzlich in einem anderen Reich, welches vielleicht sogar viel schöner ist. Dort hat man keine Sorgen, genießt einfach nur den Tag. Man weiß, dass man das letzte Leben für immer hinter sich gelassen hat. Ich habe einen Sohn, aber ich weiß nicht, ob ich für ihn da sein kann.

„Nicole? Bitte, ich fange an mir Sorgen zu machen … Komm doch bitte runter zum Essen. Scott wird auch da sein.“

„Sally, lass mich in Ruhe!“

„Ich will dich doch nur sehen und wissen, dass alles mit dir in Ordnung ist."

„Es ist nichts in Ordnung!"

Das erste Kissen, das ich erwische, fliegt in Richtung Tür.

„Hast du nicht verstanden, was passiert ist?"

„Nicole ... ist es wirklich so schlimm, dass Colin Xanders Herz hat? Meinst du nicht, dass du es auch als eine zweite Chance sehen kannst? Xander hat dich eben doch nicht verlassen. Er hat einen Weg zurück zu dir gefunden."

„Hast du das aus der *Cosmopolitan*?"

„Ich meine es ernst ... Xander ist noch hier."

„Lass mich in Ruhe!"

Keiner von denen weiß, wie es sich anfühlt, wenn jemand nicht mehr da ist. Xanders Herz mag weiterschlagen, aber es schlägt nicht in seinem Körper und das tut weh! Ich kann nicht begreifen, dass so was passiert ist. Xander wird Scott nicht mehr aufwachsen sehen. Er wird ihn nicht lachen oder weinen sehen. Bei all den wichtigen Ereignissen in seinem Leben wird Xander nicht dabei sein. Das ist nicht fair! Für Colin werden diese Dinge nie die gleiche Bedeutung haben, die sie für Xander hatten. Man liebt nie zwei Menschen auf die gleiche Weise. Und ich würde Colin nie lieben können wie Xander. Bei einem anderen Mann wäre das auch kein Problem, aber Colin ist nicht einfach nur Colin. Ich drehe mich auf die andere Seite und denke wieder über den Tod nach. Sieht man wirklich das weiße Licht? Streckt jemand die Hand aus und führt einen sicher über die Schwelle? Oder springt man von einer Klippe in ein schwarzes Loch – und wartet nur stumm auf den Aufprall? Ich bete, dass es bei Xander so war, wie ich es mir in meinen Träumen vorstelle. Ich hoffe, dass er seine Eltern auf der anderen Seite trifft und mich jeden Tag sehen kann. Was mir natürlich auch nicht hilft, denn ich kann ihn nicht sehen. Aber ich wünschte mir, ich könnte ihn sehen. Wieso konnte ich ihm nie sagen, wie wichtig er in meinem Leben war, wie sehr ich ihn brauchte? Konnte Scott sich eigentlich so richtig bei ihm verabschieden? Nur einen kurzen Moment schließe ich die Augen.

Ich raffe mich auf und schaffe es zumindest bis ins Bad. Ich starre mein Spiegelbild an und mir wird bewusst, dass ich nicht mehr wie Mrs Alexander Jackson aussehe. Würde er mich überhaupt noch erkennen, wenn er mir auf der Straße begegnete? Diese Gedanken sind umsonst, denn er wird mir nicht mehr auf der Straße begegnen. Zumindest nicht in dieser Welt. In der Schublade neben meiner sind noch immer Xanders Sachen. Hier liegt sein Rasiermesser, der Pinsel und einige seiner Aftershaves. Ich öffne die erste Flasche und atme den Duft ein. Für einen kurzen Moment scheine ich zu vergessen, wo ich bin und was ich tue ...

Alles verschwimmt ein bisschen ...

Ich drehe die Dusche auf und warte, bis das Wasser warm genug ist. Dann steige ich unter den Strahl und schließe die Augen ... Ich höre seine Stimme ...

*„Schatz, lässt du mir ein bisschen Wasser übrig?“*

„Xander?“

Ich schiebe den Vorhang zur Seite ... Und da steht er in seinem blauen Bademantel, ein Lächeln auf dem Gesicht. Er lehnt lässig an der Tür und wirkt entspannt. Ich weiß, dass es nur ein Tagtraum ist, aber da ich in letzter Zeit selten welche hatte, kommt er mir unheimlich real vor.

„Was machst du hier?"

*„Ich wohne hier. Schon vergessen?"*

Ich steige aus der Dusche und komme langsam auf ihn zu. Bisher hat er sich immer in Luft aufgelöst, wenn ich versucht habe, ihn zu berühren, aber diesmal streckt er seine Hand aus und ich nehme sie an. Es fühlt sich tatsächlich an wie Xander ... und als ich meine Arme um ihn schlinge, hält auch er mich fest.

„Gott, ich habe dich so sehr vermisst!"

*„Ich weiß, ich dich auch ... aber jetzt bin ich ja da."*

Ich schiebe ihn ein bisschen von mir, sehe sein Lächeln und weiß, dass alles gut wird. Seine Hand berührt meine Wange.

*„Du kannst nicht mit mir kommen."*

Ich verstehe nicht, was er mir sagen will.

„Wieso nicht?"

*„Weil es einfach noch nicht deine Zeit ist."*

„War es denn deine Zeit?"

*„Ja und nein, deswegen bin ich ja noch nicht weg. Aber du hast noch so viel zu erledigen. Ich kann dich nicht mitnehmen ..."*

„Doch, das kannst du!"

Jetzt lächelt er traurig, schüttelt den Kopf – und lässt mich los, auch wenn ich versuche ihn fest zu halten.

*„Nicole ... ich liebe dich ... aber das kann ich nicht tun ..."*

„Xander ... bleib hier ... bitte!"

Ich versuche, nach ihm zu greifen – aber er ist weg, bevor ich weiß, was wirklich passiert. Ich sehe wieder in den Spiegel und kann plötzlich Colins Worte lesen, die er für mich an den Spiegel geschrieben hat:

*2.. Ich liebe dich! C.*

Ich schlage wütend mit der Faust gegen den Spiegel, ich spüre den Schmerz und sehe das Blut, dann falle ich, alles wird schwarz ...

*

Was danach geschah? Der Rest war Stille ...

*

„Mrs Jackson? Können Sie mich hören?“

Es war überall weiß und grelles Licht traf meine Augen, als ich sie langsam wieder öffnete. Ich wusste nicht, wo ich war oder was passiert war, aber eines war sicher: ich war nicht mehr in meinem Badezimmer. Der Mann, der neben meinem Bett stand, sah auch nicht wie Xander aus. Es war ein Mann im weißen Kittel und mit Brille.

„Können Sie mich hören?“

Ich nickte langsam, aber ob ich auch seine Worte verstand, das wusste ich nicht.

„Wo bin ich?“

Zumindest konnte ich noch sprechen, das beruhigte mich ein bisschen.

„Sie sind im Krankenhaus. Keine Sorge.“

Jetzt erkannte ich den Mann. Es war Xanders Arzt.

„Sie haben sich damals um meinem Mann gekümmert.“

Er nickte und schob die Brille ein bisschen höher, während er nach meinem Arm griff und ihn etwas anhob.

„Können Sie mir das erklären?“

Ich versuchte, seinem Blick zu folgen ... aber es verwirrte mich doch etwas, meine Handgelenke dick eingewickelt zu sehen.

„Wir hätten Sie fast verloren.“

„Was?“

„Können Sie sich an nichts mehr erinnern?“

Er ließ meine Hand langsam wieder los und setzte sich auf den Stuhl neben meinem Bett. Ich versuchte nachzudenken, aber mein Gehirn fühlte sich an wie in Watte gepackt. Ich schüttelte langsam den Kopf.

„Eine Freundin hat Sie im Bad gefunden."

„Ich war duschen."

„Ihr Spiegel war zerbrochen und Sie hatten ein Rasiermesser in der Hand."

„Ich wollte ... mich umbringen?"

„Ganz offensichtlich. Ja."

Das machte doch alles keinen Sinn. Wieso hätte ich mich umbringen sollen?

„Das kann nicht sein."

„Doch. Sie haben auch erstaunlich gute Arbeit geleistet."

„Ich will nicht sterben."

„Das werden Sie auch nicht."

„Wo ist mein Sohn?"

Der Arzt lächelte kurz und nickte hinter sich zur Tür.

„Er wartet draußen. Sie haben ihm einen ganz schönen Schrecken eingejagt."

„Kann ich ihn sehen?"

„Natürlich. Ich schick ihn rein. Aber bitte keine Aufregung, ja?"

Wie, um alles in der Welt, sollte ich Scott jemals wieder in die Augen sehen? Wie sollte ich ihm erklären, dass seine Mom ihn verlassen wollte? Ich hasste mich wieder. Und es wurde auch nicht besser, als er plötzlich neben meinem Bett stand.

„Hi Scott ..."

Ich musste weinen und fasste nach seiner Hand. Er nahm auf dem Bett Platz und sah mich traurig an.

„Hast du mich nicht mehr lieb?"

„Wie kannst du so was nur denken, Scott? Natürlich habe ich dich lieb. Sehr sogar."

„Wieso wolltest du dann sterben?"

Wenn ich das nur wüsste! Mir wollte es nicht mehr einfallen; ich bin nicht mal sicher, dass ich es wirklich jemals wollte. Aber ich wusste zum Glück ganz genau, wem ich es eigentlich zu verdanken hatte, dass ich noch hier war. Sicher, Sally hat mich im Badezimmer gefunden, die Ärzte haben vielleicht mein Leben gerettet ... aber war es nicht Xander, der sagte, er könne mich nicht mitnehmen?

„Es tut mir so leid, Scott. Ich bin keine gute Mutter, weil ich dich so im Stich gelassen habe."

Er streichelte meine Hand und versuchte ein Lächeln, aber ich konnte die Tränen in seinen Augen sehen. Wie hatte ich ihm nur so wehtun können?

„Scott, ich vermisse Daddy sehr. So sehr, dass ich einen kurzen Moment geglaubt habe, es würde mir besser gehen, wenn ich bei ihm wäre ... aber das war falsch."

„Ich vermisse Daddy auch!"

Natürlich vermisste er ihn, aber ich war zu blind, um zu sehen, dass er die gleichen Schmerzen hatte wie ich.

„Jetzt werde ich für dich da sein, Scott. Vielleicht sollten wir beide mal weit weg in den Urlaub fahren. Nur wir zwei."

„Kalifornien!"

„Wie wäre es mit Malibu?"

„L. A.!"

„Bist du nicht zu jung für den Rodeo Drive?"

„Ich möchte so gern mal nach Hollywood!"

Ich lächelte, weil er es auch tat. Wenn ein Trip nach Hollywood ihn glücklich machte, dann würde ich mit ihm auch nach Los Angeles fahren. Ich sollte mich auf das konzentrieren, was wirklich wichtig war im Leben: Scott sollte der Mittelpunkt meines Lebens sein.

„Scott, es tut mir ehrlich leid, dass ich das alles nicht so gut schaffe."

„Was meinst du?"

„Ohne Dad ist vieles für mich ein klein bisschen schwerer. Ich werde wohl Hilfe brauchen."

„Ich finde, du hast es eigentlich gar nicht so übel gemacht. Bis auf das jetzt. Und das mit Colin und Charlie."

„Bist du denn nicht sauer?"

Kinder sahen die Dinge manchmal so viel klarer, deswegen war mir seine Meinung auch so wichtig. Und er war ja schließlich mein Sohn.

„Auf Colin und Charlie? Nein."

„Aber … du hast verstanden, was sie getan haben?"

„Ja. Daddy kommt nicht wieder. Aber Colin ist da. Und Charlie."

„Colin ist da, weil Daddy tot ist."

„Das stimmt nicht. Daddy ist tot, weil sein Wagen kaputtgegangen ist. Aber für mich ist Daddy nicht wirklich weg."

Hinter uns ging wieder die Tür auf und Sally streckte ihren Kopf ins Zimmer. Ich winkte ihr zu und wischte mir die Tränen von der Wange.

„Hi Nicole. Na? Wie geht es dir?"

„Gut, danke. Hast … hast du mich gefunden?"

Sie nickte und legte Scott die Hände auf die Schultern. Ich wusste nicht, wie spät es war und wie viel Tage vergangen waren. Ich war einfach nur unglaublich müde.

„Wir lassen dich jetzt ein bisschen schlafen."

„Geht aber nicht zu weit weg."

„Sicher nicht. Und du auch nicht."

Sie zwinkerte mir zu und schob Scott vor sich her in Richtung Tür. Bevor sie aber verschwanden, musste ich noch was loswerden.

„Sally? Danke!"

Sie drehte sich nicht zu mir um, aber ich sah trotzdem, dass sie nickte. Wie sollte ich das wieder gutmachen?

Im wachen Zustand fällt es mir noch heute schwer zu verstehen, dass ich diese Welt wirklich verlassen wollte. Sicher, ich sehnte mich nach Xander, aber ich hatte doch Scott. Und Sally. Es war so feige von mir. Wieder betrachtete ich meine Arme, die nicht nur wie Sushi-Rollen eingewickelt waren, sondern auch noch mit Schläuchen versehen. Die Geräte neben mir gaben ein mir nur allzu bekanntes Geräusch von sich. Als ich damals an Xanders Bett saß, erfüllte dieses Geräusch immer den Raum, aber gegen Ende hatte ich es nicht mal mehr wahrgenommen. Ich schloss meine Augen und hoffte, dass alles vielleicht nur ein Traum war und keine Realität. Ich würde aufwachen, alles wäre wie immer, und nichts hatte sich verändert.

Ich schlief bestimmt eine ganze Weile, weil auch die Medikamente dazu beitrugen, dass ich mich matt und erschöpft fühlte. Ich hörte Stimmen von Krankenschwestern, die nach mir sahen, einmal hörte ich auch Sally fragen, wann sie mich morgen wieder besuchen durften. Ich musste also wirklich über Nacht in einem Krankenhaus bleiben. Natürlich würde sich Sally um Scott kümmern, aber trotzdem machte ich mir Sorgen. Er hatte schon einmal erlebt, dass jemand, den er liebte, in einem Krankenhaus bleiben musste. Und Xander war nicht mehr nach Hause gekommen.

Mein Schlaf war unruhig und voller unsinniger Träume. Immer wieder kamen Leute in mein Zimmer, Infusionen wurden gewechselt, der Puls gefühlt. Ich war weder wirklich wach, noch schlief ich. Es war ein Schwebezustand, der vermutlich süchtig machen würde, wenn man ihn in der Apotheke an der Ecke erwerben könnte.

„Du hast mir echt einen ganz schönen Schrecken eingejagt."

Ich konnte die Stimme nicht hundertprozentig einordnen, aber natürlich war sie mir vertraut. Und sie war ein bisschen wirklicher als alles, was sich sonst in meinem Kopf abspielte. Aber wenn ich das Zeitgefühl nicht vollkommen verloren hatte, dann war eigentlich keine Besuchszeit. Also musste es sich doch um einen Traum handeln – aber dann griff jemand nach meiner Hand.

„Das war wirklich dumm von dir. Sehr dumm. Du hast keine Ahnung, wie es sich angefühlt hat. Ich weiß, dass du Xander liebst, mehr als alles andere, aber ... du kannst nicht zu ihm gehen ... Verstehst du? Du gehörst hierher ... Ich will nicht, dass er dich holt ..."

Es klang so vernünftig, so nachvollziehbar, was er sagte, und ich gab ihm recht. In allen Dingen. Ich liebte Xander noch immer über alles und würde es auch noch eine ganze Weile tun. Aber ich gehörte nicht dahin, wo er jetzt war. Zumindest noch nicht. Ich öffnete die Augen und musste sie diesmal an die Dunkelheit gewöhnen.

„Charlie?"

Natürlich war es Charlie! Er saß auf einem Stuhl und streichelte meine Hand, was sich unheimlich gut anfühlte. So, als wäre ich wirklich noch am Leben.

„Wieso hast du das gemacht? Das war wirklich dumm."

„Es tut mir leid."

Eigentlich wollte ich doch nicht mit ihm reden, ich wollte ihn nicht mal sehen. Und doch tat es jetzt so gut, ihn hier zu haben.

„Das sollte es auch! Als Scott mich angerufen hat, dachte ich wirklich, ich hätte dich verloren. Aber das habe ich ja schon."

Ich wollte ihm etwas sagen, aber was? Ich hatte ein bisschen Zeit, um nachzudenken; aber ich stand ja sozusagen unter Drogen und wusste nicht, welche meiner Gedanken Sinn machten und welche nicht. Charlie sah mich direkt an.

„Ich habe gedacht, dass mir niemals jemand so nah sein wird, wie es Colin ist. Aber als ich hörte, was du gemacht hast, das war ... Ich will so was nie wieder fühlen."

„Charlie, was machst du eigentlich hier?"

Die Frage klang vernünftig, nachdem ich die Uhr an der Wand mehr oder weniger entziffert hatte und feststellen musste, dass es kurz nach vier Uhr morgens war. Er zuckte die Schultern und ließ meine Hand wieder los.

„Ich wollte dich sehen."

Ich nickte nur und schloss wieder meine Augen.

„Aber das war wohl auch falsch. Ich werde gehen."

Er stand auf, aber ich war schneller, griff nach seiner Hand und hielt sie so fest, dass es uns beiden wehtun musste. Also nahm er wieder Platz und streichelte wieder meine Hand. Ich hätte ihm gerne gesagt, dass ich nicht alle meine Aussagen so gemeint hatte. Aber ich fand keine Worte, deswegen versuchte ich, es ihm anders zu zeigen. Ich hielt seine Hand einfach fest in meiner und hoffte, dass er nicht ging.

Als ich wieder wach wurde, saß Charlie zusammengesunken auf seinem Stuhl neben meinem Bett. Jemand hatte eine Decke über ihn gelegt, aber seine Schlafhaltung erschien mir nicht wirklich bequem. Ich hatte ihn eine kleine Weile nicht mehr gesehen und jetzt trug er eine Art Bart. Er hatte also entweder keine Zeit mehr für eine Rasur – oder es war ihm egal. Wenn ich ihn so sitzen oder vielmehr schlafen sah, fühlte ich mich wieder mal schuldig. Seit Xanders Tod hatte ich nicht mehr besonders viele Menschen in meinem Leben. Die meisten waren mit ihm gegangen, weil sie nicht wussten, worüber sie mit mir sprechen sollten, und wie sie sich in meiner Nähe benehmen sollten. Die Verbliebenen schubste ich mit voller Kraft von mir, das war vermutlich mein größter Fehler. Ich hatte viele hässliche Dinge gesagt ... aber wer saß jetzt auf dem

Stuhl neben mir und wartete an meinem Bett darauf, dass ich wieder wach wurde? Charlie. Er fand immer wieder einen Weg zurück zu mir, egal wie schrecklich ich zu ihm gewesen war. Er fehlte mir, wenn ich ihn zu lange nicht gesehen hatte. Ich musste lächeln, wenn er in meiner Nähe war. So wie jetzt.

Er öffnete langsam die Augen und lächelte verschlafen, als er mich sah.

„Morgen."

„Du durftest also bleiben?"

„Wir schulden der Schwester 50 Dollar."

Er zwinkerte mir zu und streckte sich ein bisschen aus. Irgendwann musste ich es ja doch fragen, also brachte ich es lieber schnell hinter mich.

„Wo ist Colin?"

„Er war auch da, hat nach dir gesehen, aber er wollte nicht, dass du dich aufregst."

„Er war hier?"

„Ja, bevor er zum Flughafen ist."

Ich setzte mich ebenfalls ein bisschen auf und spürte einen stechenden Schmerz in meinen Handgelenken.

„Flughafen?"

„Er ist wieder nach New York. Er braucht ein bisschen Abstand und fühlt sich ziemlich eingeengt in der Firma. Jetzt, da er nicht mehr zeichnen kann."

„Wann kommt er wieder?"

Charlie fuhr sich über das Gesicht und legte die Decke zur Seite.

„Keine Ahnung. Wir hatten uns nicht mehr besonders viel zu sagen, weißt du?"

Ich nickte und verfluchte mich dafür, dass ich Colin jetzt vielleicht nicht mehr sah. Wie konnte er denn einfach weggehen? Immerhin hatte er Xanders Herz und gehörte in meine Nähe. Oder war das wieder nur einer meiner bescheuerten Gedanken?

„Ich hole mir mal einen Kaffee."

Er stand auf und versuchte, etwas Form in seine Frisur zu bekommen, was ihm nicht gelang; aber das war auch nicht nötig, weil er eigentlich immer süß aussah.

„Kommst du wieder?"

„Willst du das denn?"

Ich nickte und lächelte ihn an. Irgendwann würde ich ihm all das sagen können, was mir jetzt durch den Kopf ging. Irgendwann, so hoffte ich.

„Okay."

Er drehte sich zur Tür, die in diesem Moment aufgeschoben wurde – und zwar von Scott, der Charlie überrascht eine Schrecksekunde lang ansah, ihm dann um den Hals fiel und ihn fest an sich drückte.

„Charlie!"

Charlie schien ebenfalls etwas überrascht, schlang aber seine Arme auch gleich um meinen Sohn und hielt ihn eine kleine Weile fest. Sally schob sich an den beiden vorbei und kam langsam zu mir, wobei sie die beiden nicht aus den Augen ließ.

„Hast du schlafen können?"

„Ja. Ein bisschen zu lange, wenn du mich fragst."

„Gut möglich. Der Arzt hat gesagt, dass wir dich heute Abend mit nach Hause nehmen dürfen. Aber wir wissen noch nicht, ob wir das wollen."

Sie setzte sich zu mir aufs Bett und musterte mich skeptisch. In meiner wilden Fantasie sah ich mich schon vor einem Gericht, wie ich um das Sorgerecht für Scott kämpfte, aber Sallys Grinsen entspannte mich.

„Wir hatten echt eine Menge Spaß ohne dich. Wir haben viel Pizza bestellt und so. Aber ich glaube, Scott will dich wiederhaben."

„Ich ihn auch! Ich freue mich so, wenn ich endlich wieder zu Hause bin."

„Hör mal Nicole ... Ich habe mich gefragt, ob ich erst mal bei euch einziehen sollte und dir ... na ja, helfe ..."

„Helfen?"

„Du warst in letzter Zeit zwar erstaunlich stark, aber das war alles ein bisschen zu viel für dich. Ich glaube einfach, dass du das nicht alleine auf die Reihe kriegst."

Scott und Charlie waren endlich mit ihrer Begrüßung fertig und gesellten sich zu uns ans Bett. Ich wusste nicht, ob ich mich beschweren oder bedanken sollte. Ich fühlte mich im Moment zwar durchaus in der Lage, mein Leben selber in die Hand zu nehmen, aber ob ich das wirklich schaffen würde? Ich wusste ja nicht mal, ob ich noch einen Job hatte.

„Ich weiß nicht ... klingt nicht schlecht ..."

„Vielleicht kann ich helfen."

Es überraschte mich, dass Charlie diesen Vorschlag einbrachte, aber ich war bereit, ihn anzunehmen.

„Ich werde natürlich nicht bei euch wohnen, aber ich kann Scott von der Schule holen, abends bei euch sein ... Du kannst anrufen, wenn du bei irgendwas Hilfe brauchst. Was meinst du?“

„Das fände ich sehr schön.“

Charlie lächelte mich an und ich wusste, dass ich nie die Chance bekommen würde, mich anständig bei ihm zu bedanken. Solche Menschen bekam man nur einmal im Leben geschenkt. Man musste nur aufpassen, dass man sie nicht wieder verlor. Mir war es fast passiert – den Fehler würde ich kein zweites Mal machen.

Als ich das Krankenhaus verließ, schwor ich mir, nie wieder einen Fuß ins Innere zu setzen. Ich wollte niemanden hier besuchen müssen, ich wollte nie selber Patient sein – und ich wollte niemanden mehr in diesem Krankenhaus verlieren! Lange genug war es der wichtigste und traurigste Schauplatz in meinem Leben, es wurde Zeit ein neues Szenario zu finden. Charlie fuhr Scott und mich nach Hause. Die ganze Fahrt über starrte ich aus dem Fenster und genoss die Tatsache, die Sonne scheinen zu sehen. Auch wenn ich es nicht zulassen mochte, wanderten meine Gedanken oft zu Colin. Ich fragte mich, wo er war und was er gerade tat. Ob er an mich dachte? Und wenn ja, was fühlte er dabei?

Ich bemerkte, dass mir die Stadt heute kleiner vorkam. Das soll ja oft so sein, wenn man etwas Übergroßes erlebt hatte. Mein letztes halbes Jahr kam mir plötzlich wirklich übergroß vor. Als wollte mir eine höhere Macht zeigen, dass ich nur die Figur auf einem Spielfeld war, auf dem ich mich nicht selbstständig bewegen konnte.

Scott griff nach meiner Hand und drückte sie, während er lächelte. Ich wusste, dass er von mir ein Weitermachen verlangte. Und er hatte vollkommen recht! Ich hätte aufhören können, ja sogar wollen, wenn Xander nach meiner Hand gegriffen hätte und mir den letzten Schritt leicht gemacht hätte. Aber er wollte mich nicht bei sich haben, und das sollte wohl als letzter Wink mit dem Zaunpfahl für mich gelten. Ich gehörte noch hierher. Es fühlte sich gut an, als ich mein Wohnzimmer wieder betrat und den vertrauten Geruch aufnahm.

„Willkommen zu Hause, Mom!“

Scott war ohne Zweifel wirklich froh, mich wieder bei sich zu haben – und ich war froh, ihn zu haben. Ich war aber auch froh, Charlie wieder hier zu sehen. Mit einer gewissen Freude sah ich, dass er seine Jacke auszog und mir in die Küche folgte. Ich wollte mich an bestimmte Dinge in meinem Leben gewöhnen, aber ich habe mir fest vorgenommen, etwas vorsichtiger zu sein.

„Bleibst du zum Essen?“

Charlie nickte und ich lächelte.

# Letztes Kapitel

„Hi Xander ...“

„Diesmal wusste ich, dass er mir zuhörte. Weil er noch immer hier war, weil er noch nicht weggegangen war. Weil es Dinge gab, die ich sagen musste.

„Ich mache es möglichst kurz ... Du bist ein fester Teil meines Lebens. Daran wird sich nie etwas ändern. Scott wird mich jeden Tag daran erinnern, dass du ihn mir geschenkt hast.“

Ich warf einen kurzen Blick über die Schulter, aber ich war alleine. Zumindest fühlte ich mich alleine und das reichte aus, um offen reden zu können.

„Aber ich muss weitermachen, immerhin hast du mich hier gelassen.“

Das klang ein bisschen wie ein Vorwurf, aber so war es nicht gemeint. Also ging ich in die Hocke und rupfte wie immer ein bisschen Unkraut aus, welches sich über das Grab meines Mannes ausbreiten wollte.

„Ich bin hier, um auf Wiedersehen zu sagen. Und danke.“

Ich hoffte, er konnte mich nicht nur hören, sondern auch sehen. Ich würde ihm so gerne in die Augen sehen wollen und sagen, was ich sagen wollte. Außerdem wollte ich gerne seine Meinung dazu hören.

„Als ich dich im Krankenhaus nicht loslassen wollte, lag es daran, dass ich dich in einem Körper festgehalten habe, den du schon lange verlassen hast. Jetzt bist du irgendwie über einige Umwege wieder bei mir gelandet. Oder zumindest dein Herz.“

Die Bilder von Xander im Krankenbett holten mich vor meinem geistigen Auge wieder ein, und eine Gänsehaut zog sich über meinen gesamten Körper.

„Ich werde dich ewig lieben, du wirst mir ewig fehlen ... Aber ich habe jemanden, der mir helfen will, diese Zeit jetzt zu überstehen."

Ich warf wieder einen Blick über meine Schulter, sah den ganzen Kiesweg entlang bis zum Ausgang, wo Charlie an seinen Wagen gelehnt stand. Er sah zu mir, ließ mir aber soviel Zeit wie ich brauchte, und noch ein bisschen mehr. Ich sah, dass er seine Hand hob und mir zuwinkte. Ich winkte zurück.

„Das ist Charlie. Er ist nicht wie du. Aber ich mag ihn sehr."

Ich lächelte, weil ich einen Scherz versucht hatte. Xander verstand bestimmt, was ich sagen wollte.

„Ich weiß, dass du nicht weg bist. Das tut gut. Aber ich kann Colin nicht dafür lieben, weil er mich an dich erinnert. Verstehst du?"

Wieso fiel es mir so schwer, mich normal auszudrücken? Meine Sätze schienen sich im Kreis zu drehen.

„Ich habe mir vorgenommen, nicht mehr sehr oft herzukommen. Versteh mich nicht falsch ... ich will nur ... wieder leben."

Ich stand langsam auf und zog die Kette mit seinem Ehering aus der Tasche. Lange drehte ich ihn in meiner Hand. Ich hatte mir überlegt, wo ich ihn am besten verstecken sollte, aber jetzt wusste ich, wohin er gehörte. Ich sah wieder zu Xander und lächelte. Wo auch immer er war – ich hoffte, es ging ihm gut.

„Machs gut, Xander. Ich liebe dich."

Charlie stand neben mir im Schlafzimmer und sah mir zu, wie ich auf die geöffnete Schranktür starrte. Ich erkannte Xanders Hemden, wusste genau, welches er zu welcher Hose getragen hatte, welches sein Lieblingshemd war und welches Hemd ihn vorteilhafter aussehen ließ. Neben mir stand ein Karton, der bereits mit Hosen gefüllt war.

„Alles okay, Nicole?"

„Mhm. Fühlt sich komisch an. Das ist alles."

„Sollen wir eine Pause machen? Willst du einen Kaffee?"

Ich schüttelte den Kopf und griff nach einem Hemd, spürte den vertrauten Stoff und musste lächeln bei dem Gedanken, wie sich dieser Stoff an Xanders Körper angepasst hatte. Dann nahm ich das Hemd vom Bügel und faltete es vorsichtig zusammen. So, als ob ich es eines Tages aus dem Karton nehmen würde, um es Xander zurückzugeben. Bei diesem Hemd fiel es mir schwerer, als bei den anderen.

„Charlie ... Gefällt dir das Hemd?"

„Es ist schön. Ich mag die Farbe."

„Ich habe ihm dieses Hemd geschenkt."

Ich drehte mich zu Charlie und war wieder überrascht, wie viel Geduld er für mich aufbrachte. Ich hatte keine Ahnung, wie viel Stunden wir hier schon standen und das machten. Ich wusste auch nicht, wie lange es noch dauerte, bis ich endlich das sagen konnte, was er zu hören verdient hatte, aber ich arbeitete jeden Tag daran. Ich legte das Hemd in den Karton und bekam dafür ein Lächeln von Charlie geschenkt.

„Weißt du, wann Colin ankommen wird?“

„Er hat gesagt, er meldet sich heute Abend bei dir.“

Ich habe ihn angefleht, seinen Bruder anzurufen und noch mal hierherzuholen. Ich musste einige Dinge klären; auch wenn Charlie mir dabei half, alles wieder in den Griff zu bekommen, ging es dieses eine Mal nicht ohne Colin.

Wenn man Angst vor dem letzten Kapitel hat, dann ist das Umblättern ziemlich schwer. Man starrt lange auf die Seiten und fragt sich, ob man umblättern soll. Aber wenn man sich nicht traut, stellt man das Buch ins Regal zurück. Jedes Mal, wenn man daran vorbeigeht, fragt man sich, wie die Geschichte wohl zu Ende geht. Wenn manchmal das Telefon sonntagmorgens klingelt, bildet man sich ein, es würde einen nicht interessieren, wer am anderen Ende der Leitung ist. Aber nach dem vierten Klingeln schlägt man die Decke zur Seite und rafft sich auf, nimmt den Hörer ab und ist dann manchmal sogar überrascht. So ist es mit unserem Leben. Ich habe mein Leben als Buch gelesen, aber das letzte Kapitel liegt noch vor mir.

„Charlie ... Danke.“

„Schon okay, es war nur ein Anruf.“

„Das meine ich nicht.“

Ich ging einen Schritt vom Schrank weg und setzte mich auf das Bett. Charlie stand noch immer da und sah auf die Hemden und Schuhe. Mich sah er nicht an.

„Charlie?“

„Xander hat jede Menge Schuhe. Hast du ihm die gekauft?“

„Die meisten.“

„Guter Geschmack. Passen alle zu den Hosen.“

„Und zu den Hemden."

„Nicht schlecht."

„Willst du mit mir über Modetipps sprechen?"

Erst jetzt drehte er sich um und zuckte die Schultern.

„Keine Ahnung, worüber möchtest du denn sprechen?"

Wenn ich das so genau gewusst hätte ... Also klopfte ich leicht auf das Bett neben mir, und Charlie setzte sich in Bewegung. Er hielt ein bisschen Abstand, vielleicht aus Angst vor meinen Berührungen.

„Xander hat manchmal am Wochenende gesagt, er braucht neue Schuhe oder eine neue Hose. Dann sind wir losgezogen, alle drei, und haben uns eine Ewigkeit in den Geschäften rumgetrieben. Danach sind wir Eisessen gegangen. Das klingt so kitschig."

„Das klingt eigentlich sehr schön. Wenn ich neue Schuhe brauche, klaue ich sie aus Colins Schuhschrank."

Er lächelte, ich lächelte.

„Ich hab das ernst gemeint ... Danke, Charlie. Ich kann nicht glauben, dass du noch immer da bist."

„Wo sollte ich denn sonst sein?"

„Ich an deiner Stelle wäre weggelaufen. Ich habe dir so oft wehgetan, habe so viel gemeine Dinge gesagt ..."

„Ich neige zum Masochismus."

„Ach so."

„Und ich mag dich."

Ich sah ihn an und beobachtete jede seiner Bewegungen. Er gefiel mir zwar auch mit Bart, aber es machte ihn auch rauer. Und ich musste mich vermutlich einfach nur daran gewöhnen. Endlich sah auch er mich an.

„Im Ernst, Nicole, ich hoffe noch immer auf diese unwahrscheinlich kleine Chance ... Ach, ich weiß auch nicht. Ich kann dich nicht loslassen. Ich bin deswegen noch immer hier, weil ich gerne in deiner Nähe bin. Weil ich mir gar nicht mehr vorstellen will, wie es ohne dich sein soll."

„Ich bin auch gerne in deiner Nähe. Sehr gerne sogar."

Ich legte meine Hand auf seine Wange und streichelte sie sanft. Er schloss einen kurzen Moment die Augen.

„Sind dir eigentlich die Rasierklingen ausgegangen?"

„Ich habe einfach keine Geduld für so was."

Ich griff nach seiner Hand und zog ihn wieder auf die Beine. Er folgte mir überrascht bis ins Badezimmer, wo nichts mehr an meinen Ausraster erinnerte. Jemand hatte sogar den Spiegel ausgetauscht; ich musste nicht lange nachdenken und raten, wer das war.

„Was hast du vor?"

„Keine Sorge, ich kann das."

Ich rückte ihm den Hocker so vor das Waschbecken hin, dass er sich auch im Sitzen noch im Spiegel sehen konnte. Skeptisch nahm er Platz und ich griff nach einem Handtuch, welches ich um seinen Hals legte.

„Ich muss diese Schublade sowieso ausräumen, dann könnte ich das auch noch mal benutzen, oder?"

Ich griff nach Rasierschaum und einem Einwegrasierer. Charlie beobachtete mich noch immer eher unsicher, aber ich wusste genau, was ich tun wollte. In der Dose war sogar noch ein bisschen Rasierschaum, der musste ausreichen.

„Steh es durch wie ein Mann!"

Ich sprühte mir den Schaum auf die Hand und verteilte ihn dann langsam auf Charlies Gesicht. Er schien meine Berührungen langsam doch zu genießen, und es fühlte sich vertraut an, seine Haut zu berühren. Es war anders als bei Xander und das war gut so. Es sollte sich anders, aber dennoch vertraut anfühlen.

„Nicole, weißt du auch ganz sicher, was du da machst?"

„Nicht reden, sonst schneide ich dich noch."

Er sah mich an, nickte und schaute mir im Spiegel zu, wie ich vorsichtig sein Kinn rasierte. Das hatte ich bei Xander nie gemacht. Wenn ich ganz ehrlich sein darf – ich dachte in diesem Moment auch gar nicht an Xander. Langsam fuhr ich über Charlies Haut, bedacht darauf, ihn nicht zu verletzen. Ich achtete sogar darauf, dass seine Koteletten noch die richtige Länge hatten. Er sah immer noch im Spiegel zu mir, beobachtete aber nicht mehr meine Bewegungen, sondern mein Gesicht. Ich sah bestimmt unheimlich verkrampft aus, aber es war ja auch anders, als sich nur die Beine zu rasieren.

„So ... fertig."

Ich wischte mit dem Handtuch die letzten Reste des Rasierschaums aus seinem Gesicht, nahm den Rasierer und alles andere aus der Schublade und warf es nach kurzem Zögern in den Mülleimer. Charlie betrachtete sein Gesicht kritisch im Spiegel und fuhr sich mit der Hand über das Kinn. Ich war mir plötzlich nicht mehr sicher, ob das so eine gute Idee gewesen war.

„Sehr gute Arbeit, Ma'am."

Er grinste mich breit an und drehte sich zu mir.

„Gerne, Sir. Kostet 15 Dollar."

Ich kam einen kleinen Schritt auf ihn zu, legte meine Hand an den Kragen seines Pullovers und sah ihm dabei genau in die Augen.

„Erinnerst du dich noch daran, was du am See zu mir gesagt hast?"

Er schien nachzudenken, wollte oder konnte sich aber nicht mehr erinnern. Vielleicht wollte er es auch einfach nur noch mal von mir hören.

„Du hast gesagt, dass du gerne der erste Mann nach Xander gewesen wärst."

„Stimmt."

„Also, wenn du das noch immer möchtest ... Ich möchte es nämlich sehr gerne. Was meinst du?"

Er musste nicht mal überlegen, nickte und legte langsam die Hände um meine Hüften. Ich ließ mich ein Stückchen näher an ihn heranziehen.

„Sehr gerne."

„Gut ... Ich hatte Angst, du würdest ... na ja..."

Ich fuhr ihm sanft über die Wange, war von meiner Arbeit sehr begeistert und streckte mich schließlich ein bisschen, um seine Lippen mit meinen berühren zu können. So standen wir einige Minuten im Bad. Wir küssten uns und vergaßen vielleicht all das, was geschehen war. Ich hatte angefangen, mein letztes Kapitel zu lesen. Bisher gefiel es mir ausgesprochen gut.

Colin sah für mich jetzt gar nicht mehr aus wie Colin. Er trug einen grauen Anzug, der ihn älter aussehen ließ, als er wirklich war. Er wirkte irgendwie nervös, das konnte ich schon aus weiter Entfernung sehen. Scott hätte ihn auch gerne gesehen, aber er wollte sich nicht bei mir zu Hause treffen, wenn möglich auch nicht bei seinem Dad in der Firma. Und so trafen wir uns im Café. Als er mich sah, stand er auf und streifte seinen Anzug glatt. Ich fand es süß und musste lächeln, auch wenn ich eigentlich ziemlich ernst war.

„Hallo Colin."

„Nicole."

Wir reichten uns nur die Hände, was ich dämlich fand, aber auch nicht ändern konnte. Wir waren ganz offensichtlich beide noch nicht soweit. Also nahm ich Platz und wartete darauf, einen Kaffee bestellen zu können.

„Wie geht es dir jetzt?"

„Gut. Ich glaube dieser Komplettabsturz war wichtig für mich."

Er nickte, aber er schien sich da nicht ganz so sicher zu sein. Irgendwann musste ich ja sowieso mit ihm reden, wieso sollte ich dann so lange warten?

„Colin, wie geht es dir?"

„Gut. Na ja, besser. Ich fühle mich in New York ziemlich wohl. Aber ich vermisse euch alle."

„Wieso kommst du dann nicht zurück?"

Er atmete schwer aus und sah sich die Speisekarte etwas genauer an. Vermutlich hatte er gar keinen Hunger, aber es lenkte ihn vielleicht ein bisschen von seinen Gedanken ab. Übrigens konnte ich nicht anders: ich starrte immer wieder auf sein Hemd, hinter dem sich die Narbe verbarg, die unser Leben für immer miteinander verband.

„Weil ich das getan habe, was du mir gesagt hast."

Ich hatte so viele Dinge gesagt, und nicht alle davon waren nett. Ich hoffte jetzt einen kurzen Moment, dass ich doch nicht ganz so blöd war, wie ich mich fühlte, und dass ich zumindest einmal etwas Geistreiches gesagt hatte.

„Du weißt nicht, was ich meine, oder?"

Er kannte mich eben doch besser als ich zugeben wollte. Ich schüttelte nur den Kopf und bekam endlich meinen Kaffee.

„Von all den Dingen, die du mir gesagt hast, hat mir vor allem eines sehr geholfen. Du hast gesagt, ich soll rausfinden, was ich jetzt kann."

Er hielt seine Hände ein bisschen in die Luft und ich konnte sehen, dass nicht nur der Verband, sondern auch die Narbe nicht mehr zu sehen war.

„Ich kann doch mit der rechten Hand schreiben. Ich kann sogar noch immer ein bisschen zeichnen, aber es reicht nicht mehr aus. Und das ist auch gar nicht schlimm."

„Ist es nicht?"

„Nein. Ich zeichne noch immer gerne, aber wenn ich mit Leuten rede ... dann ... das ist es, was mich glücklich macht. Und ob du es nun hören willst oder nicht, ich bin deinem Mann sehr dankbar. Er hat mir eine zweite Chance geschenkt. Ich wäre ein kompletter Idiot und schrecklich undankbar, wenn ich sie nicht annehmen würde."

Die Wärme, die durch meinen Körper floss, fühlte sich gut an. Niemand schien zu verstehen, was mir diese Worte bedeuteten. Xanders Tod bekam deswegen noch lange keinen Sinn, es machte alles auch nicht leichter – aber es half. Wie das Pusten der Mutter auf die Wunde, wenn man hingefallen war. Das half ja auch nur, weil man es wollte.

„Danke, Colin."

„Aber jetzt habe ich die ganze Zeit geredet, dabei geht es hier um dich."

„Ja ... ähm... Ich wollte mich entschuldigen. Inzwischen habe ich Übung darin. Ich wollte sagen, dass ich nicht alles so gemeint habe, wie ich es gesagt habe."

„Schon gut."

„Nein, ist es nicht. Ganz im Gegenteil. Ich bin unheimlich froh, dass du noch am Leben bist."

Er sah mich überrascht an.

„Nicht wegen Xander, sondern wegen dir. Deswegen. Und ich wollte meine zweite Chance nutzen."

„Zweite Chance?"

Der Lärmpegel um uns rum war so laut, dass ich mich darin verlieren konnte. Es war so viel los, dass ich mir keine Mühe machen musste, etwas zu verstehen, weil es sowieso nicht klappen würde; also versuchte ich es in meinem Inneren wie Fahrstuhlmusik wirken zu lassen, während ich mich etwas näher zu Colin beugte. Er kam mir auch etwas entgegen.

„Ich habe mich nie von Xander verabschieden können. Ich habe ihm nie wirklich gesagt, was er mir bedeutet hat ... Wenn das für dich nicht zu albern ist, würde ich das jetzt gerne nachholen."

Colin lächelte zärtlich und nickte, während er nach meiner Hand griff und sie festhielt. Ich rief mir noch einmal die Worte ins Gedächtnis, die ich so oft schon aussprechen wollte, aber endlich war der Richtige da, um mir zuzuhören.

„Ich werde nie einen Mann so lieben können wie dich ... Ich werde nie vergessen, was du mit mir und meinem Leben gemacht hast, und ich werde nie aufhören, dich zu lieben. Ich trage dich in mir, aber ich muss dich loslassen. Jetzt habe ich den Mut, das zu tun. Und es gibt jemanden, der für mich da ist, wenn ich nach Hause komme ... Hierherzukommen war gar nicht so einfach, aber ich habe es geschafft ..."

Ich griff in meine Jackentasche und holte die Kette mit Xanders Ehering heraus.

„Ich wusste nicht, wo dieser Ring hingehört. Würdest du auf ihn aufpassen, Colin?"

Colin nickte, nahm ihn an und steckte ihn in die Brusttasche seiner Jacke. Ich sah, wie er dort verschwand und spürte, dass etwas in mir plötzlich leichter wurde. Als hätte ich Xander auf meinen Schultern getragen – und jetzt fühlte es sich an, als hätte er mich losgelassen. Colin beugte sich zu mir und drückte mir einen sanften Kuss auf die Lippen.

„Nicole, ich weiß, dass er dich auch immer lieben wird."

Das tat gut, weil es mir leicht fiel, ihm das zu glauben. Er war Xander im Moment vermutlich näher als jeder andere Mensch.

„Ach, bevor ich es vergesse ... Das hier ist in New York der absolute Renner."

Er schob einen Karton über den Tisch und ich warf einen skeptischen Blick ins Innere. Zwischen der Holzwolle erkannte ich lackiertes Holz. Ich sah zu Colin und er nickte, als ich das Holzspielzeug auf den Tisch hob.

„Das ist ... es ist doch das, wofür ich es halte ..."

„Ja. Der Durchbruch der Shaw Brothers!“

„Wie ...“

„Ich habe es gezeichnet, Dad und Charlie haben es gebaut. Ich habe es dann in New York verkauft.“

„Charlie hat gar nichts davon erzählt.“

„Ich habe ihn darum gebeten. Ich wollte es dir sagen.“

Er sah sehr zufrieden aus. Es freute mich, dass er einen Weg gefunden hatte, den er *seinen* Weg nennen konnte – und ich wusste, dass ich in dieser Entwicklung eine Rolle gespielt hatte.

„Dank dir, Nicole. War eine ziemliche Achterbahnfahrt, aber besser als die Geisterbahn.“

Bevor die erste Träne meine Wange erreichen konnte, wischte er sie weg. Am liebsten würde ich diesen Moment einen kurzen Augenblick länger festhalten, aber es war besser, wenn ich ihn einfach losließ. Ich schob meinen Stuhl zurück und stand auf. Colin sah mich lächelnd an und ich konnte ihm das Lächeln schenken, welches er verdient hatte.

„Das mit uns ... das hat doch eigentlich nichts mit uns zu tun gehabt – oder, Nicole?“

„Nein.“

„Können wir dann versuchen, Freunde zu sein?“

Ich nickte und fuhr ihm kurz über die Wange, bevor ich mich umdrehte und das Lokal so schnell wie möglich verließ. Ich hatte das getan, was ich tun musste. Das letzte Kapitel hatte also doch ein Happy End. Zumindest ein bisschen. Wenn ich jetzt an Xander dachte, sah ich ihn und Colin; Erinnerungen vermischten sich, aber sie gaben mir immer ein gutes Gefühl. Ich sprach von Xander auch noch immer als meinem Mann, und bezeichnete Colin als einen guten Freund.

Aber als ich am Abend die Tür zu meinem Haus aufschob, saß Charlie dort auf dem Sofa, Scott schlief in seinen Armen und ich wusste, dass es Zeit wurde, ein neues Buch zu schreiben. Oder bis zu den Abspanntiteln zu warten ...

# Abspann

Mein Leben hat sich sehr verändert. Und es verändert sich noch immer jeden Tag. Scott verändert sich, ich verändere mich und auch Charlie verändert sich. Diese Veränderungen bemerke ich manchmal gar nicht mehr, aber wenn ich jetzt meinen Schrank öffne und Charlies Hemden und Hosen darin hängen sehe, weiß ich, dass ich weitergegangen bin.

Wenn wir im Pizza Hut essen gehen und Charlie mit Scott über die Ergebnisse der Footballspiele, oder über die neuesten Entwicklungen in der Firma redet, dann wundere ich mich ein bisschen. Und es gefällt mir. Scott wird Xander nie vergessen, er geht ihn oft besuchen. Aber wenn er etwas erzählen will, wählt er oft eine New Yorker Vorwahl. Colin ist an den wichtigen Tagen übrigens auch bei uns. An Scotts Geburtstag, sogar an meinem Geburtstag. Er hat eine Rolle in unserem Leben, die nur er einnehmen konnte. Xander ist Scotts Vater, Charlie ist seine Bezugsperson – und Colin ist unser Verbindungsstück zwischen damals und heute. So was nennt man, glaube ich, eine Patch-Work-Familie, auch wenn wir wissen, dass wir anders sind. Übrigens habe ich das Gefühl, Charlie noch immer nicht oft genug gedankt zu haben, aber ich zeige ihm, wie viel er mir bedeutet. Jeden Tag aufs Neue.

Die Firma ist nicht pleitegegangen, weil General John gemerkt hat, dass es sich noch lohnt, um etwas zu kämpfen. Er hilft Charlie erstaunlich viel, während Colin in New York und Boston ständig neue Aufträge an Land zieht und sich um die Vermarktung der Spielsachen kümmert. Ich arbeite auch noch immer dort, aber mein Büro ist etwas größer geworden. Wir haben auch drei neue Mitarbeiter, weil ich alleine irgendwann den Überblick verlieren würde. Scott hilft inzwischen sogar manchmal in der Werkstatt. Charlie hat ihm eine Menge beigebracht, aber er hat die Finger von den Sägen zu lassen. Zumindest so lange, bis er alt genug ist. Ich glaube nicht, dass ich ihn davon abhalten kann, früher oder später selbst ein Spielzeug oder einen Schrank zu bauen. Wenn ich mich nachts zu Charlie drehe und ihn im Schlaf beobachte, frage ich mich, was Xander wohl sagt, wenn er mich sehen könnte? Ob er glücklich ist oder traurig? Aber wenn ich dann ganz tief in mich hineinhöre, spüre ich nur diese Wärme, die mich durchfließt. Wie durch Zufall greift Charlie dann nach meiner Hand. Das tut er nachts ziemlich oft, einfach nur um zu wissen, ob ich noch immer da bin. Aber wenn ich etwas in der ganzen Zeit gelernt habe, dann das: Ich werde nicht mehr wegrennen! Schon gar nicht vor den Menschen, die ich am meisten liebe.

Wenn ich mir jetzt vorstelle, dass eines Tages der Abspann meines Lebens läuft, dann habe ich eine sehr klare Vorstellung, wer meine Hand halten wird.

Ich sehe wieder zu Charlie, der neben mir schläft, und erkenne auch im Halbdunkel das sanfte Lächeln auf seinem Gesicht. Ich kuschele mich etwas näher an ihn ran und schlinge meine Arme um ihn. So wie jetzt, so soll es für immer sein.

Ich schließe meine Augen ...

Ende

# Danksagung

Mein Dank gilt an erster Stelle natürlich meiner Familie und den Freunden, die mich auf diesem Weg sehr unterstützt und die richtigen, ermutigenden Worte gefunden haben.

Danke an meinen Freund, für seine Liebe und Geduld, wann immer ich wieder nach Blue Cove entschwunden bin.

Danke an meinen Lektor, der mir geholfen hat, aus einem verstaubten Manuskript dieses Buch zu machen.

Last but not least: Danke an die Person, die mir vor vielen Jahren ihre ganz persönliche Geschichte erzählt hat – ich hoffe, du findest dich auf diesen Seiten wieder.

# Mia Newman

Mia Newman wurde als Tochter einer deutschen Mutter und eines amerikanischen Vaters geboren. Ab ihrem 6. Lebensjahr wuchs sie in München auf.

Nach dem Abitur in München und einigen Semestern an der dortigen Uni folgte sie den Spuren ihres Vaters und verbrachte einige Zeit in den USA, wobei ihr vor allem die Ostküste ans Herz wuchs.

Nach Stationen als freie Journalistin in New York und Maine führte ihr Weg sie zurück in die alte Heimat Deutschland und schließlich nach Seaford in England, wo sie heute zurückgezogen mit ihrem Mann lebt und – meist unter Pseudonymen – als freie Autorin für Zeitungen und Zeitschriften in Deutschland und dem angelsächsischen Raum arbeitet. Wenn ihr Zeitbudget es zulässt, schreibt sie auch Romane, in denen sie ihre Erlebnisse und Erfahrungen verarbeitet.

*Bis du gehst* ist Mia Newmans Debütroman.

Mia Newman bei Facebook:
http://www.facebook.com/pages/Mia-Newman-Autorin

3347861R00189

Printed in Germany
by Amazon Distribution
GmbH, Leipzig